力群先生像(1912—2012)

力群小传

　　力群于1912年12月25日生在山西省灵石县郝家掌村，原名郝丽春，参加革命后改名力群。他自幼与农民的孩子相处，对农村生活很熟悉，这对于他后来的木刻画创作和文学写作颇有影响。1931年，力群考入国立杭州艺术专科学校，1933年2月与同学曹白等人组织进步美术团体"木铃木刻研究会"，开始从事木刻画创作。同年9月加入中国左翼美术家联盟，10月10日因"木铃"事被捕入狱。1935年出狱后，继续从事木刻画创作，木刻《采叶》《鲁迅像》等通过曹白寄给鲁迅，受到先生的指导与好评。

　　1937年7月7日抗日战争全面爆发后，力群从事救亡宣传工作，边搞木刻画，边写散文、小说。1938年初，曾在郭沫若领导的军委政治部第三厅美术科任少校科员。1940年初，到延安任鲁迅艺术文学院美术系教员，1941年加入中国共产党。1942年5月，参加延安文艺座谈会。抗日战争胜利后，到晋绥边区工作，任《晋绥人民画报》主编，并开始写文学评论文章。

1949年在全国第一次文代大会上，被选为主席团成员，并任中国文联委员、中国美术工作者协会常务理事。到太原后，与高沐鸿同志创建了山西省文联，被选为文联副主任，山西省美协主席。1953年调北京工作，先后任人民美术出版社副总编辑，中国美术家协会常务理事、书记处书记，《美术》杂志副主编，《版画》杂志主编等职务。

20世纪50年代，出版有《木刻讲座》《力群木刻选》《力群美术论文选集》和《访问苏联画家》等书。80年代，出版有美术论文集《梅花香自苦寒来》和《力群版画选集》以及散文集《我的乐园》、力群文学作品选集《野姑娘的故事》。《我的乐园》于1984年在上海少年儿童出版社出版后，被上海评为优秀作品，获儿童文学园丁奖。其版画作品曾多次在世界各国展出，并为英、法、苏、南斯拉夫等国家的陈列馆、图书馆和博物馆所收藏。因为力群在版画事业上的贡献，"日中艺术交流中心"于1988年12月14日特向他颁发了"贡献金奖"。1991年中国美术家协会、中国版画家协会为其颁发了"中国新兴版画杰出贡献奖"。

力群于1985年10月21日被作家协会书记处批准加入中国作家协会成为会员。1992年5月，山西省委、省政府授予力群"人民艺术家"称号，2003年9月，中国文联、中国美协授予力群"金彩奖"成就奖。力群晚年任中国版画家协会名誉主席、山西省文职名誉主席。

2012年2月10日，力群去世。

目 录

晚霞集 ··· 001
　自序 ··· 003
　散　文 ··· 005
　　赞彭老总 ··· 005
　　旅途恶梦 ··· 008
　　献给周总理的眼泪 ··· 012
　　贫困山庄的好领班
　　　——记临县杏岭局村党支部书记高廷玉 ············· 018
　　胜景天成名千古 ·· 028
　　应有萍杜的一半——忆我的前妻 ·························· 031
　　"老眼镜"的故事 ··· 040
　　寻织布机记 ·· 049
　　解开鲁迅生活中的一个"谜" ································· 053
　　我的墓地之辱 ·· 056
　　笑 ··· 059
　　我的艺术生涯六十年 ·· 062

游北武当山散记	083
能人隆喜叔的故事	089
谈"和稀泥"	100
我的姑姑	104
到天涯海角	107
草帽的故事	120
作家曹白战时生活故事 ——纪念抗战胜利五十周年	123
闲话黄永玉	136
莫干山散记	142
从一封匿名信谈起 ——这是写给全省美术家的一封信	153
八旬后重返母校记	157
悉尼散记 ——在刘骅、刘亚兰女士家作客	163
由"十八涧"到龙井村	171
花花的故事	175
悉尼的一日 ——"力群版画回顾展"开幕	183
忆文化战士杜任之同志	191
在黄永玉家作客	195
澳洲观企鹅	200
新年断想	204
珍惜时间	209

谈荣誉 ········· 213
话说群众观点 ········· 216
做精神文明的建设者 ········· 220
痛悼老友
　——诗人艾青周年祭 ········· 223
话说戴胜 ········· 227
怀念李苦禅老师 ········· 231
聪明的"皮皮" ········· 235
一个好消息 ········· 239
重返延安 ········· 243
从澳门回归祖国谈起 ········· 250
我和夜合槐 ········· 252
对旧新世纪的回顾与展望 ········· 256
我可"死而瞑目"了 ········· 260

附录 ········· **264**
　从湖州归来 ········· 264
　杜妹的罪行 ········· 269
　在太湖山间 ········· 273

美术评论 ········· **276**
　谈两幅和鲁迅有关的优秀木刻 ········· 276
　梅花香自苦寒来
　　——看李福林的中国画 ········· 281

新兴木刻在八年抗战中的贡献 ·················· 284
二十年祭
　　——怀念王式廓同志 ·················· 287
悲痛与怀念
　　——怀念李桦同志 ···················· 292
悼念杰出的版画家古元同志 ················ 309
周年祭
　　——怀念赵荆同志 ···················· 315
悼念石兵 ······························ 318
怀念老友阎丽川 ·························· 320
金碧辉煌的《丁绍光画展》 ················ 324
漫谈艺术家和他的作品 ···················· 328
论韩美林的艺术 ·························· 332

文学评论 ································ 340
评《缘分》的艺术特色 ···················· 340
评苏联影片《西伯利亚交响曲》 ············ 344

晚霞集

自 序

我是一个从事绘画创作的版画家,但因为爱好文学,有时也写些小说、散文之类的文学作品,有如京戏的"票友"。在小说方面曾出版过《野姑娘的故事》,在散文方面曾出版过《我的乐园》和《马兰花》,在文学艺术的评论方面曾出版过《力群美术文学评论集》。

这本《晚霞集》共收入63篇文章,按历史年代顺序编排。其中大部属于散文,但也有属于美术、文学、评论等等,也有属于杂文的,由于分类出版文集、作品数量有限,所以合编为《晚霞集》,分为散文、部美术评论部和文学评论部。我今年已九十高龄,以后再写什么文章已很难了,所以定名为《晚霞集》。

这里是我近期不到十年的一些写作。其中关于《作家曹白战时生活故事》一文,有必要加以介绍。曹白原是我1931年在国立杭州艺术专科学校时的同学、挚友,我们都是"木铃木刻研究会"的成员,他于1933年刻的《卢那卡尔斯基像》刊载于《鲁迅收藏中国现代木刻选集》中。他于1935年刻的《鲁迅像》载入《鲁迅全集》第六卷。1937年开始从事文学工作，不再刻木刻了，曾由胡风为他出版了《呼吸》报告文学集。全国解放后不幸得了神精病，既不能工作也不能写作了。90年代他的病体虽有所恢复，但也不再提笔。他作为新四军的干部、在抗日战争和解放战争时代的那些非常宝贵的革命生活经历，本应由他自己来写，但他封笔了。当他于1994来太原在我家作客时，我就趁机把他的这些宝贵的经历记录下来，成为这篇可贵的纪实文学。通过这篇作品，读者将会看到曾经是木刻家、作家的曹白在战争年代是怎样通过九死一生而活了下来的。同时也通过这些惊险遭遇的故事，看出曹白对革命如何忠诚，对人民如何挚爱。

其次，是这本《晚霞集》还作为附录把一些旧时代的写作载入其中。因为我觉得它们也还有一读的价值。其中的评苏联影片《西伯利亚交响曲》一文作于1949年。当我从当时的晋绥边区来北京参加第一届全国文代大会时，在等待开会的期间观看了一部苏联影片《西伯利亚交响曲》，很受感动，因而写了这篇评论文章。当我把它投给《人民日报》时，编辑对我说他们收到好几篇评论《西伯利亚交响曲》的文章，最后选了我这篇。最近才找到它，附录在此。

散　文

赞彭老总

我想到屈原，不由得就联想到我们的彭老总。我尊敬屈原，但更尊敬我们的彭元帅。屈原是湖南人，彭老总也是湖南人，何岂〔其〕巧也。湖南这个地方就是产生惊天地泣鬼神的冤魂之所在。

历史呵！你是何等的无情，为什么总要把悲剧重演？有了个心怀不平的屈原，为什么还要有一个含冤的彭德怀？

屈原和人民的愿望相通，彭老总敢替人民请命，历史是无情的，但又是公正的，最终证明谁是谁非。

屈原身边有个蝉娟，彭老总带"罪"归故乡时遇到了一个拜他为干爹的女服务员，我从《彭大将军回故乡》一文中看到这个场面是多么的感动，使我流泪，使我心酸，好像她代表我跪在彭老总的面前。这个跪，意味着多少的同情，多少的信任,多少的不平,多少的尊敬!

姑娘说:"你没罪,彭元帅。我晓得,你受了冤枉,受了委屈!"这是在代表我们说的心理〔里〕话,代表亿万人的哭诉!

彭老总呵!你是无产阶级永垂不朽的功臣,平江起义的英雄,镇守太行山的司令,保卫延安的将军,抗美援朝的总指挥……人民永远不会忘记你,永远怀念你。你虽然含冤而死,但历史终于为你作出了公平的结论。

你和张志新一样,都是敢于坚持真理,敢于讲真话的人,所以人民尊敬你们。虽然对祖国的贡献,张志新不能和你相比。让那些趋炎附势、私心重重、不按良心说话的人,在你们面前感到羞耻,感到卑鄙吧!你们的高贵品质的光辉照透了那些人心灵深处的黑暗,就连我们这些左怕右怕的人在你们面前也深感渺小!

一生中我只有幸见过你一面,那是1950年在西安于西北文代大会期间。在庆祝建国二周年的大会上,你在掌声中出场了,是那么庄严,那么稳重,那么令人敬仰。我读着关于你的记述,联想到你给我的印象,联想到你一生光荣的英雄事迹,我就对你从里到外有了个清晰的认识,你是一具高大的铜像,比屈原更伟大的二十世纪的屈原。

那时候是说真话的人有罪,讲假话的人受宠。林彪是最懂得这种政治行情的,他有一句名言:"人不说假话,不能成大事。"他认真实践了他的歪论,所以骗取了贵为"亲密战友""接班人"的光荣地位。而你,因为对"大跃进"反映了真情,说了真话而罢官,因为说了大跃进的真话而挨批斗,都谓之右倾。这是一个多么可悲的时代！从此后说假话成风，两面派时行兴党的威信跟着说真话的有罪而下降，人民因为假话而遭殃。历史啊！相信你总会作出公正的裁判，说假话的人最终没有个好下场，因为雪里埋不住死尸，欺骗总要败露；而说真话的人迟早会为人民了解，人民将会从心窝里爱戴。人民对你和张志新为什么如此尊敬？就因为你们代表了人民敢于坚持真理，说出人民心理〔里〕想说的真话，反而遭到不幸。

骗取的桂冠戴不长久，涂上乌泥的黄金总会发光。

2002年12月发表于成都《读书人》第四期

旅途恶梦

我紧张地参加完在天津举行的"第七届全国老年网球邀请赛"之后,意欲路经北京回太原。因为在北京中国美术馆正举行着有关"艺术节"的展览会,想去看看。

然而竟没想到国庆节前买火车票之难。经亲戚建议我于是改乘了旅游车。

虽然天津到北京不算远,但在汽车座位上坐的时间较久,总感到不舒服,因而难免有急于到达终点站之念。可是愈是有这种想法,就愈感到车行之慢。

其实车在正常行进,经武清,越安平,终于来到了北京郊区的通县地境。照理我应该感到高兴了吧?然而一看到"通县"两字我的心情却突然感到了不悦,岂止不悦,简直是陷入了痛苦的回忆中。

随着车身的轻微摇晃我的思绪回到了十八年前的一个黑暗的时代……

那时我被囚禁在中央美术学院的"牛棚"里——一个大的雕塑教室内。1969年之夏,麦收时节来临了,美协的造反派①决定带我们"黑帮"到通县来帮助农民夏收,像带着一群囚犯去劳改。同来的还有进校半年的工宣队。

对我来说,近十年来算第三次参加农田劳动了,第一次是"万人下放",我被分配在宁夏吴忠市进行整风整社,夏天来临,曾在水田割过春麦。第二次是在山东曲阜县做四清工作,麦熟时也和农民在炎日下一起割过麦子。这次是第三次,所不同的是通县这个地方的农民不是割麦而是拔麦。更不同的是前两次都是以领导者的身份心情舒畅地参加劳动的,而这次却是作为"黑帮"以戴罪之身来此劳改的。说的好听点就是接受贫下中农再教育。

一天的早饭后,工宣队把我们领到地头,面对汪洋大海似的金色的麦浪摆开阵势说:"动手拔吧!每人三行。"于是一个造反派给我指定了具体行垄。

这显然是一场战斗,也是一场竞赛。我明白,如果我落在造反派们的后面,将会加给我一个"偷懒"的罪名。我当时虽然已57岁了,可在他们面前绝不甘示弱。

记得在旧社会,我们灵石家乡的贫下中农几乎每年都要在端午节之前带上镰刀背上行李下南路割麦子,晋南麦子成熟的早,一路割上来,待他们归乡,正是当地麦黄之时。人常说:"龙口夺食。"他们到了晋南不愁没有人雇用,一天可赚白洋一元,归来时可在腰包里装回十大几元白洋。一位到过南路的农民对我说,有一个麦主家,让大姑娘领班割麦,每人分配割三行,姑娘穿着一双大红鞋,和雇工一起割。那红鞋真把雇工们的心扰乱了。不一阵大姑娘已走在前头,人们说:"快赶,赶上了踩她那大红鞋。"可是姑娘愈割愈远,她到了地头,回头看看雇工们落在大后面,就坐在地畔上悠闲地纳鞋底,待大家气喘嘘嘘地赶上来,她才又领上大家割,始终领先……我想到这个姑娘,劲就更大了。我夹在造反派当中拔,可是拔了没有多久,我就把两旁的造反派远远甩在了后面,待拔到地头时,我挺起身来,一面擦汗一面向后了瞭望,感到了战斗胜利的骄傲。数次竞赛之后,虽然我手上打下了四五个大水泡,但我始终处于领先。收工时我无言地行进在地径上,内心感到了胜利的喜悦。

然而这喜悦是不长久的。午睡醒来,一位造反派头目把我领到了一个旷场,周围坐满了人,我感到形势不妙,果然那造反派得意洋洋地向社员们高声说:

"老乡们!今天开一个批斗会,站在这里的这个家伙是我们机关的黑帮。他下放宁夏回来后,恶毒地攻击三面红旗,罪该万死。他说大跃进之后宁夏有三瘦,人瘦、地瘦、牲口瘦,又说社员们吃不饱,很多人得了浮肿病,女人还得了子宫下垂病。老乡们,你们说这是事实吗?现在我们把他交给你们,让你们批斗,让他接受贫下中农的再教育。"

我低着头站在烈日下,等待着社员们对我发出有如机关枪似的评〔抨〕击,然而会场上竟鸦雀无声,静得能听到老年人吸烟杆的吱吱声。

冷场很久,大概是一位生产队的干部为这种尴尬局面感

到了不安,于是站起来环视了一下,对无声的群众说:

"你们咋不吭声!站起来说呀!"然而大家都低着头,就是不吭气。

鲁迅说:"沉默是最大的蔑视。"社员们以无言表示了内心的抗议,以沉默回答了造反派不承认事实的无耻行径以及对于一个敢于说真话的人的尊严的凌辱。这场所谓的批斗终于以社员给予造反派以最大的没趣而告终。我感到内心的莫大的痛快。

我想,我虽然因说了真话而受到了造反派的凌辱,但对大跃进深有体会的中国农民是会同情我的。对大跃进之后所谓的三年灾害,他们何常〔尝〕不"洞若观火",并有切肤之痛。只是因为大家都处在一个《皇帝的新衣》的可悲时代,所以除了沉默还是沉默。

刘少奇是说了真话的,他说三年灾害其实是三分天灾七分人祸。但在宁夏的吴忠市,却连三分天灾也没有,因为这里是中国有名的"黄灌区",其所以出现三瘦等等,完全是大刮共产风、浮夸风的结果……

"同志们,终点站到了,下车吧!"我从恶梦中惊醒,看看窗外,正是北京的火车站的广场。

1987年作于太原

注:

①当时工宣队进驻美院后,上级决定美协的全体人员也到美院接受工宣队的处理。

献给周总理的眼泪

有各种各样的眼泪,有因欢喜而流的,有因悲痛而流的,有因感激而流的,有因绝望而流的,也有为了骗人而流的……但在绝大多数的场合,眼泪总是人们的真挚感情的流露,尤其是人民献给不幸逝世的周总理的眼泪。世界上还有比这更纯洁、更真挚、更珍贵的眼泪吗!这是因为人民的总理爱人民,人民的总理人民爱的缘故。

人民对总理的感情深如海,自从总理离开我们以来,一想起总理就有难于形容的悲痛和抑制不住的眼泪,这不论是儿童还是老人。

诗人光未然在《伟大的人民勤务员》一诗中说:
我们渡过了多少急流险滩,
这一回可真教人胆战心寒。
我们中国人从来不爱流泪,
这一年把几代人的眼泪流干。

一次,一位女歌唱家在电视萤光屏上向我们歌唱《绣金匾》,当她唱到"三绣周总理,人民的好总理,鞠躬尽瘁为革命,我们热爱你"时,不自觉地流下了晶莹的眼泪,立刻也引起听众的悲痛,彼此的眼泪交流在共同对总理的怀念中了,歌词说出了彼此心里的话,眼泪表达了彼此对总理的爱。世界上还有比这更纯洁、更真挚、更珍贵的眼泪吗?

1977年初春,总理逝世一周年之后,在山西昔阳县举行了"全国群众文化工作学大寨赶昔阳经验交流现场会"。一天我同参加大会的代表们到了巴洲公社巴洲生产大队参观学习他们的宣传节目,一个九周岁的名叫高金凤的可爱的小姑娘和另一个男孩给我们演出了配乐诗朗诵,题目是《周总理登上虎头山》,诗中说:

……

总理健步登虎头,
和我们一边谈一边走。
他老人家指点着大寨的山水,
夸赞大寨人的辉煌成就。
几年未见啊,大寨又上几层楼。
周总理兴致勃勃频频点头,
向田里的大寨人一一问候一一握手。
敬爱的周总理啊,
您对大寨的感情啊,
是如此的真挚深厚。
天旱了,您惦记着大寨的庄稼,

水涝了,您惦记着大寨的田畴。
刮风了,您挂念着大寨的幼苗,
下雨了,您盼望着大寨的丰收。
周总理谈笑风生,频频握手,
步步登高精神抖擞。

敬爱的周总理要走了,
敬爱的周总理要离开我们大寨了,
贫下中农别情依依,
紧紧相握,不肯松手。
多少颗红心在激烈地跳动,
多少双手在激动地颤抖。
多少句知心的话要对总理倾吐,
多少人啊,含着幸福的热泪,不知从何张口,
总理呀,回到北京后向毛主席他老人家问候。
敬爱的周总理啊,欢迎您再来,再来呀!
总理恳切地回答:"以后要来的。"
啊,以后……以后……
一年以后,二年以后,
一九七六年一月八日,
噩耗传来,我们敬爱的周总理在北京逝世。

可爱的高金凤朗诵到这里时,晶莹的泪珠从她的美丽的小脸上滚下来了,但她仍含泪而诵,是那么的从容,那么的大方,那么的富有风姿,一词一句扣动着我的心弦。我含着眼泪

欣赏她的朗诵，真想过去把她抱起来，共同为敬爱的周总理而痛哭。

现在一年又快过去了，而高金凤的献给周总理的泪珠至今还在我的记忆中流滚，世界上还有比这更纯洁、更真挚、更珍贵的眼泪吗！

高金凤继续含泪朗诵：
巨大的沉痛啊，压低了巍巍虎头。
敬爱的周总理啊，
我们大寨人热爱您，
还等着您来检阅我们的战斗；
您和大寨人心贴心，
还等着向您老人家汇报新的丰收。
敬爱的总理啊，您没有离开我们，
您还领导我们沿着毛主席的革命路线
继续战斗！

还是在"全国群众文化工作学大寨赶昔阳经验交流现场会"期间，一天我们来到了昔阳界都公社的安阳沟大队，参观全国闻名的农民音乐家史掌元领导的业余宣传队的演出。这是一个非常偏僻的山村，五十多岁的史掌元包着头巾，肩上搭着他的旱烟袋迎接我们，他是一个地地道道的昔阳老农民。

音乐的响声宣布了演出节目的开始。他们的宣传队歌唱的全部是史掌元创作的歌曲。其中一个歌子名《我们给总理扎花圈》，歌词是山西省《群众文艺》编辑部集体创作的，歌唱

者都是生产队大队的男女青年,由史掌元亲自指挥。歌词是:

风卷雪花飘窗前,
千家万户泪花闪,
更深夜静难入眠。
难入眠啊,
灯光下我给总理扎花圈。
扎一朵雪莲斗严寒,
想起您爬冰卧霜过雪山;
扎一朵山丹丹红艳艳,
想起您笑迎黎明在延安;
扎一朵腊梅迎风暴,
想起您降龙伏虎在梅园;
扎一支迎春花金灿灿,
想起您紧跟毛主席换新天;
扎一朵杜鹃花似凋残,
想起您在"文化大革命"中受熬煎;
扎一支苍松擎蓝天,
想起您赤胆忠心挽狂澜。

一朵花瓣一串泪,
无限哀思化誓言;
扎一朵革命花,
刀山火海无阻拦;

扎一朵团结花，
革命征途春满园；
扎一朵跃进花，
全国实行现代化；
扎一朵胜利花，
五洲四海红旗展。
万里长空哭声咽，
风卷雪花来相伴，
为献花圈给总理，
给总理啊，
一夜间千枝万朵遍河山。

　　周总理逝世后，我所看到和听到的悼念他的诗句和歌词，无一不是用真挚的感情和悲痛的眼泪写成的。今天我再重新读它们还深深地感动着我，我又想起了"人民的总理爱人民，人民的总理人民爱"这句难忘的言词。

1977年作于太原

贫困山庄的好领班
——记临县杏岭局村党支部书记高廷玉

一

我来到临县许家峪乡杏岭局村,在村口抬头观望,只见在半山腰的四孔石窑面上写着13个醒目的大字:

"三年脱贫,十年人均收入超千元。"

夸下这么大的海口,能实现吗?

我和陪我的乡长一起通过果实累累的枣林费劲地爬上山坡,来到村委办公室。经了解,才知道是一位颇有雄心壮志的党支部书记夸下的海口,此人名叫高廷玉。

可惜此刻高廷玉不在村里,他领着一个工程队,进行劳务输出,到汾阳去盖楼房、修窑洞、铺街道……赚钱去了。

我在办公室墙上看了两大张写着由高廷玉和村委们讨论制定的"十年发展总体规划"的红色大纸后,觉得他们的十年规划因地制宜,切合实际。

站在村委院门口向四处了〔瞭〕望,看到杏岭局的七沟八梁都是些坡度很大的小块块坡地。地里种的有山药蛋、黑豆、芝麻、谷子、葵花……虽然长的绿油油的,但村委主任告诉我亩产都上不了50公斤,最好的年成也不过40公斤。

对于杏岭局的贫穷,临县有一首民谣:
出门就爬坡,黄土顶住头,
有山不长树,有水全白流,
老天不下雨,种甚甚不收,
一辈传一辈,实在没活头。

这首民谣说的就好像是杏岭局。由于杏岭局是一姓村,本村的姑娘只能嫁外村,外村的姑娘又不愿来,所以已到结婚年龄的小伙子娶不下媳妇。

如何改变杏岭局的贫穷面貌,高廷玉和村委们制定的10年规划提出,"要尽快把这些跑肥、跑土、跑水的三跑田(坡地)改为三保田"。要成为三保田,就要实现梯田化和坝地化。村主任告诉我,坝地有两种,一种叫土坝,一种叫石坝。坝地是水漫沟平地,亩产可达二三百公斤。这是脱贫的一条重要出路。

根据十年规划,从1988年起,村里已打新石坝5座,1990年计划打石坝7座。平均打1个坝能增加水漫沟平地四五亩。他们计划在5年内达到人均坝地0.6亩,10年内达到人均1亩,总坝地达到200余亩。这既是小流域治理的成绩,也是杏岭局脱贫致富的良策。

高廷玉的性格是说了话算数,决定了就要实行,哪怕自己吃亏也在所不惜。在群众会上讨论打坝投标时,出1700元有人承包,1500元就没人包。他只好自己包。其实承包者对坝地的经营并得不到实款,只能靠逐年收入来偿还。于是他雇了工把坝打成了,不料一年内就被洪水推塌了好几次,怎么办?推塌了他就再补起来。今年又推塌了,他在外面包工,打算把工程完成后再重新补坝。

他之所以要低价投标承包,情愿自己吃亏,是为了让村里多得利。

高廷玉遇到的最大困难是搞农田基本建设没资金。怎么办?他想出了"以坝养坝""以地养坝""以地养地"等办法。所谓"以坝养坝"就是承包了打坝的村民,不给工资,允许耕种坝内水漫地数年不交承包费,而且每年必须根据需要按标准加高坝身,10年后由村里再行承包;所谓"以地养坝"就是打坝不给工资,另外给承包人一块地,可耕种一定年限不交承包费;所谓"以地养地"就是要求承包人把三等地改造成一等地,其报酬就是另给他一块地,规定数年不交承包费。

这些办法是集体投资少,却实现了农田基本建设的目的,群众也有利可图,因而受到村民的欢迎。

二

在高廷玉和村委们制定的十年规划中,除了改造"三跑田",实现梯田化和坝地化外,就是要在三年内实现枣林化。

站在村委院畔，看到杏岭局村的坡地上已经密密麻麻地覆盖着一片片的枣林。枣树是黄河两岸人民致富的"摇钱树"。栽枣树投资少，见效快。有鉴于此，高廷玉和村委们计划从1988年起新栽枣树500亩，人均达到80株。还计划栽果树100亩、木材树200亩，单林木一项5年内就可达到人均收入400元。

　　用什么办法来发展林木呢？高廷玉和村委们创造了一条"以地养林"的新路子，经过两年来的实践，已收到好的效果。其办法就是把土地租给群众，用租赁费作为发展林业的补偿基金，再用之于民，大大激发了全村群众的造林积极性。仅1989年群众就从本来不多的钱袋里拿出4000多元植树28000株，其中枣树12500株，果树2500株，木材树13000株，人均植树150株。

　　亲眼看到这些枣苗和苹果苗，使我看到了杏岭局的美好前景和希望，也说明高廷玉夸下的海口不是吹牛。我为这家山庄能有这样的好支书而高兴，他们不仅有因地制宜、切实可行的十年规划，而且正在一步一个脚印地认真实现。

三

　　最令人敬佩的是高廷玉放弃了许家峪乡的副乡长不当，而愿到贫穷落后的杏岭局村当一名党支书。

　　高廷玉现年37岁，原是杏岭局村人，中学毕业后，于1970年参军，1975年复员回村。1979年顶替父亲的班，到许家峪供销社当了营业员。

虽然他人离开杏岭局,但总还难免藕断丝连,因为这里毕竟是生他养他之地,一想到家乡那贫穷落后就使他寒心。结果他把积攒下的2000元拿出来在许家峪修建了一处有4孔石窑和围墙的漂亮院子,打算长期在这里安家,不再回那实在没活头的杏岭局村了。

高廷玉当了两年营业员之后,调罗峪镇任武装部长达6年之久,后升为副镇长,后又调许家峪乡任副乡长。

但谁也没有想到高廷玉当了副乡长之后,于1988年秋天,写了要求留职带薪回杏岭局当支书的申请书。他心里想,要求留职带薪批不准,就是不带工资也要回去,决心一下雷打不动,县委樊书记看了他的申请书后说:"这是好事情。"于当年10月批准了他的申请。

可这么一来,竟使好多人想不通,村里人是千方百计想走出,而他却是往回走。一些好心的同志劝他说:"你有铁饭碗不端,万一回村干不成,岂不后悔莫及!"他爱人也说:"人家是往上爬,你是往下跳哩!"一些人还说他是为了出风头,为了显能,为了捞油水……对此,高廷玉不屑一顾,自己决定要走的路子,就非走不可。

杏岭局当时的党支部没威信,说话没人听,处于瘫痪状态。由于没有实行联产承包制而是单干,土地的使用权不固定,所以群众只顾用地,不顾养地,只说今年,不管明年。种地人既不肯投资,也不愿上粪,土地愈种愈瘦。种坝地的也不修坝,80%的坝都冲坏了。有的人只知挖枣苗卖钱,而不知对枣树进行科学管理,在这种情况下,全年人均收入始终徘徊在100元上下,干部的160元补助也兑不了现。全村40户人家,光棍汉竟有二十四五人之多,娶一个媳妇要花彩礼三四千元,连一切花费下来就得六七千。既穷得娶不起,也因穷姑娘们不愿来。当时个人欠信用社的竟达4万多元,而集体也有外债四五千,村里的固定财产就剩下两孔窑洞了。这么一个烂摊子谁还敢来料理?

高廷玉看到其他村实行责任制之后都有了变化,而他的杏岭局却还和原先一样,心里很着急。于是就产生了一定要改变杏岭局面貌的雄心壮志,因而决心回村的,并不是为了出风头,为了显能,为了捞油水。

人们之所以对他的行动想不通,是因为不知道他内心的斗争,不知道他的思想变化。

是的,他曾经往外跑过,也在许家峪乡旋下新窑,但他毕竟是一个多年的共产党员,受过党的教育。1988年四五月还参加了山西省贫困地区经济开发培训班,聆听了关于贫困地区开发的重要意义和经验的讲课。事后又自费到全国脱贫先进地区河北保定县进行了考察。所有这些对他的思想都很有影响。所以当他想到故乡的贫困,又想起曾经读过的毛主席写的《纪念白求恩》,他觉得作为一名共产党员,大事做不成,就应办点力所能及的好事,给子孙后代造点福。人生的真正价值和乐趣在于对人民有所贡献。这就是他决心不当乡长,要回村当支书的原因和动力。一个人一辈子总应有所作为,为人民为祖国做点好事。

四

高廷玉认为单打一的生产经营结构必须改变,土地经营权的权属不清,使粮食生产得不到发展,林业生产发展缓慢,水利水保工程毁坏严重,文化卫生事业得不到改善。所以在十年规划中提出,要尽快改变这种现状,扎扎实实走以林为主,农业、工业、养殖业并举的发展道路,达到三年脱贫,十年人均收入超1000元的目标。

他们除建设三保田、实行坝地化和植树造林外,还积极鼓励发展加工业和劳务输出。计划在5年内新办粉丝厂1座,小型机砖厂1座,扶贫工程队1个,安排贫困户劳力35人。

村里于1989年开始组织起20多人的工程队,由高廷玉亲自领队。一般工程队都喜欢要强劳力,而高廷玉的工程队却是弱劳力也要,当年就赚回四五万元。

在高廷玉的带领下,杏岭局村这几年人均收入有了很大变化。1986年人均收入为80元,1987年为102元,自高廷玉任支书后,1988年人均收人为150元,1989年一下上升为人均收入506元。高廷玉规划的"三年脱贫"计划已经提前实现了。全村的经济收入上升了,高廷玉在人们心目中的威信也上升了。铁的事实说明,一个穷困村要脱贫,离开高廷玉式的共产党员的领导就脱不了。

五

在支委办公室贴有一条标语,上面写道:

"近期富搞劳务,长期富办学、打坝、栽枣树。"

从这条标语可以看出高廷玉不但重视物质文明的建设,也很重视精神文明的建设,所以他把"办学"摆在长期富有的首位。在"办学"上他的口号是"尊师重教"。过去全乡25个自然村,学生的成绩杏岭局排二十几名。1988年高廷玉当支书后,1989年一下上升为全乡第一名。原有女青年教师一名,现又增加了男青年教师一名,并新建教室窑两孔。全村现有学生30多名,并增加了一个幼儿班。

高廷玉在办学的政策上,规定学校的名次每提高一位数,每月给教师增加工资5元,1988年教师月工资为38元,到1989年学校名列第一名后,除了由国家普遍新增工资5元,成为43元外,杏岭局教师则由43元又增加了40元,成为83元,比别村教师增加了将近一倍。

1989年3月,高廷玉为了建设校舍,自己拿出1000元捐给学校,新建了两孔教室窑。高廷玉带副乡长工资,每月也不过80元,他拿出这1000元来,并不容易。此外,他还包了学生的全部购书费,给学生买连环画册。

由于高廷玉领导的杏岭局党支部做出了显著成绩,1990年6月被临县县委评为1989年度先进党支部,被许家峪乡党委和政府评为1989年度一等先进单位。

六

当我们离开许家峪乡回县城时,在中途碰上了高廷玉同志,他身穿夹克上衣,黑黑的面庞显得老实精干,使人感到他是一位很有生气的开拓型人物。

高廷玉在县招待所,除了给我谈回乡当支书的前后思想变化过程外,还谈了他在工作中遇到的各种酸甜苦辣,以及今后的一些打算。

他说,我回村当支书后,第一步就是研究杏岭局村贫穷的原因和脱贫之道,最后认识到,要脱贫就要栽树,打坝,办学校。同时向群众作了保证,一是保证不打击报复,二是保证不给群众闹外债,三是保证不以权谋私。但回到自己家乡工作,首先遇到的困难就是要和自己本家发生矛盾,这就会感到阻力。例如要搞租赁与经营办法,把以前不合理不公道的事进行改革,为此要损害到我本家哥哥的利益,遭到他的反对,这就需要花时间进行说服教育。这样一来,群众也就信服了,认为我不因自己的哥哥而徇情,后来我哥哥对人家说:"我老二回来革命,首先革了我的命。"

当初,我要实行"以地养林",把100亩土地承包给个人栽果树,村里人认为果树难管理,受益慢。我就让每家出一人,领他们到本县靠果木发财的治华泉去参观,他们看到人家以林致富的情况后,思想通了。接着,我办了农民文化技术夜校,让他们懂得科技兴农的道理。

当谈到今后的打算时，高廷玉说："为了把工作做好，首先要抓思想政治工作，要继续抓科技兴农的宣传，要提高他们的文化素质和科学知识。"

他还说："今后的努力目标就是力争杏岭局人均收入超千元。现在，我们的工作只是开始起步，虽然已经脱贫了，但成绩还不大。"

我对高廷玉之感兴趣，是因为我感到为使我们山西广大贫困山区脱贫，实在需要有更多的高廷玉。

当时的省委书记写给我一封信：

力群同志：

你写的材料我看过了。这个支书确实不错，他不当乡长当支书，不为个人发财为群众致富的献身精神很可贵。农村，特别是贫困山村很需要这样的支部书记。应该很好宣传表扬这些先进人物。

李立功

1990年10月18日发表于《山西日报》第一版

胜景天成名千古

在山西临县,经常听人谈起陕西的白云山,说那里的庙宇如何壮观,朝拜的人如何之多。尤其是庙会期间,黄河两岸的善男信女云集其地,不胜热闹。前些年的旧历四月初八,从临县去赶庙会的人多,由于渡船超重,行至中途下沉,竟有一百多人不幸葬身黄河。

白云山在陕西佳县境内,"白云观"位居其顶,濒临黄河,素以"关西名胜"闻名于西北华北等地。我这次到临县,竟有县委副书记徐改清同志热情陪我到白云山,真乃机会难得。当然,我不会去烧香求神,但领略佳景风光也是一件乐事。

天刚亮,车即从临县城出发,于潮湿的空气中奔驰在静寂的临헜公路上。这黄土公路,既无尘土,也无坎坷不平之处,和柏油路一样平展舒适。临헜公路两旁,黄土高原的山坡上树林成荫,说明临县的绿化工作是有成绩的。在没有树木的地方,远远看去,绿色的坡面上有无数的白色斑点,有如梅花鹿身上的星花,走近些看,才发现是新挖下的鱼鳞坑,显然

是为秋后植树而挖的。

车在行进，有时看到山上的很多尚未住人的新窑洞，有时看到路旁小块坡地上，在山药蛋的深绿色叶丛中开着白花，点缀着山野。

经过黄土高原弯弯曲曲的山路，快到尅虎镇时，我在车窗里突然看到碧蓝的天空下，于遥远处的山巅上有如海市蜃楼似的奇景，徐书记对我说："你看，那就是白云山！"给予我的一种幻觉，好象我们的车是向仙境飘去。

车近尅虎镇，就看到对岸位居高山之巅的佳县城和在山下流淌的久违的黄河，此刻已不是奔腾呼啸如虎狼了，而是宽阔平静如处子。我最初知道黄河是在小学读《木兰诗》而知道的，其中说："旦辞爷娘去，暮宿黄河边。不闻爷娘唤女声，但闻黄河流水鸣溅溅。"后来又读李白的诗，说："黄河之水天上来。"因此黄河在我心目中是神奇而伟大的。

我最初过黄河，是1938年抗日战争时代同"抗敌演剧队第三队"从陕西的宜川县出发到山西的吉县，路经壶口而过黄河的。三队的光未然同志从惊险的黄河得到感受，后来写出了闻名天下的《黄河大合唱》。还有一次是日本投降后，我从延安出发到晋绥边区工作，带上妻儿从绥德境内过黄河到临县碛口。如今黄河依旧，而人事全非了！

车一直开到黄河的沙滩上，不久就上船，还和当年的渡船一样，可是已安上马达，再也听不到《黄河大合唱》中的船夫号子声了，而是马达在"突突"地响。平稳地到达彼岸，已是陕西境域。头顶佳县城，脚踏黄河岸，南望白云山，东观尅虎景,墙上有"桃花渡口"四个大字。停在黄河边的除了两个平板船外,还有一个挖泥船。据说为了使渡船能在"桃花渡口"顺利靠岸,就必须经常挖河中的泥沙。有人告我,那平板船是为了把汽车渡过河用的,每次可载四辆。

这白云山上的"白云观"是道教的庙宇。进入庙内,居高临下观看黄河,看到它象一条长蛇似的从远处弯曲而来,绕白云山南去,形成美的图景。遂取写生本作画,记录下这九曲黄河的神采。

我观看了石碑,始知白云观创建于明万历三十三年,至今已快400年了。其间经历代劳动人民不断营修葺饰,故能保存至今。自1957年5月30日起,陕西省人民政府公布白云观为重点文物保护单位。我们依次游览了五龙宫、白云洞、真武祖师殿、三宫殿、东岳殿、碧霞宫等处。最后又观看了著名的游客所题写的已刻在石碑上的字,其中有赵朴初写的"北极玄天"和启功写的"白云胜景",令人注目。佳县县政府办公室的同志要求我题字留念,我提笔书写了"黄河云绕白云山,胜景天成名千古"等字。

离开白云观,我们又到佳县城参观,使我感到大有重庆和青岛街道之感。听说在抗日战争年代日寇曾隔河炮轰佳县城,但始终未敢过黄河,这也算黄河给予佳县人民的恩惠。但临县人是经常过黄河晋谒白云山的。所以白云山的确久已成为秦晋之好的一种象征了。

1990年11月3日发表于《陕西日报》"秦岭周末"副刊

应有萍杜的一半
——忆我的前妻

流行歌曲《十五的月亮》中唱道:"……你守在婴儿的摇篮边,我巡逻在祖国的边防线;你在家乡耕耘着农田,我在边疆站岗值班。啊,丰收果里有你的甘甜,也有我的甘甜,军功章啊,有你的一半,也有我的一半。"

听到这样的歌声,我就想到了我的前妻刘萍杜,她曾在八个儿女的摇篮边忙碌,曾为我的版画创作事业分担了家庭的重负,也直接在我的创作活动中参加劳动,我的艺术成就也理所当然应有她的一半。

现在我成了一个有名的人物,而她却是一位无名英雄。当汉初刘邦打天下的时候,人们都知道韩信是一位战无不胜的英雄,然而韩信的军功章也应有萧何的一半。如果萧何的后勤工作做的很糟,粮草接济不上,韩信的兵马就不可能在前线打胜仗了。

因此如果说我好比韩信,那么我的前妻刘萍杜就好比萧何。1935年我在上海和刘萍杜结婚时她才十七岁,还是一字不识的文盲。这之前她在江苏常州农村过着放牛娃的生活。由于我的朋友曹白的介绍,我和他妹妹刘萍杜在常州乡下相识,一见钟情。我为什么找了一个农村姑娘做我的终生伴侣呢?因为我预见到我这一生不会过达官富人的优裕生活,所以需要有一个能够吃苦耐劳的爱人和我过穷苦的日子。

1931年我考入西湖国立杭州艺术专科学校,和同学刘萍若成为莫逆之交,我们一同在"木铃木刻研究会"里学习版画创作,一同读马克思主义的书籍,一同在"中国左翼美术家联盟"里活动,后又一同被国民党逮捕坐牢,出狱后又一同在上海谋生……这就是刘萍若所以把他妹妹介绍给我的历史背景。后来他放弃了美术改行文学写作,以曹白为笔名,而我也放弃了学校时代的名字郝丽春改名力群。

刘萍杜和我结婚后在上海过着极为清苦的生活。由于我当时在"景艺广告公司"画画,月薪只有25元,所以结婚时既没有请一个客,也没有吃一杯喜酒,吃一块喜糖,更没有为她做一件新衣裳。这就因为我穷,而她却为此毫无怨言,曹白也能理解。

白天我上班,回家后教她读书识字,她的头脑还是一片文化的处女地,我要在这片土地上播下革命的种子,以便将来和我走共同的革命道路,并希望她成为我在艺术战线上的好后勤。

1935年我们离开上海回到老家山西灵石县,我把她安置在县立女子高小读书,我到太原杜任之同志创办的"艺术通讯社"工作。"艺术通讯社"和"西北剧社"在一起,它出版一个刊物,名叫《文艺舞台》,我为它画封面和版式。1936年红军东渡又回到陕北之后,我把刘萍杜接来太原,在西北剧社学演戏,她在灵石女高时已能给我写信了,我看到她的进步多么的高兴。

当时由高尔基倡议,号召各国作家写"世界的一日",鲁迅和茅盾响应,定1936年5月21日为"中国的一日",在那天正是太原的一个惠风和畅的春天,我和萍杜到郊外散步,因为当时西北剧社和艺术通讯社都住在新南门外,走不远就上了渠堤。我们看到有一个贫穷的妇女正领着她的小女儿把榆树枝条拽下来捋榆叶,一把一把地投在女儿顶上的小篮中。大概是家里缺粮,以叶为食。根据这一景象我回家后创作了木刻《采叶》寄给茅盾。当我于当年到了上海,托曹白给鲁迅先生寄去三幅木刻时,鲁迅给曹的回信中说:"郝先生的三幅木刻,我以为《采叶》最好;我也见他投给《中国的一日》,要印出来的。"我听到鲁迅称赞《采叶》,并说《中国的一日》已用"①我多么的高兴。然而《采叶》中的妇女形象却正是萍杜给我作模特儿创作的。这幅木刻的成功,其功劳也有她的"一半"。

西北剧社和艺术通讯社停办了,我于1936年6月底又到了上海,让萍杜再回到灵石女高上学。当我在上海美商柯达公司广告部找到工作时,就把萍杜从山西灵石唤来。因为我在上海需要她给我做饭洗衣,主持家务。1937年上海"八·一三"抗日战争爆发,我把她丢在上海,参加了"救亡演剧队第六队"到浙江农村作抗日宣传工作。一天,我收到萍杜从上海给我寄来一封信,其中说:

亲爱的群:

盼望已久的信终于收到了,知道你安全无事,工作顺利,很高兴。也告诉你一个好消息,你走后不久,我便参加了何香凝领导的救护伤员的工作,现在每天不是在马路上募捐,就是为战士做口罩,有时去红十字医院慰劳伤兵,或到伤兵医院看护伤员,忙得很,但也是忙得有意义,你不用惦念我,集中精力搞你的宣传吧!

《立报》和《抵抗》寄上,你的大作登出了,恭喜!恭喜!祝你平安!

萍杜九月十七日

一个放牛娃,在两年多的时间里学文化能写出以上的信,我多么的高兴,尤其是她的一颗健康向上的心,既给予我以安慰,也给予我以鼓舞。她和我结婚时还是一个天真的女孩子,很乐观,未曾看到她苦恼过,我爱她的美的心灵和晴朗的性格。有她在我的身边,我就觉得生活的幸福,工作得有心劲,似乎我从她身上得到了无穷的力量。如果没有她我的生活将会感到多么的孤寂,我的心情将会感到多么的凄苦。

我们离开上海后在敌人的飞机炸弹声中来到了安徽省的省会安庆,在省立民众教育馆工作一个时期后又到了武汉。我在郭沫若领导的军委政治部第三厅美术科工作,就让她到陕甘宁边区徇邑县的陕北公学上学。之后她又到了鄜县张村驿卫生学校，毕业后分配到延安"和平医院"当护士。经过长期的观察，我发现她有一个接近群众的本领，不管知识分子或农妇，她都能很快就打成一片，而且工作也是认真负责的。因此她在鄜县卫校学习时就被党组织吸收为党员，比我还入党早。

1938年秋，我参加了"抗敌演剧队第三队"到山西前线演出。之后又被三队派往第二战区"民族革命艺术院"当美术系主任。1940年当"十二月政变"后，我来到延安鲁迅文学艺术院当美术系的教员，萍杜也和我一同来鲁艺，她在院部工作。当年八月我们的第一个男孩诞生了，从此萍杜就开始"守在摇篮边"。我们在鲁艺的六年期间，她一共生了三个男孩（第二个男孩借给了一位同志）。而我在鲁艺却又要为学生上课，又要上山开荒、锄草，又要学习马列主义，要听周立波讲授名著选读，又要纺线生产。加之我在鲁艺又是一生中的一个版画创作的丰收时代，六年期间，大小木刻一共创作了二十多幅，而且在"抢救运动"中我竟有一年多时间未曾动木动刀。这如果没有萍杜把抚育儿子的家务重担担当起来，我是不可能在鲁艺有学习的时间和那么多的创作成绩的。当我创作木刻《听报告》时，她的怀里正抱着我的第一个男孩。因此《听报告》中的女同志形象就利用她做"模特儿"。我在延安经常看到女同志一面给孩子喂奶，一面听报告作笔记的情景，使我感动，因此我以特写的镜头表现了这一主题。有的即使画面是一个男人的形象，我也要她做一个需要的姿势供我创作。

当萍杜在月子里时,我是以全部精力来服侍她的,诸如洗血布,洗尿布,杀鸡,做饭……我都得干。但一出月子,她就不让我来做了。

日本投降后,我们离开延安来到晋绥边区工作。到了兴县,我把她和孩子们安置在黄河边上黑峪口的留守处,就只身到新解放区体验生活去了。因为作为一个文艺工作者,没有新的生活就没有新的创作。萍杜了解我的事业,我丢下她走了,她毫无怨言。

这次下乡,使我和孝义的妇女石桂英合作了成功的剪纸《织布》,多少年后又写出小说《桃树庄的春天》。

当我于1946年初夏从孝义县回到兴县的黑峪口时,在一个农家的非常简陋的窑洞里,看到了久别的萍杜,有如薛平贵在寒窑里看到王宝钏。大儿到村里和别的孩子们玩去了,小儿阿强正出麻疹,为了保护他的眼睛,萍杜把窗户都用布挡上了,显得家里很暗。而她一个人日夜护理孩子已有两个通宵没有合眼了,熬得眼红身累,但却毫无怨言。在这种场合,我的归来,她怎能不为之高兴。而我对她则既感内疚又感心疼。本来是应该两人同负的辛劳,而为了我的艺术事业,竟撂给她一人承担。我立刻悟到萍杜作为母亲的伟大和作为妻子的贤惠。

我放下行李就投入护理工作中,一来为了补偿欠她的家庭负担之债,二来也为了尽丈夫应尽之责,使妻子得到安慰,得到休息。阿强于1945年2月25日生于延安和平医院,到现在不过一岁多。我给他喂水,喂饭,而他却呼吸急促,烧得火烫。但危险期已过,因为麻疹已出来了。

当夜我让萍杜早早安眠,我值夜班,这虽然是件辛苦的事,但却反而感到内心的欢慰,像一个赎罪的人的有所慰藉的心情。当我听到她的细微的鼾声时像听到悦耳的音乐似的使我心悦。

阿强终于退烧恢复健康了,我和萍杜感到家庭生活的更加幸福。然而我对她是多么的感激。

毛泽东同志《在延安文艺座谈会上的讲话》中曾说:"中国的革命的文学家艺术家,有出息的文学家艺术家,必须到群众中去,必须长期地无条件地全心全意地到工农兵群众中去,到火热的斗争中去,到唯一的最广大最丰富的源泉中去……"

我在晋绥边区于1947年夏又撇下萍杜在家抚育孩子,只身参加了崞县的土改工作,历一年之久。因为这真是难得的"火热的斗争"生活,对我作为一个革命的艺术家来说,是理应体验这种生活的。在崞县和农民同吃、同住、同劳动、同斗争的一年生活之后,我创作了内心满意的年画《选举图》和《做军鞋》等作品。然而正当我在崞县火热的斗争生活中工作时,萍杜在兴县农村为我生了第一个姑娘。我未能在月子里给她服务,感到多么的内疚,多么的对不起她。然而当我土改完结回到她的身边时,她又是毫无怨言。

全国解放后,直到1954年,萍杜又一连生了三女一男,恰好这时候有了托儿所,因此我们在太原工作时,她还能到忻州农村参加土改运动,在北京工作时她还能到河北邢台地区参加四清工作。然而我的艺术创作工作不停,她就会不时给予我以帮助。我在北京中国美术家协会工作时,由于国内外人士对于版画艺术的爱好,在王府井成立的美术服务商店要求我多印些木刻供他们代售。我一个人印不出来,于是萍杜就在星期天或每日的夜晚帮我印。此事不知怎么被机关里的同志知道了,有人在会上就批评我在家里开了"地下工厂",好像这是一种非法的行为。直到今天我都想不通。

1960年党中央号召万人下放农村整风整社,我立即响应了这一号召,被分配到宁夏吴忠市担任"红旗人民公社"党委副书记,从事整顿大跃进以来公社的各种不正之风。我作为一个革命的艺术家,这又是一次可贵的到群众中去的机会。我当时正在中国美术家协会担任《美术》杂志副主编。如果要不是响应党中央的号召,协会的领导是决不会让我到农村去的,而这却又苦了萍杜,留下她一人在家抚育儿女,但她仍无怨言。我在宁夏历一年之久,在版画创作上得到了又一次的大丰收,如套色木刻《春夜》《雪后》,黑白木刻《林茂羊肥》……就都是这次下放的收获。

1963年我又参加了山东省曲阜县的四清工作,又是历一年之久,此次归来我创作了黑白木刻《抗旱浇麦》。

就是这样一位在我的创作生涯中给了我最大支持的贤妻良母萍杜却在"文化大革命"中受尽肉体上的折磨,于1974年6月20日因脑溢血而死于我的故乡郝家掌村。她永远离开了我,使我永远怀念她。如今想到我在艺术上的成就,就不能不想到她作为一位无名英雄在这成就中应有的一半。

1990年发表于《火花》第8期

注：①见《鲁迅全集》第13卷第400页。

"老眼镜"的故事

"老眼镜"像中国一般的农民一样,默默无闻地生,默默无闻地死。死后数年村里人也就逐渐把他遗忘了,像遗忘了一件老的不能再用了的农具。

然而"老眼镜"却一直活在我的记忆中,我忘不了他。前些日我因事又回到村里,到井沟看了一看,一进沟口就有一种荫凉之感。原来是当年我当林业队长时和姑娘们共同手植的近百株钻天杨现在已长成比碗口还粗的大树了,从沟底笔直升向两边的崖顶,密密麻麻一片碧绿。夏风吹来群枝摇摆,绿叶喺喺私语,好像向我致意。正是这些钻天杨隐隐放出了无形的水分使沟里特别荫凉。

看到这些可爱的钻天杨我就想起了"老眼镜"。

这井沟是我童年时最喜欢来玩的地方,原来是一条小小的荒沟,后来是"老眼镜"在公社化之后自动把它改造成层层小梯田的。他有石匠使用的全部工具,抡起大铁锤把几百斤重的圆石叮当叮当地敲打成方形或长方形,然后一个人借钢钎的帮助把一块一块的方石砌成如壁似的石坝。为此他不知手上打起多少泡,流过多少血。坝内借雨后山水带来泥沙漫成小块的田地,他又逐年把坝身加高,扩大田地的面积。梯田最后漫成了,每年的夏季他在田里种上蔬菜,把绿色的西葫芦献给村里人……

我领上姑娘们把大拇指粗的钻天杨植在他的小梯田四边,这些树经历了三十年来的风雨成了茂密的绿林,但它们如果不是植在"老眼镜"创造的小梯田里,能生长得这么好吗?因此看到这些美好的钻天杨就想起"老眼镜"。他是无私的,使我从内心发出一种感激之情。而今他已经去世多年,小梯田无恙,但已无人再在田里种蔬菜了,钻天杨发展的把田里的阳光都霸占了,大有喧宾夺主之势。但我想,如果"老眼镜"在世,能看到这些在他手创的梯田里长的如此高大雄伟的钻天杨也会高兴的吧。

"老眼镜"本姓段名长福,经常戴一副有很多环纹的近视镜,因此不知何年何日村里人就叫他"老眼镜"了。日子一久,小孩们也未必知道他的真实姓名,但一说"老眼镜"连邻村人也无不知晓。

我和段长福家曾有过密切的关系。在我的童年,他们家住在我家的小院里,我经常跑到他家玩,我叫他父亲"伯伯",叫他妈"伯母",叫他"长福哥"。在小学里我们又是同学,然而长福比我大好几岁,我们很少在一起玩。

对于段长福在小庙里念书时的情况却一点也记不得了,

倒记得一年的冬天老师外出,我们都围着蓝炭火炉玩,有的用槐条在火上烤热要曲成"文明棍",有的烤窝窝头,段长福把茹茹杆去了刺剥了皮,在石头上磨出花纹来,正用碎瓷片刮,要做成一支美观的烟袋杆。照庙的绪清老汉要我们回到座位上念书,不许我们玩,但谁也不听他的。他火了,就从缸里舀了一瓢水猛然浇在火炉里,轰地一声,一团尘烟像蘑菇云似的冲向顶棚,吓得我们马上回到原位。段长福正埋头制作他的好玩意,这一巨响也把他惊醒,急忙离开火炉把他未完成的烟袋杆藏在书桌下……

早春来临,农事开始繁忙,一天老师发现段长福"逃学"了,派了几个大些的学生去寻,"他不回来,你们也得把他抬回来!"老师生气的说。结果发现段长福在地里给父亲帮工。但没有请假倒是事实,后来老师给予了他批评。而这已经是七十多年前的往事了。

段长福的父亲名段世成,真是村里勤劳而又能干的庄稼人,石匠、木匠活他都在行,是我亲眼看到的。至于在农业上就更不用说了,他把一条漫沟的土地经营的寸草不留,庄稼总比别人家长得好。当入冬农闲时,他也闲不着,赶上牲口从石膏山下驮回权把和六道木的小段来,在场里挖下一条小沟,生上慢火,把六道木一根根摆在沟上熏烤,熏熟后弄弯,脱了皮,露出雪白的木质,不久段世成就做成很多权麦秸的权子,到来年三月十五日王庄骡马大会上出售。段世成是怎样做权子的?我是一个好奇的小小的目击者。似乎"老眼镜"就全部继承了父亲的衣钵也成为村里的一个能人,使我心服。

段长福的母亲也是善于持家的妇女,春暖花开,她就开始养蚕,用鸡毛把初出卵的小蚂蚁似的黑色的幼蚕从蚕纸上轻轻扫到嫩小的桑叶上,不久它们就脱皮,一层一层的不断的脱,而同时也就逐渐逐渐地往大长。我曾看到雪白的蚕在桑叶的残茎上抬起头来要桑叶吃,而这就使长福哥忙个不停,他爬上爬下用铁钩把本村桑树上的发亮的桑叶都摘完了,而肥胖的花白蚕却总是抬起头来要桑叶吃,伯母不得不打发长福哥到外村的桑树上摘桑叶。好在本村就他们一家养蚕,而外村也没听说谁家干这活,所以长福哥总能完成他采桑的任务,没有碰上竞争的对手。

眼看着蚕的肥胖的身体变成透明的了,伯母就让它们一个个爬在扫把上结茧。后来我又看到雪白的蛾咬破黄茧和白茧爬出来,在长福哥写字用的麻纸上交尾,产卵,怪好玩的。

我一生对于养蚕的知识就是来源于长福家娘,我同样是伯母怎样养蚕的一个好奇的小小的目击者。而这也已经是七十多年前的往事了。

抗日战争年代,我远在陕北延安,关于村里发生了什么事情就无从知道了。但后来听说,1945年秋天的一个中午,从离村五里路远的霍县老湾碉堡上下来两个带枪的日本兵,进村首先就碰上段长福,二话没说就把他关在我们的大院里,然后去村里又抓人去了。段长福对大院很熟悉,马上就从窑背上偷跑出去,跑到一里外山上的枣条村,把敌情报告了民兵。当两个日本人一个在大门外放哨,另一个在家里正要奸污抓来的妇女时,十几个民兵提着枪突然冲进村,放哨的那个鬼子哇啦哇啦叫了两声,两人撒腿就跑,并不时回头向民兵开枪,民兵们连打带追,追到一里地以外的山沟,活捉了一个跑掉一个。民兵把这个被俘的日本兵送到后山当时的抗日县政府。但这一来却闯下了大祸,跑回老张湾的那个日本鬼子领来很多日本兵,抓走了村里七八个人作为人质,其中就有长福的父亲段世成、我的母亲和弟媳妇。碉堡上的日本人宣布,不交还那个被民兵俘虏的日本兵,就不放村里被抓的人。这使枣条、郝家掌村的人都犯了愁……

幸运的是当时日本已于八月十五日无条件投降,但村里人还迟迟不知道这个好消息,可能老张湾碉堡上的日本兵已经知道,所以我母亲和村里的男女人质在碉堡里住了几天也就无条件放回来了。而这一事件却既是段长福闯下的祸,而同时也是他立下的功。

我多年离乡在外,1970年在"文化大革命"的后期决定回乡插队落户,因此连我爱人和孩子们也都一起回到了老家。我被大城市造反派的震耳的高音喇叭和无限上纲上线的大字报折磨的实在无法忍受了,愿在多见石头少见人的偏僻乡村安安静静的活几天。因此经省革委会批准就决定回到我的老家郝家掌。老人们看到我都说:"落叶归根,还是回来好……"而我又不甘心回来吃闲饭,享清福,总想为村里做点事,于是就和小队长商量,表示了我想植树造林的愿望。他说:"那好,咱村里年年植树,年年无林,你真愿意干这工作,是好事嘛!"于是经过他和大队党支书研究,就决定让我担任大队的林业队长。

要植树造林，这也不是我一时的心血来潮，而是多年的愿望，因为我觉得山西什么都好，就是缺乏森林不好。况且我对于树林一向爱好，这可从我的版画作品中得到证明。因此大队同意我干这行工作，我是无比欢喜的。

后又经支部研究，决定参加林业队的成员除我而外，又配备了三人，其中就有"老眼镜"。小队长介绍说："'老眼镜'一向就喜欢摆弄树苗，是一把好手。"因此有"老眼镜"参加林业队就使我感到大有信心。

可这时已经是1970年的初春了，马上就是清明节，对于农事，节令是至关当紧的。要植树造林首先要有树苗，为此我很着急。但"老眼镜"对此很在行，他对我说："不怕，灵石没卖的，咱们到霍县去买苗苗。"于是，我和"老眼镜"在清明前的一天于早饭后两人走了五里山路来到霍县的老张湾，从那里搭公共汽车到了霍县城，又从那里搭公共汽车来到下乐坪。下车后，感到霍县的天气已经很暖和了，树木就要出芽。一问，知道在这里可以买到"加拿大"树苗。找到大队部，他们派人领我们看了看他们的苗圃，苗圃中的"加拿大"杨树苗长的都有大拇指粗了。他们并答应用拖拉机把树苗运到郝家铺，这使我很高兴。郝家铺离老张湾有三四里路，共通一条汽路，也是古时候的官道。

第二天起床，吃了派饭，就到苗圃看他们起苗，我们买了四百株，每株一角，一共付了四十元钱。

当起苗时，不见了"老眼镜"，我环顾四周，才发现他找了个梯子架在附近的钻天杨树上剪枝条。没有想到他来时竟带了一把剪枝的大剪刀,更没有意识到这枝条对于我们的用处。他剪完后,在树下拾了一大捆,作为这次买树苗的"副产品"。

走了四五十里,拖拉机路过老张湾来到郝家铺,卸下树苗回去了。因为郝家掌不通汽路,无法送到村里。我们回村动员社员上郝家铺扛树苗,待人们把树苗都扛在临近未来植树的圈羊沟里,"老眼镜"就暂时把根部埋在土里,以防干根,同时也把他剪下的树枝条埋起来,埋的像一个小坟堆。

待大队动员了五六十个男女劳力在清明节后,于一个阳光灿烂的春天里的圈羊沟深处热火朝天地进行植树造林时,"老眼镜"没有参加,我去寻他,他正在一块润湿的地里翻土,就像要栽红薯苗似地垅了很多行土垅,他看到我说:"我现在准备插苗圃,往后我们就不再从外地花钱买树苗了。"接着我就看见他把从霍县剪下的钻天杨树枝条,从土里挖出,剪成将近市尺长的小节,一个一个插在垅里……我立刻觉得他在林业上真行,使我这个林业队长感到必须向他学习,于是我也动手插起来。

到了当年的夏天,我们从霍县买来的"加拿大"杨,仅仅成活了五分之一,其它都没出芽。我和"老眼镜"研究,认为失败的原因可能是下乐坪气候暖,圈羊沟气候凉,树木突然由暖处到凉处不适应。

但令人高兴的是"老眼镜"作务的苗圃里的钻天杨却全活了,长的绿绿的一片,怪喜人。我这时就愈加佩服了"老眼镜",觉得他真有远见,真会打算。

这之后我们郝家掌大队就一直用自己苗圃里的树苗绿化山沟,霍县有些村庄每年植树节前还来我们苗圃买钻天杨。已故的中国伟大作家茅盾先生曾写过一篇著名的散文《白杨礼赞》,赞美白杨傲然挺立,坚强不屈。而他所赞美的白杨就正是我们培植的钻天杨。郝家掌自古以来就没有见过这种树,连我们灵石古时候也没有。而今一进我们村,就首先看到路边长长的一排傲然挺立的钻天杨,好像它们站在路旁欢迎来客,又像它们自豪地向来宾表示郝家掌绿化祖国工作的成绩。但谁又知道这些参天耸立令人振奋的钻天杨却是"老眼镜"从霍县下乐坪引进来的呢?

"老眼镜"在我们林业队不仅认真地植树、认真地育苗,他还进行嫁接,把很多"黑枣"嫁接成柿子树。而且为了在圈羊沟前扩大植树苗面积他还垒石造地,我看他为发展大队的林业而汗流满面,着实感动。此外他还把井沟里有泉水润湿的坡地到处植上有如水葫芦似的冬花,远远就看见绿漫漫的一片。这冬花是一种药材,初冬收获,据说售价较高。我对于药材仅认识甘草,而从他认识了冬花、茵陈、薄荷……

鉴于"老眼镜"对于林业队的热心和贡献,一天我向大队党支书建议把他提拔为林业队的副队长,支书说:"'老眼镜'是富裕中农,根据党的阶级路线不能提拔他。"这真使我吃惊。既然支部书记这么说,我也就再没有话了。心想:"人贵有自知之明,我现在回到乡下,党支部不把我作为'反动权威'看待,而让我当上林业队长,已经算高抬了,人家哪里会听我的意见。"

回想起来,由于我和"老眼镜"共同干了几年林业工作,总算改变了大队"年年植树年年无林"的状况了,于心无愧。

现在人们只要一进郝家掌的圈羊沟,就能看到满沟森森郁郁的一片难于数清的钻天杨,此外还有加拿大杨,引进的永济白水杏,在酸枣根上嫁接的稷山枣树,在红胶泥土中生长的畅茂的洋槐。再加上村边的、井沟里的树,总够一万来株。这都是全大队的男女社员用汗水换来的成绩,然而"老眼镜"显著的功劳能抹煞吗?应该说"老眼镜"是郝家掌大队林业事业的奠基人。

现在"老眼镜"不但早已离开林业队,而且也早已离开人世了,但我是忘不了他的。每当我读作家赵树理写的《套不住的手》就立刻想到"老眼镜",他正是赵树理所歌颂的陈秉正似的值得尊敬的人物。

1991年发表于《山西文学》第11期

寻织布机记

农村古老的织布机已经完成了它的历史任务,进入博物馆了。

数千年来,它曾经伴随中国勤劳的家庭妇女度过艰辛的岁月,少妇的青春在有如小舟的木梭的飞舞中默默流逝,巧妇的纤手创造出华美的织锦……

可是,而今古老的织布机已经进了历史的博物馆,人们遗忘了,像遗忘了纺车一样。

我曾经于40年前,在山西省孝义县的农村和一个剪纸能手在她暂停飞梭的时候,合作了一幅美丽的剪纸——《织布》,流行中外。

前几天,省电视台文艺部的章同志,受命录制"中国文化名人系列片"《版画家力群》,和我一同来到我的家乡灵石县,正因为我曾有一幅名为《织布》的剪纸,就引得章同志除了拍摄我童年时代活动的场所外,他还非要拍摄一架织布机不可,想要和那幅剪纸同时出现于荧光屏上。他认为这幅剪纸虽非版画,但意味着一个艺术家和人民群众的关系。

可在20世纪90年代的农村,要想找一架还在工作的织布机,并不比要想找一只当年的三寸金莲绣花小鞋容易。因此打问了好几个村庄也没有找到,当年曾经有织布机的人家,有的已经把它当柴烧了,有的拆散不能还原了……怎么办?然而章同志找不到织布机总不死心。有人说霍州可能还有,因为霍州的妇女自古以来就有绣花织布的传统,几乎家家都有织布机。于是我和电视台的同志们就驰车到了霍州。

"有志者事竟成",我们终于在霍州白龙镇的一个农民的家里找到了织布机。一位40多岁的家庭妇女正飞舞木梭在机上织布。她用白色的经线和水红色的纬线织出美观的格子布。似乎她和织布机有一种难舍难分的感情,真使我感动。但她说姑娘们不愿再学织布了。我问她:

"你也纺线吗?"

"线是从纺纱厂买来的。"她说。

"你自己织,比买布便宜吗?"

"比洋布便宜,也比洋布耐穿。"

这大概就是她舍不得抛弃织布机的原因。

录像机对着在拍摄,我看着她飞舞织梭的动作,听着织机的声音,就想起"唧唧复唧唧,木兰当户织……"的古诗来,同时也联想到当年和我合作剪纸《织布》的石桂英怎样在机上飞舞她的木梭,又怎样和我合作《织布》。

石桂英是孝义东小井一带有名的剪纸能手,所以我大胆去访问她。我只用铅笔画出她织布的轮廓,求她剪成剪纸,好像我对她出题考试,也像给予一个机会,让她显示她在剪纸艺术上的才华。

没想到第二天我去她家时,她就剪成了。我看了真高兴。对她的"试卷"不仅应给予满分,而且用她的创造证明了她在剪纸艺术上的出众的才华。这《织布》是由我赋予它骨骼,石桂英赋予它血肉的。因为妇女上身的图案和裤上的"如意"花样全是她设计的。还有妇女踏在布机踏板上的腿,我原来因透视关系只画了一条,另一条看不到,而她竟改成了两条腿,改的真好,为此,我对她非常钦佩。

这次的合作,不仅产生了意想不到的成品,而且也是中国版画家和农村剪纸能手共同经营一件艺术品的有史以来的创举。但这已经是40余年前的往事了。

而今我不是在石桂英的织布机旁,而是在90年代的霍州的农村。

由于一种好奇的心理,我很想了解当今农村的变化。当我参观了主妇的三眼窑后,感到她家相当富,刚娶过的媳妇住了一间设备最好的窑,窑面用石灰抹的既平又白,三排用淡绿色油漆的新式木柜,立在窑的三面墙下,光彩照人。窑当中摆着新式的沙发,新式的"席梦思"床,还有彩电。地面用咖啡色和白色瓷砖砌成了花图案……一句话,已全然都市化了,而不像旧时的农家。

当我参观主妇住的中窑时,所不同的就是留下了一道炕,没有床,并且多了一架缝纫机。其它和媳妇家一样。

主妇织布的家,是女儿住的,这不施油漆的古老的布机摆在花瓷砖的地面上,感到和整个家的现代化陈设不协调,给人一种行将被逐出这家庭的预感。

但这架织布机比起我的剪纸中的织布机来,就显得坐位很矮,不易看到踏板,而且机上也不是用两只木鸟来提线的,一句话,没有我那织布机好看。而就这难看的织布机,也成了踏破铁鞋无觅处的古董了。看来它不久也会走进博物馆的。

但愿我和石桂英合作的剪纸《织布》能继续得到人们的喜爱。

1991年7月1日作
1991年发表于《中流》9月号

解开鲁迅生活中的一个"谜"

由于我对鲁迅先生的崇拜,所以总想多知道一些有关他的私生活,想从中发现他的崇高品质的火花。固然《两地书》帮助我了解他和许广平的美好的爱情生活,但他和原配朱安的关系却一直是个谜。

感谢李允经同志,他写的《鲁迅的婚姻与家庭》一书大大满足了我对于这个"谜"的了解。

陈漱渝在《鲁迅的婚姻与家庭》一书的"序言"中说:"李允经同志以谨严的态度,翔实的史料,活泼的文笔,精巧的结构撰写了《鲁迅的婚姻与家庭》,系统地介绍了鲁迅与许广平的爱情生活。"其实这本书不仅比《两地书》更翔实系统地介绍了鲁迅与许广平的爱情生活,而且从鲁迅的祖父因行贿考官,事败入狱,一直写到家庭的败落,父亲的病故,去南京投考,到日本留学,与朱安结婚的始末。与此同时还写到辛亥革命,袁氏称帝,张勋复辟。之后又写到他与周作人的失和,女师大学生和校长杨荫榆的斗争,以及鲁迅与高长虹的纠葛……最后还写到鲁迅与木刻青年,鲁迅与瞿秋白和胡风的友情……我通过以上的描述,看到了鲁迅的处事为人,也看到了他在各种事件中所表露的崇高人品。深感他在文学事业上是我们学习的榜样,而他在处事为人方面也是我们的楷模。因此《鲁迅的婚姻与家庭》也可当作有关鲁迅的传记文学来欣赏。

由于李允经在鲁迅博物馆鲁迅研究室工作,有利于他掌握有关鲁迅的婚姻与家庭以及其他方面的丰富资料,所以他能写得充实生动。加以他具有很好的文学素养,所以他能写得有声有色。我读着它有如读一部美的散文,不仅满足了我的求知欲,同时也是一种享受。

"五四"前后的中国知识分子,在新思潮的影响下,很多人都对父母主婚的无爱情的原配发生离弃而另择所爱,形成了旧时妇女的历史悲剧,她们都成了包办婚姻的可怜的牺牲品。朱安就是其中之一。当1924年鲁迅与周作人在北京闹翻分居时,鲁迅也想让朱安回到故乡绍兴去,但朱安不愿意,她对鲁迅说:"你搬到砖塔胡同,横竖总要人替你烧饭、缝补、洗衣、扫地的,这些事我可以做,我想和你一起搬出去。"这样朱安就住在鲁迅家里,和婆婆鲁瑞相依为命。而鲁迅也就把朱安作为一个服侍母亲的"保姆"而供养起来。

其实鲁迅当时的处境是非常为难的,朱安的存在对他和许广平的爱情关系无疑是个累赘,但他是孝子,总不愿为把朱安离弃而伤母亲的心,同时也很同情朱安。虽然他和朱安由于无爱，自结婚之日起就从来没有过真正的夫妻生活，但他又深知朱安本来也没有罪，现在是做了旧习惯的牺牲，并且朱安又是个非常贤惠的女人，他不能强迫她回到娘家。何况当时的妇女既以被休为耻辱，再嫁又为社会所不容，所以朱安以不走为上策。李允经为朱安特写了一节《"蜗牛"落地》，使我读了而为这个封建时代的悲剧人物难过。文中说："鲁迅每次买回点心来，总是先让母亲挑几块可口的，接着便让朱安挑选，剩下来的才是自己吃……鲁迅离京后，每月家里的一百元都如期寄来，全由朱安开支。"当朱安看到鲁迅和许广平的合影时，她对俞芳说："过去大先生和我不好，我想好好地服侍他，一切顺着他，将来总会好的。我好比是一只蜗牛，从墙底一点一点往上爬，爬得再慢，总有一天会爬到墙顶的。可是现在我没有办法了，我没有力气爬了。我待他再好，也是无用。看来我这一辈子只好服侍着娘娘一个人了。"直到这时朱安才意识到"好好地服侍他"也是换不来爱情的。

据李允经说，就是后来鲁迅"归了西天"，许广平也一直担负着朱安的生活。

至此，一个谜就在我心上全部解开了，而鲁迅和许广平的高大形象却在我眼前浮动……

1991年7月发表于北京《人物》杂志

我的墓地之辱

近日看电视剧《韩信》，当我看到他青年时受胯下之辱时，就联想到我的童年所受的墓地之辱。

大约在我七八岁的时候，我祖父去逝〔世〕了，我堂叔和村人在郝家老坟里为我爷挖墓坑。休息时我叔叔说："我们这郝家老坟不好，辈辈都要出一个不争气的败家子，我们这一辈出在我大哥郝承绪身上了，下一辈就怕出在买儿身上。"这买儿就是我的乳名，我爷怕我死掉，为了"好管"，名曰"买儿"。这孩子是买来的，好像买来的，小鬼就不来勾魂了。

当我知道了墓地上堂叔的谈话时，就像韩信受了胯下之辱似的，深感是对我的莫大的污辱。从此在我幼小的心灵上就留下了永不消灭的伤痕。

堂叔究竟根据什么做这种伤害我的心灵的估计呢？我不知道。但大概无非是因为我小时过于淘气吧，但乡下不是说，淘气孩有出息吗？……

郝承绪是怎样的一个不争气的败家子？我没有见过他，仅见过他埋在地下的白骨。听妈妈说，他二十大几尚未娶妻，就染上吸大烟的毛病，经常把家里的东西偷出去卖了换大烟吸，最后甚至偷着卖尿盆，也真算够败坏郝家的门风了。他是我大爷爷的长男，出了这么个不争气的儿子，他伤心透了，就把他锁在我们小院的土窑里，也不给他吃饭。一天我的堂叔去看他，郝承绪说："好兄弟哩，给我寻点吃的吧，实在饿的不行了。"我堂叔当时也只有十一二岁，对他在窗户里求情的哥哥说："你吃求吧！"就这样，后来郝承绪就活活地饿死在土窑里了。

这土窑的窗户并非铁制，只要用力一蹬，就可破窗而出，然而，看来那时的人真够老实，宁死也不敢蹬断窗棂逃走。

郝承绪死后，大爷爷就用席子一卷把他胡乱埋在村边的一个地塄下。待我大爷爷死后，按村俗要把长子也葬埋在他墓旁，于是由堂叔和我去收尸。堂叔把土挖开，先看到的是腐烂了的席子，然后就看到郝承绪的白骨，我和堂叔用手把一根根骨头拾在一个小棺材里。我心想，莫非我的未来也就是我的这个大伯的下场么？

我长大后，多少年来一想到堂叔当年在墓地的谈话，就使我像韩信受了胯下之辱似的感到是对我的莫大的污辱。但这墓地之辱却给予我一种无形的力量，使我能经常抗拒一切使我堕落的诱惑，鞭策我在人生的道路上争气上进，立志做一个像样的人，而不堕落成大伯郝承绪。

历史证明，我们这一辈不但没有一个郝承绪式的不成器的败家子,而且三男两女都在抗日战争中成为共产党员,献身于革命。其实这一辈总共也只有三男三女。这既说明坟地并不决定郝家子孙的成败,也说明我们都是郝家争气的好儿女。

发表于1992年2月7日《太原日报》"双塔"副刊

笑

人们有各种各样的笑,有善意的笑、幸福的笑、天真的笑、会心的笑、骄傲的笑。但也有恶意的笑,谄笑、假笑、苦笑、冷笑、讥笑。

我是讨厌假笑、谄笑以及恶意的笑的,最喜欢善意的笑、幸福的笑,尤其喜欢天真的笑。

一次我到医院看病,在划价的窗口看到一个美丽的白衣姑娘,我递给她药单,她接过去,低头急急划价,我趁机像欣赏牡丹花似的,盯着她,在欣赏她的美丽。当她划完价,用白嫩的纤手递给我药单时,没想到她竟向我善意的一笑。好像她知道我欣赏了她半天,又好像她感谢我对她的欣赏。然而由于她这可爱的一笑,却使我得到了最大的满足,似乎这笑比药还可贵,使我的病好了一半。这笑也有如她赐给我幸福,赐给我最可贵的人间的情意。

科学家高士其在一篇《笑》中写道:"售货员对顾客一笑,

这笑是有礼貌的笑,使顾客感到温暖。"

令人感到满足感到温暖的笑多么可贵啊!

在舞厅里,我喜欢在淡淡的五彩缤纷的电灯光下静观少女们的舞姿和表情,当看到一个姑娘于男青年的怀里一面在愉悦的乐曲声中轻轻移步,扭动着美的身姿,一面在她那绯红的青春的脸上流露着一种满足的笑、陶醉的笑、多情的笑、幸福的笑时,就感到这笑使整个的舞厅似乎都充满了人间的情谊,像春天的公园,花在笑,花的清香荡漾在空气中,使我们感到人间的欢乐和人间的美好。

幸福的笑是多么的甜美啊!

我在楼上写散文,人间的悲欢缠绕着我的心,忽然听到楼下玩耍的小姑娘们发出咯咯的笑,笑声荡漾在我的耳际,荡漾在我的心田,是一种天真的笑,纯洁的笑、欢心的笑。这笑声使我感到像美丽的诗、悦耳的歌、明朗的画……

我多么喜爱这天真的笑啊!

可悲的是,人们的笑,随着年龄的增长,社会生活的磨炼,自私心和妒忌心的作怪……笑声也就往往不纯了,有时是冷笑、假笑,有时是诌笑、讥笑,甚至是恶意的笑,我听他们的笑,需要像品尝酒的滋味似的去品尝。而只有儿童的笑,像清澈的泉水,像纯净的美酒,像洁白的百合花。

听到楼下小姑娘的笑,这笑声感染着我,就使我感到返老还童。但愿人人都能和她们似的发出天真的笑,无邪的笑,使人间变成上帝的伊甸园,使我们的生活变得更加高尚、纯正,人与人之间变得更加真诚,像白衣姑娘发出的真诚的笑。

笑是多么可爱的一种声音呵!愿人间充满了善意的笑,幸福的笑,天真的笑。

发表于1992年10月《九州诗文》创刊号

我的艺术生涯的六十年

一

我今年八十岁了,从事版画艺术已有六十年的历史。六十年对于一个人、一个画家当然是很长很长的岁月,但在我感到,这六十年却宛如一瞬之间。这也许是"古稀"后的老人的共同感觉吧。然而它对于我成长为一个画家,以及我的创作所经历的历史的曲折路程,和每张版画所反映的时代的面貌及我自己思想感情和艺术趣味的变化来说,却又感到这六十年也实在是够漫长而多变的。

回忆我六十年的版画创作历史,深感作为一个画家,总是受着时代、环境的制约和摆布的,并非能如"天马行空"独来独往。

祖国的命运和社会的变化与我个人的奋斗始终是交织难分的,这就决定了我的思想的变化和作品的面貌。但认真算起来,六十年有一半的时间是在夜里的梦乡中度过的,剩下的三十年,参加革命工作后,在各种可怕的政治运动中浪费的时间和一些不必要的会议所糟蹋的光阴加起来也至少有十五年。

单"文化大革命"就浪费了我的可贵的生命近十年之久。因此我真正用在版画艺术上的时间也不过十五年。我并不一概否定开会。例如延安文艺座谈会,全国文代大会,中国版画家协会的成立大会……都有开的必要,而延安"抢救运动"中的很多会以及十年浩劫中各种斗争会则不仅仅是对于生命的浪费,而且也是对于一个干部的人格的凌辱。艾青在《木版上的抒情诗》一文中说:"在这漫长的三十九年,相当多的时间处于各种政治运动中。由此可以看到力群同志是相当勤奋的。"但还不能不提到从1953年到1965年我曾做了12年之久的美术编辑工作,先是做人民美术出版社的副总编辑,然后又做《美术》杂志的副主编,因此我的版画创作工作就只能在夜里和礼拜天进行。这样算来,用在版画创作上的时间实在也未必有十五年。

我最初走上艺术的创作道路是从1933年在国立杭州艺专参加"木铃木刻研究会"开始的。当初也难免没有偶然性和随群趁兴之味,然而它却对我的一生竟有未始料到之重大影响。

我这个人有这么一个特性,爱上了一种事业就不愿把它轻易抛弃,所以我终于六十年来把木刻创作坚持到底了。有人说:"坚持就是胜利。"对我从事版画艺术来说,也确实如此。想当初参加"木铃木刻研究会"的同学不下15人,但一出校门还继续干这行的就剩下我和曹白了，然而不久曹白也洗手不作而改搞文学了，只有我坚持到今天。我的坚持版画是和坚持共产生义信念分不开的，而曹白虽然改变了版画事业，但他没有放弃共产主义思想，所以他后来参加了共产党领导的新四军，而我跑到了延安。

我和曹白都为了刻木刻于1933年10月10日开始坐了一年国民党的监牢，然而我们都"死不悔改"，出狱后曹白创作了有名的木刻《鲁迅像》，迄今印在《鲁迅全集》中。我们和鲁迅先生发生关系，就是由这幅木刻成为原因的。当1936年3月曹白把这幅木刻寄给鲁迅先生时，回信说：

曹白先生：

顷收到你的信并木刻一幅，以技术而论自然是还没有成熟。

但我要保存这一幅画，一是因为是遭过艰难的青年的作品，二是因为留着党老爷的蹄痕，三则由此也纪念一点现在的黑暗和挣扎。

从此曹白就一直和鲁迅先生的书信往来不断。

出狱后我在上海失业期间创作了《三个受难的青年》，是作为我们被捕的纪念的。1935年回到太原后，我又刻了《采叶》等木刻。于1936年7月我托曹白将三幅木刻寄给鲁迅先生。回信说：

郝先生的三幅木刻，我以为《采叶》最好；我也见他投给《中国的一日》，要印出来的。《三个……》初看很好，但有一避重就轻之处，是三个人的脸面都不明白。

等到我于曹白所在的"新亚中学"刻出《鲁迅像》寄给先生时,他在给曹白的回信中说:

木刻开会,可惜我不能参观了①,我对于现在中国木刻界的现状,颇不能乐观。李桦诸君是能刻的,但自己们形成了一种型,陷于那里面。罗清桢细致,也颇自负,但我看他的构图有时出于拼凑,人物也很少生动的。郝君②给我刻像,谢谢,他没有这些弊病,但他从展览会的作品上,我以为最好还是不受影响。

从以上的复信中可以看出导师对我的木刻作品的批评和鼓励,以及对我的关怀和爱护,使我终生难忘。

曹白虽然改辙从事文学事业了,但他在抗战初期于上海的难民收容所工作期间终于写出了优秀的报告文学《这里,生命也在呼吸》等作品,也是值得庆幸的。可惜的是自从胡风为他出版了《呼吸》小集以后,就因病未能在文学事业上坚持下来,终于离开了中国文坛,至今默默无闻。我作为他的朋友,每念及此,总是不胜怅然的。

然而我之能坚持木刻创作也是和鲁迅先生对我的鼓励以及进步的文化界对我的支持分不开的。我总忘不了鲁迅先生对我的木刻作品的赞扬,也忘不了当1936年我在太原白色恐怖中无恙,鲁迅先生在给曹白的信中说:"关于力群的消息使我很高兴。"我对于鲁迅先生是无比尊敬与崇拜的,在人生的坎坷道路上,能得到先生的鼓励与关怀,不啻是给我生存和奋斗的一种力量。所以我总有这样的一种心情,好像在木刻创作上不努力做出点成绩来,就觉得对不起鲁迅先生。

但同时我也不会忘记同道者们的互勉和促进,或者说是彼此在暗暗地竞赛,这种竞赛是心照不宣的,是一种友谊的同志的竞赛,我未曾感到过我们之间有过嫉妒,而总是看到他们产生了好作品就高兴,而同时也就有一种必须赶上的心情。如江丰、野夫、李桦以及后来的古元。我总感到他们对我的木刻事业有很大的鼓舞和影响,使我觉得我的创作工作并不孤单。在那个国民党统治的白色恐怖的时代,没有同志,没有共同信念的艺术朋友,真是不可设想的,这对于我能坚持版画创作也是一个重要的因素。

在政治上来说,国际上有苏联,国内有江西的苏区和红军及共产党的活动,既使我感到中国未来的光明,也使我感到奋斗的有信心有希望。这也是使我能坚持当时谓之"普罗艺术"[3]的木刻这一事业的一种政治力量。

在我当年的艺术朋友中,曹白是对我影响最大的。在国立杭州艺专时我俩住在一个寝室里,后来知道他当时就是共青团员。在年龄上他比我小两岁,但在思想上、学习上和成熟上,我总感到他是一位大哥哥。他在同学中是个穷小子,而我也并非阔少爷,彼此同情有如庄子所说的两个鲋鱼"相濡以沫"。我感到他对我是真诚的,所以我有事总是听他的,把他作为我的依靠,好像我离开他就不能生活。我们一同参加了"木铃木刻研究会",同时学的刻木刻,他刻的《卢那卡尔斯基像》直到六十年后的今天来看都感到是难得的好作品。而我当时刻的《病》也算一幅较好的木刻。

我们被捕了,双人铐把我俩铐在一起,行进在杭州的走向监狱的马路上，似乎预示着我们在未来人生的坎坷道路上并行，而事实上也正是这样。在拘留所我们关在一起，有他，我就感到不孤单，不担忧。在反省院我俩又在一起，共同读鲁迅的《呐喊》和《彷徨》。与其说"读"，倒不如说在"品味"，是他引导我爱上了鲁迅的小说的。

出狱后，我们一同在上海生活，我曾在他任教的北四川路新亚中学的宿舍楼上创作了《武装走私》《流民》和《鲁迅像》等木刻，都是在他的身边，得到他的认可而刻的。其中的《鲁迅像》竟成了我这一时期的代表作。

我们的导师鲁迅先生逝世了，他带着悲痛来通知我，一同来到导师家中，我俩又共同为鲁迅先生画遗像，共同参加鲁迅的治丧会，共同为导师送葬，共同在万国公墓的哀悼会上聆听了宋庆龄先生的讲话。至后又一同和江丰、野夫、新波……组织上海木刻工作者协会。抗日战争后又共同在胡风主编的《七月》上发表文学作品……这时曹白已不仅是我的良友、同志，而且成为我的内兄了。是他把他的妹妹刘萍杜介绍给我，成为了我艰苦生活中的伴侣的。我们三人不仅在革命的道路上共同行进，而且也都成为共产党员，为祖国的伟大的解放事业共同奋斗。鲁迅在书赠瞿秋白的联语中说："人生得一知己足矣，斯世当以同怀视之。"而曹白在我从艺六十年的前期历史中，堪称难得的知己了。

二

抗日战争开始后,我就带着刘萍杜离开了上海,也就是离开了曹白。先到了安庆,后又到了武汉。不久我就让萍杜去陕北旬邑县的"陕北公学"学习。我也就跟随一个由党领导的演剧队到了山西吕梁前线。当演剧队从吕梁前线到了延安演出时,我在延安宝塔山上的西北旅社创作了小说《野姑娘的故事》,后来发表在周扬主编的《文艺战线》第五期。周扬同志接到我从宜川寄给他的这篇小说时,来信说:"《野姑娘的故事》虽是你的处女作④,但却写得很不错,我应当庆贺你……"今年又被重庆出版的《中国解放区文学书系》所选载。

我当年从监狱出来后,即使生活怎样多变,在战争中又不管怎样流动,但我始终没有放弃木刻创作,一来我和它有了感情,二来也因为木刻比起油画国画使用起来较为方便,同时社会也需要。例如当我在上海美商柯达公司工作时,挤时间创作了《收获》就即时发表在胡风主编的《工作与学习》丛刊上。这是根据我失业时住在上海西郊季家库画的速写而创作的,到安庆后刻了《抗战》等木刻也能即时发表在战时的上海刊物上。

应该说鲁迅先生逝世后,只有胡风是最关心版画事业的文学家。他手里收集的木刻有一二百幅之多,到武汉后曾举办过木刻的展览会,而且他喜欢和木刻家交朋友。1938年我在武汉第三厅工作时,就常到他家坐谈。他借给我他所收藏的版画作品,使我能完成"中华全国木刻界抗敌协会"交给我的任务出版《中国木刻选集》和第三厅美术科交给我的任务出版《抗战木刻选》,这是我一直非常感激的。而且我的文学兴趣也是由胡风培养起来的,我寄给他的散文和小说全发表在他主编的《七月》上了,没有退过稿。我的最初的歌颂红军的小说《他们全开到前线去了》就是发表在《七月》上的。前些年当人民文学出版社出版《七月》《希望》作品选集时曾选入这篇小说。胡风对我的写作总是善意地提出意见并加以鼓励。现在他去世已好多年了,每每想到他就使我不胜怀念。他曾在全国解放后不久就被打成反革命,坐了监牢,但党中央前些年终于给他彻底平反了。我为此而深感慰怀。

1939年冬,晋西"12月政变"时我正在陕西宜川县的英汪镇担任"民族革命艺术院"的美术系主任,这是由演剧队的党组织派去的。在此反共高潮来临之际,得当地党组织指示连夜撤退到延安,这样我就算从此和国民党统治区永久告别了。我像回到母亲的怀抱中似的和刘萍杜一同来到延安,无比高兴。但我当时还不是共产党员,而刘萍杜却已是共产党员了,她是在陕北鄜县张村驿卫生学校入党的,毕业后在延安和平医院当护士。

我在延安的生活,在我一生中占有无比巨大的影响,它决定了我此后的人生道路和艺术道路。

我在延安鲁迅艺术文学院一共生活了六年之久,1941年11月参加中国共产党。我在鲁艺虽为美术系的教员,实为一名学生,鲁艺的政治课、艺术理论课,以及文学系的"名著选读"课我都去听了,六年来不论在政治思想上和艺术观点上,不论在版画创作和文学知识上,都大大提高了。尤其是在延安文艺座谈会之后,我学习了毛泽东同志的《讲话》,改变了我的崇洋的艺术观点和创作方法,在我的面前展现了一条如何为工农兵服务的艺术道路。直到后来不论写美术的和文学的评论文章,都是以毛泽东文艺思想为理论基础的。

在我的一生中,成为一个理想的版画创作的生活环境的是延安鲁艺,使我的版画艺术有飞跃发展的也是延安鲁艺,我的版画开始脱离欧化风走向民族化也是在延安鲁艺。为什么能是这样呢?因为多少年来我的生活是多变的流动的,不能安下心来认真地在艺术上探索研究,也没有任何地方像鲁艺这样的马克思主义的艺术空气让我尽情呼吸,像鲁艺这样多的版画创作的伙伴和我共同创作,更没有在别的地方能看到比我强的对手刺激我,使我与之拼搏。因此我在延安时期创作的木刻《饮》《伐木》《延安鲁艺校景》《丰衣足食图》《帮助群众修理纺车》……成了我创作史上第一次创作高潮中的代表作。

尤其是学习了毛主席《在延安文艺座谈会上的讲话》,又经过整风运动,在我们的思想里建立了群众观点,因此于1944年在鲁艺美术系掀起了创作新年画的热潮,因为我们了解到农民喜欢年画、到了每年的阴历腊月里,家家都要在街上买年画。所以我们就画表现边区人民生活的新年画,以满足他们的要求。我当时虽然并不喜欢年画,也不得不跟随大家画起来,但画着画着也就对年画工作产生了兴趣。所以我说:"对于年画我是先结婚后恋爱。"这样,我就创作了《丰衣足食图》，后又由新年画改变成套色木刻，受到群众的欢迎。

三

日本投降后，我们全家来到晋绥边区，由于我想要先到新解放区看看，便到了孝义县，没想到我在孝义搜集窗花时竟和一位农村妇女石桂英合作了剪纸《织布》。这幅剪纸现已成为中外知名的作品了。而我能想到和石桂英合作，也和毛主席在《讲话》中所说的"我们的美术专门家应该注意群众的美术"有关。这种合作是前无古人的，由于我发现了她的艺术才华，作为尝试而向她提出的，由我画轮廓线，由她剪，没想到竟获得了意料不到的成功。

回到晋绥边区的首府兴县，组织上让我担任了《晋绥人民画报》的主编。这个画报原由李少言同志创办，但他忙于《晋绥日报》的美术工作无暇顾及，我和苏光、牛文就全力以赴，投入这个画报工作中，一心要把这个为农民服务的属于普及美术工作的画刊办好，因为毛主席在《讲话》中说，"普及工作的任务更为迫切"，"轻视和忽视普及工作的态度是错误的"。我们真是全心全意来办这个通俗画报的，不但画连环画、刻木刻、编排、描版，还亲自到印房和工人一同研究如何提高印刷质量诸问题。由于农民对这个画报很喜欢，这就给予我们以很大的鼓舞，所以我们对这个画报也就越办越有兴趣。

1947年初夏，组织上为了让我和牛文同志参加山西崞县的土改工作，便决定停办《晋绥人民画报》。对我来说虽然停办画报感到心痛，但一想到毛主席在《讲话》中指出"中国的革命的文学家艺术家、有出息的文学家艺术家，必须到群众中去，必须长期地无条件地全心全意地到工农兵群众中去，到火热的斗争中去，到唯一的最广大最丰富的源泉中去……"我就乐于忍痛前往崞县。况且自从在延安学习了《讲话》以来，我还未曾到火热的斗争中去，这次也真是难得的一次好机会。

在一年之久的崞县土改工作中，由于和农民同吃、同劳动、同斗争，不但熟悉了各种人物，增长了不少农村知识，同时也学会了如何领导群众，如何执行政策。一年之久的农村生活，虽然前期也画了一些有关土改的壁画，但更多的时间都忙于发动群众了。只是在土改的后期，在日本人留下的一些明信片上画了不少人像。因为我感到在创作中最困难的就是画不出较多不同面孔的人物。记得朱光潜在《谈作文》的一文中说："莫泊桑初请教于福楼拜，福楼拜叫他描写一百个不同的面孔。"基于这种启示，我画了很多各种面型不同的头像，很得益。

从崞县归来，当我创作年画《选举图》时，就感到画起人物形象来特别得心应手，有如神来。

我在晋绥边区的四年期间，创作的版画不多，其中以《送马》较有影响。这幅作品前后刻了两次，使其中的主要人物有了满意的精神面貌。

四

解放战争的胜利迎来了1949年7月在北平召开的第一次文代大会。在大会期间举行了全国美术展览，我以延安晋绥的《丰衣足食图》《送马》等重要版画创作参加了展出，以西北代表团的成员参加了大会，荣幸地被大会选为主席团成员，后又被选为中国文联委员。这都意味着大会对我的版画成就的评价。周扬同志在大会上作的关于解放区文艺运动的报告——《新的人民的文艺》中提到美术时说："绘画方面，解放区的木刻、年画、连环画等，都带有浓厚的中国作风与中国气派，如大家熟知的古元、彦涵、力群等人的木刻……"这里把我摆在第三位是正确的，因为我的木刻反映陕甘宁边区的人民新生活比不上古元，而表现战斗中的军民英姿，也只有参加过太行山敌后斗争生活的彦涵的作品为最佳。

文代大会期间也举行了全国美术工作者的代表大会，我被选为常务理事。

大会结束时，周扬同志找我谈话，要我回到山西后和高沐鸿同志筹备山西省文代会。我们在当年的十二月在省委领导下召开了文代大会，高沐鸿被选为山西省文联主任，我和卢梦被选为文联副主任。这之后我又被选为山西省美协主席。大会结束后我就开始抓年画工作，因为离春节还有一两个月，还来得及赶上春节期间送到群众中去。接着于1950年我又创办了《山西画报》。这可以说是《晋绥人民画报》的继续,但比《晋绥人民画报》的印刷条件要好的多了,已由石印变成胶版印刷。从太行山来的美术工作者除了画年画外就全力投入画报的工作中了。

在太原期间我先后创作了年画《读报图》和《毛主席的代表访问太行山老根据地人民》,因为我曾参加了访问团。这两幅年画先后获得文化部颁发的新年画创作奖。而对于版画却仅仅刻了一幅套色木刻《向李顺达应战订生产计划》,发表于《人民日报》,编者加按语予以表扬。长期间我们的版画创作是为政治服务的。

1952年我被调到北京的"华北文联",任筹委,因为文联尚未正式成立。我来之后领导了华北地区的年画工作,自己创作了年画《代耕好了》发表于《解放军画报》。

在华北文联期间,正是我国在政治上"一边倒"倒向苏联的时期,因为苏联的美术印刷品大量流入中国,这使我感到不懂俄文有碍于向苏联美术学习,于是下决心学俄文,终于学的和平野合译了克拉甫兼珂夫人著的《杜宾斯基》。我在杭州艺专学习时了解的西洋美术史较多,尤其是法国的艺术,从古典派到印象派知之较详,但对于东欧和俄罗斯的美术却一无所知,所以这时就下决心补课。从十九世纪初期的特罗平宁和布留洛夫到巡回展览画派的别罗夫和列宾等美术家我都进行了研究。深感作为现实主义的画家,别罗夫和列宾等人在反映社会生活和刻画人物形象方面要比同时代的法国画家米勒和库尔贝还要深刻。

不久我就于1953年调到北京人民美术出版社担任副总编辑工作。这时我深感离开农村进入城市后,木刻创作难于找到题材之苦闷。蔡若虹同志对我说:"力群,你就算了吧,还想刻什么木刻?"意思是要我全力以赴做编辑工作,而我是舍不得抛弃木刻的。但已有三年之久未动刀了,怎么办?心里很不安。于是就到花店里买来一盆心爱的百合花作画材。我从事木刻创作以来,大多是描绘人物的,这是第一次刻套色的静物画。到1954年,我向出版社的领导要求下乡到创作源泉中去,于是就让我带上美术编辑罗尔纯和朱章超到太行山区去写生。这样我归来后,先后创作了套色木刻《太行山风景》《黎明》和《北京雪景》等木刻作品,之后又创作了套色木刻《瓜叶菊》和黑白木刻《紫露草》。但不久就有人在报上批评我,说我作为一个共产党员画家,不描绘社会生活,尽刻些花花草草和风景。可见当时左的空气之浓,虽然党中央已公布"百花齐放、百家争鸣"的文艺方针,也不行。

1955年我从人民美术出版社调到中国美术家协会任党组成员、书记处书记,《美术》杂志副主编,《版画》杂志主编等职。

1957年我和李桦同志访问苏联,参加在列宁格勒和莫斯科举行的《中国现代版画展览会》的开幕典礼,我的《太行山风景》《瓜叶菊》和《黎明》参加了展览。次年,我再次去莫斯科,作为"社会主义国家造型艺术展览会"的中国展品顾问,并以《黎明》《北京雪景》参加展览。

1959年世界和平理事会号召全世界的美术家创作以《给

世界以和平》为题的美术作品,我创作的黑白木刻《帘外歌声》参加了当年在德意志民主共和国莱比锡举行的国际版画比赛会。吴凡的《蒲公英》在比赛中获金质奖,我未获奖,但《帘外歌声》被选入德累斯顿出版之《给世界以和平》画册中,第一次和毕加索、麦绥莱勒的作品同刊于一个画册内。不久苏联的《艺术》杂志(NCKYCCTBO)即转载。

同年的秋天我向美协领导要求下乡,经同意后我去了山西汾阳峪道河和垣头村,归来后创作了套色木刻《社干会后》和《田间归来》。

我担任编辑工作后,深感要求下乡深入生活之难,于是一有机会我就争取。终于机会来了,1960年冬,经过"大跃进"运动后党中央号召北京的干部万人下放,到农村整风整社。因为在大跃进中滋长了非常严重的"共产风""浮夸风"以及"多吃多占风",既打击了群众的劳动积极性,也妨碍了生产的发展。我立即向组织报名响应党的号召,于是达到了到群众中去的目的,被分配到宁夏,带了中国文联的一个工作队来到黄河边的吴忠市,我被任命为红旗人民公社的党委副书记和市委常委进行整风整社。一年后又被请到银川市为宁夏文联举办"业余版画训练班",为时半年。

没想到这次到宁夏下乡,不仅在银川培育了一批版画的新手,而且我自己在版画创作中也得到了意想不到的丰收,形成了我一生中又一次版画创作高潮。我在这次深入农村生活后一共创作了十二幅木刻,其中的《春夜》《林茂羊肥》《二月》《春到宁夏》《雪后》《橹声响遍黄河岸》《新苗》等都受到人们的好评。这就再一次显示了毛主席说的"必须长期地无条件地全心全意地到工农群众中去"对于文艺创作的伟大指导意义。

　　1963年秋天"力群、黄新波、杨纳维三人版画联展"在中国美术馆开幕。之后以"力群版画展览"名义先后在沈阳、太原、灵石、西安、兰州、重庆、贵阳等地巡回展出，但到贵阳展出后即为美协主要领导所腰斩。原因是当时毛主席对中国文艺工作先后有两个不切实际的指示。最后一个指示指责文艺的领导和作家"不执行党的政策，做官当老爷，不去接近工农兵，不去反映社会主义的革命和建设……"由于我的展览中有静物画和风景画，这就使美协领导怕的要命，好像这些作品都是有问题的，所以下令停展了。这实际是两年后"文化大革命"的前奏，正是"山雨欲来风满楼"。结果到了"文化大革命"时期，这种"左"就发展到登峰造极了。造反派和红卫兵把我的《黎明》和《瓜叶菊》都打入他们示众的"毒草画展"中，到这时就全不管党的"百花齐放"的文艺方针了。我想"百花齐放"的文艺方针的提出，是为了繁荣各种不同品种的社会主义文学艺术以满足广大人民群众对文学艺术的多样的欣赏要求的，而"四人帮"是不执行这一文艺方针的，所以就形成戏剧上的"八个样板戏"一花独放的局面，这样就置中国文艺于死地了。

　　全国解放后，我在版画创作上进一步追求民族化，所以就从中国花鸟画、湖南印花布、民间剪纸中吸取营养，而又避免照搬和模仿，这也正是为了创造出有中国特色的版画的一种努力。从我的黑白木刻《帘外歌声》《林茂羊肥》等作品中即可看出学习民族民间美术的痕迹。

在我作编辑工作的十余年时间内,感到为了版画创作的提高,为了把美术编辑工作做好,都不能不学习艺术理论。因此不仅读苏联的有关书籍,而且王朝闻和蔡若虹等人的美术理论文章我也必读。十余年来作为美术理论的一种学习方式,也作为美术编辑工作的需要,我基于马克思和毛泽东的文艺观点写了不少有关美术的评论文章,后来出版了《力群美术论文选》《苏联名画欣赏》《齐白石研究》等书。

五

"文化大革命"开始时,我已从北京调回山西了。中国美术馆的造反派来太原把我揪回北京,受尽了精神上的凌辱和肉体上的折磨。1970年我终于由北京"解放"又回到太原。随即到灵石家乡落户插队,并担任大队林业队长,为家乡植树造林。1972年曾为灵石和晋中举办版画训练班。在此期间我创作了套色木刻《夏》《这也是课堂》以及黑白木刻《挖水池》。按说在乡下七年,生活在群众之中,本可以创作出更多的木刻,但由于"文化大革命"搞得我心情不佳,所以刻的很少。

"四人帮"覆灭后,我以极为愉快的心情于1977年从乡下回到太原。1978年应新疆伊犁地区之邀请,我到那里讲学并举办版画训练班。之后旅游北疆南疆各地,画了不少速写,历时四月。归来后,根据西北之行画的速写和感受于1980年创作了黑白木刻《林间》《清泉》和套色木刻《天山之夏》《新城在望》，同时还以太原风景写生创作了套色木刻《春风》，根据速写创作了黑白木刻《鹿园》《金鱼》，又根据东北和湖南之行创作了黑白木刻《夏风》和套色木刻《北国早春》《春到洞庭湖》，成为这一时期的代表作，形成我一生中的第三次创作高潮。而《北国早春》于1982年曾在法国参加巴黎"春季沙龙"画展。

这之后我的版画创作就走下坡路了，虽然也刻了《鱼乐图》《黑龙江之秋》《悬铃木》《觊觎》《早春暮归》《桂林风景》等套色木刻，但都未有产生如《林间》《清泉》似的出众之作。

我大约于1983年开始画中国花鸟画的，动机是为了应酬，因为有些朋友向我讨版画，实在不能如愿，版画印起来太费劲了。开始多画墨竹，但画到后来也就愈画愈有兴趣了，终于成为我的一门知名的画题。有时也画梅、菊、松鹰之类，但都不如墨竹画起来得心应手。

这一时期我写的小说、报告文学、散文都不少，十余年来一共写了五十余篇，先后出版了力群文学作品选集《野姑娘的故事》及散文集《马兰花》，其中的《我的乐园》于1984年以单行本在上海少年儿童出版社出版后，曾被上海儿童文学园丁奖委员会评为上海1984年的优秀作品，获儿童文学园丁奖。之后又于1991年与《力群版画选集》同时获山西省第二届文学艺术创作金牌奖。这时还出版了美术论文集《梅花香自苦寒来》。

我于1988年3月30日在《山西日报》副刊"黄河"上发表了

一篇批评王祥夫的小说《永不回归的姑母》的文章,标题是《我和作家的对话》。这篇文章的问世,有如捅了马蜂窝,立刻就在《山西日报》上掀起一场八级台风似的争鸣,持续竟有近半年之久。由于每个作家的文艺观的不同,因此对我的文章的褒贬不一。在近半年的论战中共发表31篇有关的文章,其中有21篇是拥护我的意见的,有10篇是反对我的观点的。最后由老作家马烽以"答《黄河》问"为题,对这场讨论发表了意见,意味着是为这场持续了将近半年之久的论战的总结。马烽说:"我个人赞成力群同志的观点","明确地说,我认为《姑母》是一篇失败的作品。"但最后《山西日报》文艺部还发表了一篇《"姑母"讨论的结束语》认为这场争论是我省文艺界从来没有过的事情。这个结束语虽然没有明确指出这场讨论中谁是谁非,但从对作家们提出的要求来看,是指明了是非的,其立论精神是支持我的观点而批评了《姑母》及其拥护者的。文章最后说:"这期间,本报收到省内外众多作者和读者投寄来的近三千件文稿和信函,还接待了一批又一批径直到报社造访,直抒自己胸臆和畅谈本人意见的各界人士。"这是我没有想到的。

1988年12月,"日中艺术交流中心"为我五十余年的版画创作成绩颁发了"贡献金奖"。

八十年代中期,当资产阶级自由化思潮在中国文艺界大为泛滥时,竟有人认为毛泽东同志《在延安文艺座谈会上的讲话》"过时了",但我是坚持了《讲话》的精神的。这就难免有人认为我是艺术思想上的顽固派,保守派,而我是不会动摇的,因为我坚持的是被实践证明了的艺术真理。如果我真的因此而在美术界孤立,也正如刘少奇同志所说是"光荣的孤立",何况我并不孤立,有蔡若虹、王朝闻、古元、王琦、李桦、李琦诸同志和我站在一条战线上,为保卫毛泽东文艺思想而战斗。因此我对于从延安出来的放弃了延安文艺方向的艺术家就不能不耿耿于怀。例如美协的某领导人,在他主持美协工作的期间,竟让《美术》杂志大张旗鼓地宣传西欧资产阶级腐朽的现代派艺术,支持"倒爷艺术"——新潮美术在中国流行,我就觉得很不应该。新潮美术家抛弃中国艺术传统,要求全盘西化,这实际上是为中国的"和平演变"效劳的。为了和弥漫于美术领域的资产阶级自由化思潮作不调和的斗争,保卫毛泽东文艺思想,我于1989年先后在山西的《火花》杂志上发表了《从现代派美术谈起》《我也和邢小群同志对话》。之后又于同年在《天津日报》发表了《冷静的考虑——从"倒爷艺术"谈起》;于1990年在《美术》杂志上发表了《美术馆国庆美展巡礼》;于1991年在北京《文艺报》上发表了《对于"新潮"美术之我见——就商于杜建同志》等美术评论文章。

为了表扬在文学上坚持毛泽东文艺路线的作家,我于1991年在《文艺报》上发表了评论临汾地区的作家谢俊杰的《把美的情操奉献给人民》一文,之后又在《文艺报》上发表了《赞美工人阶级的歌手——贺小虎》《我们工厂的三个女人》读后。我写这些评论文章的动机就因为有些背离毛泽东文艺路线的作家在文坛上很吃得开,而坚持这一路线的作家反倒受到压抑,这是很不公平的。

1991年9月24日在北京由中国美术家协会、中国版画家协会联合主办了纪念鲁迅诞辰110周年及中国新兴版画60年系列活动。《中国新兴版画60年回顾展》在中央美术学院陈列馆开幕，我参加回顾画展的作品有《鲁迅像》、《丰衣足食图》等五幅作品。9月26日，纪念鲁迅诞辰110周年及中国新兴版画60年颁奖大会在人民大会堂举行，给予我以"新兴版画杰出贡献奖"。这既是对我从艺近60年在版画艺术上的评价，也是给予我的最高荣誉。

　　1992年5月中共山西省委和山西省人民政府又授予我"人民艺术家"的光荣称号。这是山西的党和政府对我从艺60年的评价和给予我的最高荣誉。除了感谢，我将以有生之年在文学艺术上发挥余热，作为报答。

发表于1992年《美术耕耘》

注释：

①但于1936年10月8日鲁迅先生还是带病去八仙桥青年会参观了这次的木刻展览会了。

②我原名"郝丽春"。

③普罗艺术即无产阶级的艺术。

④我的小说处女作应是《他们全开到前线去了》，周扬不知道。

游北武当山散记

久闻北武当,其境未身临。
爬登天柱峰,喜览满山松。
清泉流石间,枫叶待霜红。
幽林听松涛,灌木遮小径。
不见林中鸟,但闻啾啾声。
他年愿再来,欣赏金秋景。

以上的不高明的诗句是我游了北武当山之后为一本《北武当来宾名册》写的。

北武当山为山西省级风景名胜区,在方山县境内,是吕梁山区黄土高原当中的一座由花岗岩形成的大山,正如画家吴冠中所形容的,是"黄海里的翠岛"。

我能够在初秋到方山欣赏这个"翠岛",应该感谢吕梁地区旅游开发总公司的总经理侯克捷同志。他不仅给我做游北武当山的向导,而且在我攀登天柱峰的艰难步履中给予我无微不至的关怀。他说:"上北武当的名人当中,象你这样78岁高龄的老人还是第一个。"

车到曹家沟村,就开始下车步行,在黄土的山坡上爬登。多少年不走这样的山路了,现在行走倒感觉是一种享受,尤其是这种土径,真象我家乡的山路,使我不无怀乡之情。同行的老乡说:"五里土坡五里砂,五里石阶往上爬。"使我知道了上山的途径。

当我们走进"五里砂"的地段时,在山野的灌木丛中就出现了长着绿色橡子的小橡树。当地叫彩树,也叫柞树,山东的柞蚕就是以橡叶为食的。我想,当深秋的橡叶染红了北武当山时,将会使游人如置身晚秋北京西山的红叶林中之感。除了柞树的灌木外,还看到很多野蔷薇灌木林,这野蔷薇我家乡的山里也有很多,农民叫"码茹",春天开嫩黄色的小花朵,现在间忽能看到结着点点深红色的小果。老乡说,把它晒干捣碎,掺和在面食里做成饼,吃起来怪甜的。这五里砂里除了彩树和码茹外,还发现有山桃和山杏,而在路旁的草丛中则偶尔看到有淡紫色和黄色的野菊花在悄悄地开着。

尚未行至五里石阶处时,就十二点了,肚子有些饿意,于是和侯克捷、张司机一同进午餐,以西瓜为饮料,以面包为主食,真是一次别致的野餐。

之后,来到五里石阶处,看到松林郁郁布满山野,在松林中有一条如南京中山陵似的白色石阶,笔直而上。克捷同志告我这石阶共有3000级,都是在花岗岩石上由工匠辛勤凿出来的,比中山陵的石阶窄得多了,所以越觉其高,好象直通云中。克捷并说,这北武当山于19亿年前形成,和黄山一样,同为火成岩。

石阶坡度很陡,爬起来很吃力,到高处,山风吹来,松涛声不绝于耳。我究竟老了,爬一段石阶就要稍事休息,喘一口气继续爬,偶尔听到孤寂的鸦声,就愈加感到高山丛林之辽阔与清静。有时能在松林中看到红得耀目的石竹花,点点如血,向我传情。

终于来到真武庙下道人居住的石窟内,算到达目的地了。克捷同志为了照顾我,决定在这里住宿,让我多休息,待明天再下山。

黄昏来临,碧绿的群山和远远的吕梁山脉渐为暮色笼罩,我们在门前石礅上闲聊,蚊虫猖獗,不胜干扰。无奈只好早早上床就寝,因为我不能睡热炕,就临时给铺了木板为床,不论被褥,不论枕巾、枕头都一色用善男信女为真武大帝敬献的"有求必应"之红色布幛所制,当地人把这种幛子称为"匾"。在这一片如红海的床上就寝,是我一生中的首次。少年时和我的祖父游灵石的石膏山,曾经在和尚的大山洞房里住过一宿,和这次的滋味全然不同。

次日清晨,感到窟外的空气无比清凉,群山初醒,迎接东方来临的曙光。我正刷牙,克捷惊叫:"快看,有一只松鼠!"等我看时,是一只很大的灰色松鼠。昨日在山上行走时就曾看见一只,现在它竟然出现,真使我高兴。这松鼠比黄土高原的"毛圪狸"较大,身上没有五道眉花纹了,有点像北京西山上的黑色大松鼠。它正在灌木根部活动,那大大的尾巴委实可爱,我是非常喜欢松鼠的,所以在木刻画《林间》里刻了两只在树上追逐相爱的小松鼠,受到人们的赞赏。

饭后,克捷同志领我攀阶,上最高层,观看了新整的金碧辉煌的真武殿。殿内有真武大帝,是新塑的铜像。院内有个大石,克捷同志说:"这是就原石凿出,拟凿成一个大的石香炉,供香客在此烧香。"我说:"应在院内栽两株松树,并平整地面,种些花草,游人来此就会更加感到心情愉悦了。"他说:"弄到钱就要动工,现在正是草创……"

我们凭栏远眺,看到在蔚蓝的天空下,四处森森郁郁一片绿海,远山如烟,重重叠叠,有如碧波浮沉;近松如盖,层层密密,好象绿云飘动。山鹰高飞,野禽低鸣,此情此景怎不令人心旷神怡。我对克捷同志说:"这样美的风景只有油画才能够尽情描绘,我们的木刻版画较无能为力。"

走下了金顶我们在松林和灌木丛中踏阶而下,白石阶在绿叶里时隐时现,曲径通幽,峰回路转,比起昨日的3000直阶来,深感有无比的艺术性,令我多走些下山路也不会感到疲乏。

向龟蛇巅攀登,在高而密的松林和灌木丛中寻路,间忽能发现高大的橡树和亭亭玉立的白桦,昨日所见皆为橡树的灌木,遍山盖野。今日所见,却和白桦隐藏于群松之中,显得她们象怕羞的姑娘,不愿抛头露面。林中荫幽清凉,时闻鸟鸣,愈感其静,我置身其间多么心安情悦。

终于在群枝栏路绿苔滑步的小径中爬到龟蛇岭。从窄窄的石脊小心走过,克捷说:"真象黄山天都峰的鱼脊背。"为什么叫龟蛇岭?因有一大石如龟,有一条石如蛇,形成蛇龟斗。克捷道:"王朝闻来此时说,叫龟蛇岭不含蓄,不如叫水火峰。因为道教里把龟蛇名为'水火'。"接着告我,来此旅游的全国知名艺术家除了王朝闻还有吴冠中,他们都写了关于北武当山的游记,希望我也能写一篇。我们在石龟旁,面对远景真武庙摄影留念,感到此景难得。

从"水火峰"下来,在阳光难射入的林荫小径中继续愉快地踏阶下行,看到一个千年古枫,身上斑疖如肿瘤,好像旧社会一辈子抬桥的苦力的小腿。我对此深感兴趣,就拿出速写本把它画下来。

真没想到克捷同志在行将出山的小溪旁发现了一朵红艳艳的山丹丹花,真使我喜欢。山丹丹在陕北是很出名的,在民歌《信天游》中唱道:"山丹丹花开背洼洼里红……"而今却开在灌木丛中,克捷给我用小刀连根挖出,包以湿泥,算是我在北武当山之行的重大收获,将来种在我家的花盆里,开出红花来,正象我从晋东南历山旅游区带回的一株百合花开出银花来使我怀念历山似的,我将永远怀念这难忘的风光秀丽的北武当山。

我真感谢克捷同志,真不虚此行。他为修建北武当山使它成为一个北国旅游重点,花尽了心血,我期待他对北武当山的总体规划能早日实现。他对我说,届时,那五里土坡,五里砂,就不行走了,游人在溪边下车后就从西边的接神坡宛转而上,沿途奇石林立,怪松婆娑,一扫现在五里土路五里砂的枯燥。返回路线也将穿行于新凿的崖壁栈道上,游人将领略到天然崖壁的宏阔壮观,这是在其它风景区所欲见而不能的。

1992年10月19日发表于太原《天龙商报》

能人隆喜叔的故事

作家们喜欢为大人物立传,而我却偏偏有兴趣写一位小人物的故事。

此人名郝隆喜,在人民公社时代当过生产队长,社员们称他为"万能队长"。就是这位"万能队长"活了82岁,于1989年带着一部大大的白胡须离开了人间。因为他不是大人物,所以死后既没有举行遗体告别,也没有开追悼会。又因为是在乡下,也不火葬,而是在穿一身白衣的家人的哭声中把他的棺材送到坟地,埋掉了。像一头老牛默默地死去一样,从此人们就把他遗忘了。

而我却忘不了他,因为他的那些不平凡的事迹总在我的记忆里难以消失。

论我们郝家的辈数,我应该叫隆喜"叔叔"。在我们家乡,郝家是个大家族,附近四五个村庄的郝姓都能说出彼此的辈数来。例如"文革"后期我回乡插队落户,一天在山里拾下一捆柴,正打算用绳捆绑时,一个枣条村穿红衣的标致姑娘走过来说:"来,我给你绑。"我知道她姓郝,就以感激的心情说:"我应该叫你小妹妹吧?""不是,你应叫我姑姑哩。"她说。我多年离乡在外,弄不清郝家的辈数,但小姑娘能弄清。就是对于郝隆喜,一开始我也弄不清应叫他什么,那是他教我酸枣接大枣时,我说:"郝家的辈数我还弄不清,我应怎么称呼你呢?"

"噢,我和你爹平辈,你应叫我叔叔哩。"从此我就叫他隆喜叔。

郝隆喜经历了坎坷的一生。他住在和郝家掌不远的小小的山庄圪背掌,这里只有韩姓、曹姓和郝姓三家人家,都在七梁八圪凹的黄土高原上种地,祖祖辈辈过着贫穷的生活。圪背掌和霍县的韩家岭打交界,所以彼此来往较多。郝隆喜九岁上丧父,母亲实在生活不下去了,就改嫁到十里路之外的仁义镇。一个名叫曹万银的人娶了她。隆喜和弟弟年岁小,还不能独立生活,只好跟随妈妈到了曹家。当时我们家已从郝家掌迁居仁义镇,因此我在仁义镇的小学里就和隆喜的弟弟是同学,我们都叫他曹隆元。但隆喜没有上学,可我也常在街上见到他,一个十来岁的孩子赶一头小毛驴在街上走,人们都叫他曹隆喜。因为曹万银不愿白养活他,就让他赶上小毛驴跑官道(也叫跑脚),这是当时家乡受苦人在冬闲时的一种艰苦营生。为了赚"脚钱",白天一早赶上小毛驴走到霍县,在那里驮上白面,天黑时到家,把面袋从驴背上取下来,为了怕"脱秤",放在用水喷湿的潮地上,之后又把面袋也轻轻喷湿。

到第二天一早,又赶上毛驴把白面送到灵石城。从仁义镇到霍县要走五十里,从仁义镇到灵石要走四十里,还得爬有名的韩信岭的大坡。十来岁的曹隆喜就这样每日于西北风的折磨下在官道上忍饥耐寒而为曹万银赚脚钱。除了跑脚,隆喜还要给曹万银磨面、割草、担水喂牲口……一不如意曹万银就要打骂隆喜。

当隆喜叔十三四岁的时候,母亲去世了,他再也忍受不了曹家无情的牛马生活,就和弟弟回到圪背掌,从此兄弟俩又姓了郝,人们叫郝隆喜和郝隆元。而曹万银却在后来的"算老账"的土改运动中被本村的群众作为"恶霸"打死了。

脱离了"寄人篱下"的牛马生活,回到了诞生之地的圪背掌,固然心情舒畅了,但艰苦的创业生活横在隆喜叔的面前,使他苦恼。虽然有家道为邻也帮不了忙,初回来时,穷的连个锅也没有,只好用半个破瓦罐煮饭。由于没有粮食,不得不和弟弟吃糠咽菜渡此穷苦的岁月。冬夜没有被子盖,又买不起炭烧炕,兄弟俩就先用高粱杆在地上燃烧,暖暖窑,而后各人钻在一条装粮食的毛口袋里睡在凉炕上。春荒时吃榆钱钱,吃苦菜……

在我们乡下,为了生活,像隆喜叔那样三教九流无所不为的人几乎找不到。据我所知由于穷困的鞭策,由于命运的摆布,他曾走村串乡用大弓弹棉花。无钱买布做衣服,他就自己学的纺花、织布。白天他要上地劳动,夜里又无钱买油点灯,就点上一枝香火绑在纺车的锭子旁照明,在黑暗中摸索着纺线。他织的布是霍县农村妇女惯织的小布,有时还能织出有条纹的花布来。妇女们看了惊讶地说"隆喜真能,除了生娃娃,没有他不会的"。然而隆喜虽能,但光景总是跳不出穷困的深渊。

为了跳出这个穷困的深渊,农忙时他种地,农闲时就做手工业。他挑起小炉匠的重担到处叫喊,开始是当铜匠,给人们打铜勺子、铜笊篱、做铜水烟袋,做铜锁,同时还钉锅补锅。他做水烟袋一次能做两个,先做两个"模子",而后铸铜。后来就把"模子"卖给了同行,因为那些同行笨,不会做"模子"。

有一次,灵石东许村油房的大锅在底上打了个三角形的窟窿,让晋东南来的一个小炉匠补。他补了两天也补不成,这时正碰上隆喜叔挑的小炉匠担子路过,他是要去沁源的。晋东南的同行把他拦着,让他看,问他能不能补,隆喜叔看了说:"能。"于是对方拉开风箱,把锅底和碎片烧红,隆喜叔把碎片对好茬口,用冷水一喷,利用金属热胀冷缩的科学原理,一下就把三角碎片卡在锅上不动了,而后又用铜水浇上,就把大锅给补好了,使他的同行不胜敬佩。结果应得的两石五斗玉米,对方拿了五斗,两石给了隆喜叔。

后来他不干铜匠了,又干起银匠来,给妇女们打银手镯,银戒指,银绳绳,银耳坠,银簪……还做小孩子们带的小银锁。他做的银器总是得到妇女们的欢心。一次他给霍县老张湾供销社主任用他父亲的一张照片做一个立体的小银像,胡子都铸造的没有走样,这是隆喜叔先做了个"模子"铸出来的。主任觉得很像他父亲,就给了隆喜叔几大包白糖,作为酬谢。

隆喜叔很会养蜂，他上厕所时观察到蜂吃尿，还看到蜂吃蚂蚁，当花期已过，蜜源缺乏时，他就用白糖加尿水加蚂蚁制成蜜，放在蜂箱门口，让蜜蜂吃。结果蜜蜂就把这些蜜全搬进蜂窝里。当隆喜叔把蜂蜜从蜂窝取出，卖给收购站，经化验认为很合标准。

当隆喜叔给东许村油房把大锅补好后，就挑上他的小炉匠重担到了沁源，住在一个孤老头家里。老头对他不错，他把数月来赚下的好几石粮食都给了老头，只把赚下的麻带上准备回灵石。临走时老头过意不去对隆喜说："算是我对你的谢意，我把我禁蛇毒的秘方传给你。"这样隆喜叔就学会了一项谋生的新本领。这个秘方是用棉花搓成条，醮上香油点上火，再用雄黄和砒霜泡在酒内。治病的人要先念咒求神，奉请东方太上老祖下凡来治蛇毒，然后口含桔黄色的雄黄砒霜毒酒并将香油的熊熊火焰吞在口里，再把火和酒喷到蛇咬的伤处，之后让病人喝一碗灵芝水，再用活臭虫血擦在伤口就好了，这样不化脓。据说这种方法很灵，不仅能治蛇咬伤的人，还能治蛇咬伤的牛、羊、骡马。一次圪背掌的邻村霍县的韩家岭，有一个农民被七寸蛇咬伤了，刚进家门就跌倒在地，口吐白沫，性命难保。家人立刻把隆喜叔请来，他用此法一阵就把病人治好了。

此外，隆喜叔还会干皮匠的营生，例如做皮绳、做皮袄，做牲口鞍子上的一切皮用具。同时也会熟皮子，不论羊皮、狐皮、骡马皮他都会熟，因此附近的人们有了关于熟皮子的事都找他。

隆喜叔还会干石匠,谁家磨面的石磨不行了,就找隆喜叔来用钢铣"洗磨"。

隆喜叔还会在山上采药,他在石膏山一带采党参、采冬花、采茵陈、挖龙骨……此外他还会修钟表,认钢铁,真是无所不能,无所不会。

我不知隆喜叔何年娶妻,单知道他常打老婆。旧社会有这样的说法,"娶到的媳妇买到的马,由人骑来由人打,"好像打老婆是应该的。但婶婶却给他生了三男一女,也算是尽了为妻的职责了。大儿金明对我说:"俺爹除了过年,两手停不下。"

金明也向他父亲学会了禁蛇毒的秘诀。据他告我:"这秘诀虽然蒙了一层迷信的外衣,但有科学道理。有人研究过,认为香油火通过雄黄、砒霜、酒、再加唾沫,可产生硝酸盐的作用,而硝酸盐是专治蛇毒的。"信乎不信,我实在说不清,但金明说:"这可不是闹得玩的,因砒霜有毒,弄不好不但治不了病,反倒会把自己毒死。"

但我始终没有见过金明的妈,听说她到女儿家参加婚丧大事时,因脑血栓病死在苏家庄了。

全国解放后,隆喜叔一时心血来潮就和别人朋伙赶集赶会拉起"西洋片"来。他先拉,后来让弟弟隆元拉。洋片是用四石小麦买的,共24张,都是照片,其中有《刘邓过江》、《大别山大战》、《武松杀嫂》、《水浒英雄》。此外还有上海风景、北京风光……但有时也出现《大姑娘洗澡》之类。

洋片不拉了,他又赶时兴,朋伙从石家庄用24石麦子买来无声电影的小机子和手摇发电机,五个人在乡下到处串村放映,赚钱不少。但一年多之后,有人放映有声电影了,就使他们的无声电影没有人看了。只好停止演放。

听说隆喜叔有个毛病,由于脾气不好,除了打老婆,还好骂人。例如他在村里抚治的果木,到成熟时,村里的孩子们看到红红的果子就口馋,于是就偷偷上树摘他的苹果。让他看到了就大骂,有时还打,这样自然要得罪些村人,而主要是韩家。平时韩家没有出气的机会,待1946年冬天土地改革(老百姓叫"算老账"),韩家就纠集了他们的人马,在斗争地主的会上,趁机斗了隆喜叔,罪名是村里的"恶霸"。土改工作队还来不及调查了解情况,隆喜叔已被韩家的人马在会上打的肩膀骨折,头上出现了血窟窿。这可算闯下大祸了。民兵们和区分队的武装知道此情后不答应,有的说打了他们的"兵工厂"要报仇,有的放下武器不干了,以示抗议。当时正是解放战争年代,谁敢得罪民兵?为什么打了隆喜叔民兵们说是打了他们的"兵工厂"呢?这就因为隆喜叔是修枪的能手,民兵们的枪有了毛病,隆喜叔拿起枪来一拉栓就知道毛病在哪里,马上就能修好。从抗日战争年代起,隆喜叔就为民兵们修枪,所以他们说隆喜叔是他们的"兵工厂"。而隆喜叔之学会修枪却是从八路军陇海部队的张副官那里学会的。张副官曾在兵工厂工作过,战争年代在圪背掌住过。隆喜叔就从他那里学会了修理步枪、手枪的本领。这既说明隆喜叔好学,也说明隆喜叔心灵。因此张副官到了沁县就给隆喜叔来信,要他到那里的兵工厂工作。不巧当时隆喜叔给村里补锅,不慎让铁水烧到脚上不能行动了,未去成。等脚好了时,又听说张副官死在沁源了,终于未能去兵工厂。

话说回来,韩家打了隆喜叔民兵们不让,怎么办,这样农会和土改工作队就只好向隆喜叔承认错误,怪他们工作没做好。既否认了隆喜叔是"恶霸"的罪名,还负责给隆喜叔养伤,如此才算平息了这次的风波。

当1949年山西全省解放后,我曾于春节期间回到久别的故乡看望我的老母。以上的情况大都是当时听说的。这次回家我给村人画了不少像,其中就有隆喜叔,由此我和他就熟识起来。他当时是一位很精干的中年人,正给村里弹花。我给他画的像至今还保存着,也算一个纪念品。当我于1970年回乡落户插队时就看到他留了一部很长的白胡须,也很神气,人虽老了但很健康,真是红光满面。可惜没有留下他白胡须的画像,真是憾事。

我们家乡的山上石鸡很多,但颇难捕到。一次我和隆喜叔闲聊,他告诉我要想捕到大批的石鸡,非有"诱子"不可。说的我莫名其妙了,连忙就问:"什么是'诱子'?"他说:"石鸡也是有营地的,它们经常活动的山区就不允许别山上的石鸡来,来了就要打。因此你提一个外地的石鸡,把它拴在地里,下了捕网,它一叫,当地的石鸡就能听出是外地来的,立刻就飞来一群啄它,于是就都落了捕网,成为了猎物。而拴在网当中的外地石鸡就叫'诱子'。"这我才明白了,是的,从外村捉来的公鸡,本村的公鸡一见就打,这我是知道的。上海的流氓有管区也是知道的,但没想到石鸡也和上海的流氓一样,也有不许"外人"侵犯的领域。近来看电视上的《动物世界》,才知道非洲的狮子也有自己的领区。

从此,我就很喜欢听隆喜叔讲这类的生活故事。这是书本上没有的,所以我每次从太原回到郝家掌总要走山路到二里之外的圪背掌去看望隆喜叔。他对我似乎有一种特殊的吸引力。

有次又去圪背掌看隆喜叔,他拿出一枝鸟枪给我看,"这是我自己做的,"他说。"枪筒也是你钻成的?"我问。"我弄到这根八棱钢,心想把它钻通做一枝鸟枪多好。于是花了六七天晚上就把它钻通了。"他说。这根八棱钢棍有两米长,直径约18毫米,隆喜叔硬把它钻通,真使我不可思议,如果有车床,用钻机把它钻成枪筒那是可以理解的。后来他告我钻的办法是先把钢棍绑在柜腿上,下面留出一定距离,上面压上一块大磨石,使它不动。然后用风钢做钻子,以手摇的办法,从钢棍的下端往上钻。就凭他多年当小炉匠的蘸火技术,又加上用醋和水混和蘸火,就能使钢钻特别坚硬,有利于钻钢。等钻条不够了,再接上一条。当时他白天在地里劳动,每晚实在累的不行了才上炕睡觉。就凭他特有的毅力硬是把它钻通了。我想这多难呀!稍一不慎,钻不直不行,从钢棍半腰钻出孔来更不行。后来隆喜叔告我,"这枝枪已经用过了,什么都好,就是不轻,有十八斤重。"但单凭这枝枪,我就对隆喜叔钦佩的五体投地了。别人听了也无不惊叹。

隆喜叔人口众多,经常闹粮荒,就凭这枝鸟枪他在山里打些野味,如石鸡、兔子,来补充家庭伙食的不足。

有时我去看隆喜叔时,也见到他的弟弟隆元叔,他在村里放羊。我曾送给他一个白蜡杆,家乡放羊人用它做放羊铲的木把,感到很珍贵。这是我当林业队长时从代县移植来培养成材后特意送给他的,他很高兴。我对于隆喜叔和隆元叔这样的劳动人民,有一种特殊的感情,觉得他们质朴得可爱。

在我于"文化大革命"后期在家乡担任林业队长时,曾请隆喜叔教我酸枣接大枣,他告我是从孝义县的白壁关学到嫁接技术的。可惜他嫁接的成活率不高,就因为隆喜叔不识字,不能看书,没有科学知识,还不知道嫁接的关键是砧木和接穗的"新成层"的有机结合。说不定白壁关的嫁接老师也不知道。因此我想,如果隆喜叔要能有文化,他可能会做出更惊人的事来,但即使如此,我还是向他学了嫁接,由于我读了有关的书籍而后才懂得了所谓"新成层"。因此我后来酸枣接大枣的成活率可达95%,而隆喜叔只有50%的成活率。

但隆喜叔还有一件事使我非常惊异,也就是我插队落户期间,一天,在我的院里看到对面山上有两个人在挖土,我问村人,他们说大概是隆喜和他儿子金亮在挖龙骨。所挖的位置在石层之上的红胶泥地带,那里有一层"料礓石"。后来知道父子二人真的挖到了龙骨。据说龙骨是一种药材,挖出五花龙骨到供销社可卖六元钱一斤,挖出土龙骨只能卖一毛一斤。我想,哪里有龙骨,这是要由地质学家来考察的,而为什么没有地质知识的隆喜叔竟一挖就中,对我来说,也真是个谜。

当我计划写一篇有关隆喜叔的散文,要和他好好地谈一次话,不仅问他挖龙骨的事,更要了解他很多有趣的身世时,听说他去世了。我多么的感到遗憾,多么的悔恨!悔恨自己为什么不早去访问他呢?因此我只好把我所知道的有关他的事迹写出来,作为为一个普通劳动人民立传,也作为我对隆喜叔的怀念。

　　　　1993年9月发表于《山西文学》

谈"和稀泥"

一次去北京,在我儿媳的家里作客,亲家母是继母,而我的老伴也是"续弦",因此我们谈到家庭问题,彼此就发现颇多共同语言。当时我的亲家翁也在场,亲家母指着丈夫对我说:"为求得家庭和睦,就凭他善于'和稀泥'。"亲家翁对我笑笑。

我事后想,这"和稀泥"可能是亲家母的深切感受。因为一个家庭有了继母总难免发生些矛盾,而家庭矛盾也是很复杂的。前房儿女小,大都是遭受继母的虐待;而前房儿女大,大都继母进家有如"不速之客",好像他们从感情上代表死去的母亲(或离婚的母亲)排斥这个"情敌"。这些矛盾为父的也未必都能用"和稀泥"的办法来解决。例如晋剧里的《鞭打芦花》就是表现继母虐待前房儿子的。闵德仁发现继母给她自己亲生的儿子英哥的棉衣里絮棉花而给前房儿子闵子骞棉衣里絮的却是芦花时,倒没有采取"和稀泥"的办法来解决矛盾，而是要休妻，幸亏贤惠的闵子骞讲出"母在一子寒，母去三子单"的感人之词感动父亲放弃了休妻之举，最后继母也认了错，从而解决了这一矛盾。

但我在报纸上也曾读到孤居的老父找到了老伴，而儿女不欢迎这个"不速之客"，竟把继母赶跑的事。我想"这不欢迎"除了感情上的原因，恐怕还有个将来遗产的继承问题吧。但这种矛盾也很难有人能用"和稀泥"的办法来解决的。自然，继母像亲妈妈似的抚育前房幼小子女的事也是有的，而理解老父的处境，欢迎继母光临的儿女也不乏其人。

家庭矛盾同时也是多样的。在旧时代，一般的是婆婆虐待媳妇，例如古诗《孔雀东南飞》就是描写婆婆硬逼走媳妇，使焦仲卿和兰芝一双鸳鸯似的恩爱夫妻生生被拆散，从而演成悲剧遗恨千古的故事。而宋代诗人陆游的遭遇也真像焦仲卿，他的爱妻唐琬也是被婆婆逼走另嫁的。我每读古诗《孔雀东南飞》和陆游怀念唐琬的词《钗头凤》就都想哭。然而这两起家庭矛盾也是没有人能用"和稀泥"的办法来解决的。

以上所谈都是婆婆虐待媳妇的事，而蒲剧里的《杀狗》却表现的是媳妇虐待婆婆的情景，儿子曹庄发现此情后，却未曾和稀泥，而是用杀狗惊怕了妻子，使她再不敢虐待婆婆，从而解决了家庭矛盾的。

前些时我到晋剧院参加省委、省政府慰问老干部的迎春戏剧演出招待会，观看了一场《打金枝》，这场戏也是描写家庭矛盾的，不过写的是宫庭里的家庭纠纷。剧情是以唐代郭子仪的儿子郭暧因他的妻子升平公主拒绝给翁爹拜寿，郭暧回宫打了公主闯下大祸开始的。但皇帝唐代宗并未用国法处罚驸马,而是考虑到既不得罪功臣郭子仪,又要使公主也欢心,于是反给附马官升三级。我感到这实际是用"和稀泥"的办法解决了这场宫廷内的家庭矛盾的。但虽为家庭矛盾,可也涉及社稷安危,所以当年毛主席在晋绥边区看了这场戏时认为其中有爱国主义,因唐代宗的和稀泥就含有政治内容——达到了君臣团结。

据说,唐代宗曾谕郭子仪曰:"不痴不聋,做不得阿家翁,儿女闺阁风语,不必挂怀。"大概这就是他处理驸马和公主之间的纠纷采用"和稀泥"的办法的思想基础。

我不止一次看这出和稀泥的《打金枝》了,这次再看,从艺术观点来说,也真是一出有情有味的戏。主演升平公主的是名演员,她表演了一个娇气十足的皇家闺秀也真够细腻入微令人赏心悦目了,但可惜到底她老了,看到她的脸面总觉得和年少的升平公主的形象有距离,这也真是无可奈何的事。但由此却使我怀念起当年在晋绥边区的兴县演《打金枝》中升平公主的夜明珠。她当时才二十岁左右,化妆起来非常漂亮,因此她所塑造的升平公主就更能使观众感到真实美丽。我在《怀念夜明珠》一文中写道:"是她引起我对于晋剧的浓厚兴趣,是她提高了我对于传统戏剧的欣赏水平。"

我是有生以来第一次在兴县看《打金枝》这出"和稀泥"的戏的,然而夜明珠的表演和唱腔却真使我入迷了。可惜她只活了26岁就离开了人间,不能像当今的名演员似的,五十多岁了还上台演升平公主。

我想，如果是国家大事，含有原则性的问题，当领导的是万万不能用"和稀泥"的办法来解决矛盾的，但家庭中由于有了继母而发生一些鸡毛蒜皮的矛盾，作为一家之长的还是采取"和稀泥"的办法来处理为宜，它的好处已为我的亲家母所赞赏了。

发表于1993年2月17日《太原日报》"双塔"副刊

我的姑姑

我曾经有过一个为我所喜欢的姑姑,给我留下的印象是干净利落,看她当时的容貌能想像出她年轻时是很漂亮的。她的心境和风度都平静得像一池无波的秋水,既不像说这家长那家短的喋喋不休的饶舌妇,也不像一天到晚唉声叹气诉说她命苦的婆姨。然而自我记得她就是一个寡妇,因此我从未见过我的姑夫。

姑姑是我大爷爷的女儿,我的亲爷爷只生了我父亲一人,没生闺女,所以我没有亲姑姑。然而大爷爷生的这个闺女就像我的亲姑姑一样,我很喜欢她。

每年春节后我都要到姑姑家去拜年。由于姑姑家有两个表兄和一个表嫂,还有两个叫姑姑伯母的堂表兄和堂表姐,感到姑姑家可热闹了。但有时还能看到姑姑的小叔子,这就是堂表兄和堂表姐的爸爸。他们都和平地生活在一个家庭里。姑姑的小叔子是在外地经商的,而我却从来没有见过堂表兄和堂表姐的妈妈,听说是早死了。

看来姑姑家的日子过得还算好,大表兄和二表兄都能劳动了,家里有吃有穿,没给我留下贫穷的印象。而且家庭也是很和睦的。

我从来没有看见过我的姑姑摆婆婆的架子训斥表嫂,也未曾见过姑姑责骂表兄和表姐。我每年到姑姑家拜年,就不想回我的家了,感到姑姑家像春天一样温暖。除了白天和村里的孩子们玩耍外,几乎每晚都装上压岁钱和表兄们挤到赌场上去"丢骰子"。玩够了,深夜才回到姑姑家,可姑姑知道了也不骂。我看到姑姑那平静如秋水的容貌就使我对她喜欢。姑姑从来都不给我个难看的脸色,不像我妈妈管的我过严,让我害怕。

可是我曾听妈妈和村里婆姨们在背后议论我的姑姑,说她"和小叔子明铺夜盖,真不像话……"还说儿女们嫌不好看,把铺盖拿开,可姑姑第二天还是照旧又放在一起。然而我那时还年幼,真不明白其中的是非。但我始终是喜欢我的姑姑的,姑姑给我的印象就像庙宇里坐在神龛内的那个和蔼的佛像。

大爷爷病故后,姑姑来吊丧,她的大哥因抽大烟,偷上东西倒卖……很不成器,早年即被大爷爷困死在土窑里,一直还埋在村边的地塄下。按村俗,此刻要随父改葬在老坟里。为此,姑姑捏了个面人,作为死者的妻子陪葬,因为她的大哥至死还没有娶妻。我看到姑姑用心地把面人捏好,摆在我面前,是个没有穿衣服的裸体女人。姑姑很严肃平静地从她的头上把簪拔下,在面人脐下的部位扎了一个小小的窟窿,"不能是个实女呀！"她说。然后交给我，让我送到村边的老坟里。我两手托着这个我应叫她伯母的小面人，一边走一边想："姑姑真有意思。"然后把它交给正在老坟忙碌的叔叔。

此后我多年流落在外，姑姑究竟怎么死的，不清楚了。但我回想起她当时的处境，也够为难的。要是现在，如果她有勇气，竟可到乡政府登记和小叔成亲。因为她没有了丈夫，小叔没有了妻子，两者结合本来是很合适的。但在那个时代，既没有登记的制度，嫂嫂和小叔成亲又为旧礼教和旧风俗所不容，所以姑姑也只好和小叔"明铺夜盖"作为不宣而结合的夫妻。她默默地顶着了那些闲言谤语，走着问心无愧的人生之路，也算勇敢的。

一首《两相好》的山西民歌中说：
老鸹要叫尽它叫，
风吹大树尽它摇。
旁人闲话尽他讲，
踩不断咱两的连心桥。

这首民歌倒好像是歌颂姑姑和她小叔子的骨气和爱情的。

我永远忘不了我所喜欢的姑姑，她虽然像神龛里的佛像那么和蔼，然而她那平静如秋水的内心，却并不甘愿作旧社会的顺臣，而是用勇敢的行动和封建旧礼教宣战的。

我永远怀念敢于和封建旧礼教宣战的我的姑姑。

1993年2月发表于《山西文学》第2期

到天涯海角

我于1993年春寒季节的北方，来到有如盛夏的南国海岛，在海口乘"海南省天马国际游行社鸿泰旅游团"的旅游车作环岛三日游。这时，海南全岛正在庆祝第三届国际椰子节，到处飘扬着五彩缤纷的小旗，充满了节日的气氛。

我们从海口市出发时，天空下着蒙蒙细雨，同车的旅伴都是陌生的北方人，有新疆的、包头的、四川的、河南的，加上我们来自山西的一家三口，共23人，其中有11个是中青年妇女。而以年龄来说，我这已过八十高龄的人算是其中最老的了。

面包车是向着海南岛最南端的三亚市行驶的，北方人大都想到南国的"天涯海角"看看，有一种"不到黄河心不死"，"不到长城非好汉"的心情。

车行不久，就在雨中停下来，一个典型的广东姑娘形象的海南岛导游小姐，讲一口漂亮的普通话，让我们下车，参观苏公祠和五公祠。这是旅游参观的景点之一。我过去只知道苏东坡曾在黄州、杭州等地作官,因而西湖有苏堤留传至今。导游小姐说,苏东坡一生三贬。但我不知他还被贬海南岛,有如俄罗斯的官员犯了罪充军西伯利亚,一辈子也真够坎坷多难的。所谓五公,乃唐宋年间先后被贬谪海南岛的李德裕、李纲、赵鼎、李光、胡铨诸公,他们都有诗文留在海南,我买了一本《五公诗词选》记载较详。在苏公祠内有一石碑,镌刻着苏东坡的画像,头带笠帽,脚登木履,手拿的一条猪肉,被狗叼了,他正回头观看,画得颇有风趣。我们还参观了他挖的水池,名"粟米泉",因水面常浮粟米似的水泡,故名。所有这些都使我感到自己太孤陋寡闻了。

离开五公祠,车继续在雨中行进,从车窗眺望,看到一片绿色的平原,在深绿的林丛中时有鲜绿色的地毯似的平平稻田出现,绿得可爱。也看到清澈的河流和水塘从窗外飞过,水塘里的白色鹅群,在雨中自适地栖在堤上,有时也看到它们领着雏鹅在水中游动。从我眼前飞过的路旁的树林都是些陌生的南国绿林,全然看不到北国的槐树和高杨,而时时出现在我眼前的多为椰子树和相思树以及竹林和芭蕉之类,是这些热带林木构成了海南岛所富有异国情调的美丽风光。偶然看到身披雨衣的农民驾着水牛在细雨中耕田,或在草地上牧放牛群,而多半是水牛,间忽也看到北方的黄牛。也有人在雨中放羊,都是些黑色的山羊,不见白色的绵羊。就是看不到青山和洋式的高楼,而多半是些古老的平瓦房,门上还存在着春节时贴上的门神和春联。即使偶尔看到楼房,也是些古式的,顶多有三层。不像深圳和海口全是新起的现代高楼,说明开放之风尚未吹到这些地方。偶尔也看到路旁的标语牌上写着"谁烧森林谁坐牢",这是对于毁林者的一种严重的警告。

导游小姐是很有风趣的,当车经过宋庆龄的故乡文昌县一带时,她向我们说:"文昌一大怪,八十岁的老太太上树,比猴子还爬得快!"这一夸张的比喻,来源于此地一向重男轻女,男孩从小就要上学读书,最穷的人家也要借上钱为男孩交学费,男孩子不读书就会被人家看不起。所以文昌县素有"文化之乡"的美称,以至于海口的任何机关里都有文昌人。而女孩呢,自幼就在家辛勤劳动,她不仅要在田里做农活,还要像男子一样上椰子树采椰子。因为文昌县椰子树特别多,所以它又有"椰子乡"的美称。由于文昌姑娘从小就有了上树的训练,所以年到八十岁已成为老太太了,还是上树能手。

午时,车到琼海,我们在万泉河岸面对细雨中的河景展望,如临朦胧的画前。我的姑娘阿霞带着照像机,先给我和继母拍照后,又由我给她拍。河宽如湖,远山如烟,近处有停泊的游船,像江南水乡风光。

午饭在旅游团为大家安排的"琼海华侨大厦"进餐,我们一家与新疆的一对夫妻以及一位四川成都的小姐和一个河南的青年共一桌,很久没有和陌生的人集体吃饭了,也很有趣味。

离开琼海,我在车上打盹。车行过万宁县后,在蒙蒙细雨中突然出现了石山,导游小姐告我们要在这名为"东山岭"的风景地停车,让大家上山游览。我们打着伞在泥泞的石阶上踏水而上,见石阶两旁有很多售卖珍珠项链和贝类的摊篷在叫卖。我一直走到最高处的"潮音寺"。这"潮音寺"是后人为奉祀李纲而建的。但事实上李纲被贬此处后,他并没有来过这里。在寺下山边的大石上还立着人民为他雕刻的大石像,他站在那里眺望着山下无边的绿色田野,若有所思。李纲是我国北宋末年有名的抗金英雄,所以人民特别尊敬他。

下山时我才发现在一块大石上镌刻着"海南第一山"五个大字。

游完"东山岭",车开后,导游小姐让我们观看窗外两边的田里种的咖啡树和胡椒树,在胡椒园里有一排排的石柱,让胡椒往石柱上爬。我不能近看,也不知胡椒是草本还是木本。但我想,它大概像葡萄似的是一种木本的藤类植物。

快到兴隆温泉时,导游小姐向我们介绍,说温泉水的温度高达70度,洗澡要羼配凉水……并要安排我们当晚在兴隆华侨农场别墅——兴隆温泉金凤渡假村住宿。于是阿霞问她:"这里住处好不好?有蚊子没有?"因为她是最怕蚊子的。没想到导游小姐说:"三个蚊子一盘菜,三个老鼠一麻袋!"真吓人。

当晚给我们分配的是三人一室的平房,而蚊子也就是不少,闹得阿霞一夜没睡好。而我因泻肚子,没去吃晚饭,在房里吃了些饼干,喝了杯牛奶,就糊里糊涂地睡着了,也不知道蚊子咬了我没有。

次日早上七时起床,出门后才看到这里到处是好看的花木,园庭很美。

车开到"兴隆海鲜酒楼"吃了早饭。我因肠胃不好,只吃了些饼干。

车在雨中开动后,行不久,导游小姐望着窗外飞过的树问大家:"你们记得吗?外面是什么树?我曾经在昨天告诉过你们。"

"是相思树。"有人回答。

"不对,是苦恋树!"包头的旅客说。

"你说错了,是相思树!"

"没说错,相思还不是苦恋!"包头的旅客辩解说,逗得大家都笑了,导游小姐也在笑。

隔了一阵,导游小姐又对大家说:"你们看,窗外有的是椰树,有的是槟榔树,槟榔树长得直直的,亭亭玉立,像一个苗条姑娘,椰子树长得粗壮威风,像个男子汉。你们说,椰子树好看呢?还是槟榔树好看呢?"有人这时故意开玩笑,说椰子树好看。导游小姐立刻反问他:"那么你是不是认为苗条姑娘不如男子汉漂亮?"大家都笑了。

接着她又说:"你们看,左边都是橡胶树,每个枝头上长着三片叶子,所以又称三叶胶。现在树干上还留着割过胶的伤痕,并且绑一个白色的接橡胶的杯子,看到吗?"稍停了一下又说:"橡胶工人是很辛苦的,每天早上四点左右就要来到夜幕依然笼罩下的橡胶园,头上像煤矿工人一样,绑着一具照明灯,有如一个幽灵似的独自一人在割胶。因为太阳一出来,白色的胶水就不流了。"

导游小姐随即幽默地问旅客:

"你们在坐的哪一位敢一个人深夜里在森林中行走?"大

家不约而同地回答：

"不敢。"车箱里充满了愉快的笑声。

但不由得使我想起二女儿阿红,在"文化大革命"期间,曾在云南的河口"霸洒农场橡胶园"当了三年橡胶工人的往事,迄今我才知道了她当时的辛苦,现在她流落在澳洲了。

接着导游小姐又看看窗外,对大家说：

"左边那高大的树名叫'木麻黄',这都是北方没有的。"我看了看,感到木麻黄的叶子真有点像松树的针叶,但长得特别高,比不上松树的姿态为画家所垂青。

我很感谢导游小姐,这一路她给我们上了几堂难得的属于南国生活知识和自然知识的课。

车到陵水,导游小姐让我们下车参观珍珠商店,因为这里是出产珍珠的地方。许多包头旅客买了不少珍珠项链,这自然是北方少见的。

快到三亚时,雨停了,天上的白云中不时露出久未看到的可爱的湛蓝的天。但附近的旷野却有干旱之感,有如晋北的塞外风味,令我不解。

不久,车特意开到牙笼海湾,让我们欣赏南国的大海。导游小姐说,这里的海水一点也没有污染,非常干净。并说今后海南也不建污染空气的工厂,我听了感到高兴。

我们来到海滨的沙滩上，眼前展现出一片绿色的大海,海水绿得有如翡翠色的玉石之可爱,衬以蔚蓝色的如烟的远山,显得愈加美丽。远处停泊着一艘祖国的银灰色的小军舰,海面平静无波。但在我们近处,却不时有微浪像和我们逗玩似的把它那雪白的浪舌舔到我们的脚边,竟舔湿了包头一位妇女的鞋袜,她突然惊叫了起来,引得大家都乐了。

我们都爬到海边的大石上摄影留念。

我在海岸的沙地上看见到处是野生的有刺的仙人掌,开着黄花。还有一种像牵牛花似的蔓草,用它那盅形的水红色花朵点缀着海岸。

我们在海滩边搭起的小篷子里买到一种仙人掌果,有芋头那么大,用牙咬破薄皮,流着血一样的红果汁,甜甜的,有点酸,给人一种特别的清香味。我们每人都吃了一个,吃完后大家像抹了一嘴口红一样。没想到在这里竟吃到如此稀奇的果品,也真难得。

终于来到我们旅游的目的地——三亚市。导游小姐先让我们参观一个珍珠养殖场,正好树下有工人用刀从已经取过珍珠的牡蛎中寻找遗珠。我看到他仔细地挖了好多贝壳,才检查到大豆似的一粒银白色的明珠,总算开眼了。我曾读过林琴南的古文,把女人怀孕写作"女珠",也真够难懂的,但也隐比得有味。

大大小小的牡蛎都放在一个个网里,分别拴着绳子吊在水池的竹杆上,养在水池内。很多游客从池中提起网来,同牡蛎合影留念。

车开进三亚市区,看到在海岸上到处林立着新式的高楼,参差栉比。导游小姐说,三亚要建成一个海滨的旅游城市,但目前还正在建设中。

车绕"鹿回头"石雕缓行,导游小姐给我们讲了关于"鹿回头"的神话故事。她说从前有一个黎族青年名阿黑,一天到五指山打猎,看到一只梅花鹿,阿黑弯弓射鹿,鹿就逃跑,他就追赶,一直追到三亚海边,梅花鹿无路可逃了,就回头一笑,随即变成一个美丽的姑娘,于是和阿黑就成为一对情人。原来这梅花鹿是天女下凡,为了和阿黑相爱而变成一只鹿,引得阿黑把她追到海边。

在"鹿回头"那里,因为游客太多,没有找到能容纳我们的饭店,后来车开到市区内的"富海酒楼"才算吃了个午饭。饭后,车开到闻名的海南之滨——"天涯海角"。在我面前展现着一片茫茫的蔚蓝大海。心想虽然大海的远方还有祖国的南沙群岛,可也总算来到祖国最南省区的边陲了。早些年曾到过祖国最北的黑龙江边,也到过最西的新疆昭苏县的苏木拜河岸和西南西双版纳澜沧江下游的孟腊县,对于祖国的辽阔真有实感,于是就油然想起当年爱唱的一首苏联的《祖国进行曲》,歌词曰:

我们祖国多么辽阔广大,
它有无数田野和森林,
我们没有见过别的国家,
可以这样自由呼吸……

现在想来,这支歌倒好像是歌颂我们的祖国似的。我走在可以自由呼吸的南海之滨的沙滩上,就有一种自豪感。然而苏联已不幸四分五裂了,那里的人民已再不能唱"我们祖国多么辽阔广大"。但它是更适合中国人民来唱的。

阿霞领着我和她的继母一直在海边的沙地上向西行走,海浪不时冲到我们的脚边,一直走到大石上刻着"天涯"二字的地方,我们才面对大石摄影留念。

我看到有那么多的男男女女站在刻有"天涯"二字的大石下摄影、录像,但不知他们是否也和我一样,内心里激荡着对祖国的自豪感!

下午三点,车就开到三亚茶苑宾馆住宿。这里没有三人一室的床位,结果阿霞和四川袁小姐住在一起。我病后也真感到累,住下后就先洗澡,然后上床休息。而阿霞却在车上听包头的旅伴说,就在刻有"天涯"的大石附近还有一块同样大的刻有"海角"二字的海石,但我们未曾发现,所以她为了不愿留下心中的遗憾,一个人就偷偷地带着照像机,乘上路上的客货车又去了"天涯海角",终于找到有"海角"二字的大石,求人照了像,她真够有决心的,想到什么就非办到不可。

11日,早上在茶苑宾馆吃过早饭,我们的旅游车就离开三亚驶向黎族居住的地区。

天很晴朗,车一直行驶在弯弯曲曲的山路上,好像在山西山区的公路上行进似的,只是路旁的树木和山西不同。山崖上不时见到大叶的芦苇,白色的芦花在风中轻轻摆动,有时还看到耀目的茶花,给我万绿丛中一点红的感觉。

我发现路旁的竹子品种真多,有的竹叶疏朗,有的竹叶稠密,有的就在每节上生出一团竹叶,像一个个绿球,这种竹子实难入画。

因为我们是要去黎族的村寨参观的,所以导游小姐向我们介绍了黎族的情况。

她说:"黎族有一大怪,大姑娘抱上娃娃谈恋爱。"她解释道:"因为黎族人民无重男轻女的意识,而有母系氏族社会的遗风,所以黎族妇女很自由,即使在婚前生小孩也为黎族风俗所允许。在她们的一生当中,只是婚后到了婆家有二十天的拘束生活。比如在这二十天内要经常把水缸里的水担满,如不担满就会被认为她对丈夫三心二意,此外要孝敬公婆,如打洗脸水、洗脚水之类。二十天过后,回了娘家,就重新开始了她的自由生活,包括可以和原来的情人生孩子,黎族社会都认为是合法的。"

黎族还有个风俗,就是姑娘出嫁时一定要哭的离开娘家,表示对父母的难舍难分,如果不哭就认为没有孝心……

我们来到通什市,导游小姐领我们到黎族的寨子里观看他们的舞蹈。我抱着好奇的心情走进大门,见门顶有"黎寨"两个汉字。门的两旁像卫兵似的站着两个穿民族服装的黎家小姐,向我们微笑。

我们走进二门,门顶上书"五指山通什黎族番茅旅游寨"十二个汉字。

走进舞场,登上竹楼梯,舞已开始,我和阿霞、老伴坐在长凳上向下观看,看到黎族四男四女青年正跳着富有民族色彩的"脚踏舞",四旁坐满了旅游观众。姑娘们都穿着图案色彩艳丽美观的民族服装,男女都赤足板在水泥地上跳着很有节奏感的黎族舞蹈。

我们在竹楼上看得不过瘾，于是就走下竹楼挤在观众坐的长板凳上。当舞停止时，我左右细看，见竹楼的每一个柱上都挂着一个大的水牛的头骨，一共有九个，牛头的两个大角中间都饰有一朵布红花，不知是作为装饰还是出于迷信。

给我印象最深的是他们所表演的求婚舞，开始时有男青年六人，在上书"闺房"(黎族谓之"寮房")的门前敲门，不应，叫也不应，然后男青年们在窗外唱山歌，两人各唱两三句，还不给开门，第三人唱后门开了，出来四个美丽的姑娘，于是开始对唱求爱，但总有其中的一个拿笠帽的男子显得霸气，只须他向姑娘们献殷勤，却不须别人插手。而姑娘们却并不喜欢他，就把他抬起来丢在水池里(意味着丢在河里)。然后姑娘们各找所爱，对歌携手同行。但出场的共有六男四女，一个被丢在河里了，还有一个找不到对象，他想抢人家的爱人，结果遭到了大家对他的抗拒，把他推走了，舞终。

这场舞实际是黎族青年男子求婚的一个缩影。关于那个霸气的青年，当导游小姐谈到黎族的生活情况时已有所介绍，说黎家女结婚后的前两胎都认为是和别人生的孩子(黎族社会是认可的)，而只有第三胎才认为是自家的，所以这老三自幼就受父母的特别宠爱，娇生惯养，而且有继承权，于是就养成了他特有的一种优越感，在家庭里有霸气，反映在求爱上也显示了他的霸气。但黎族姑娘却喜欢最会唱山歌而又勤劳勇敢的小伙子，而不喜欢娇气无能的老三，于是在舞剧里就戏弄地把他丢在河里了。

此外还给我们表演了黎族的《打竹舞》，过去在电视里曾看到过这种舞,但这次亲眼在现场观看,才了解打竹竿的声音很有节奏,就代替了一般的器乐。而竹竿与木条,竹竿与竹竿相互叩击的花样也很多,所以音响也多变,男女青年的舞法也跟着变化,气氛热烈而诙谐。

另外还有表现她们织布、饮酒、劳动、打猎等生活的舞蹈,都使我感到兴趣。

看完舞蹈,阿霞在我耳边连连说:"黎族姑娘真漂亮!黎族姑娘真漂亮!"

总的说来,她们的舞比起某些少数民族的舞来,更富有生活气息,显得多姿多态,既平凡而又优美动人,给我留下难忘的印象。

我们离开舞场后,特意和黎族姑娘合影留念。阿霞还穿了黎族姑娘的服装照了像。

之后我们就到通什旅游宾馆吃午饭。

车离开通什后,来到毛阳县,导游小姐要我们下车遥望蔚蓝色的五指山,如观月中的山影,令人不胜憧憬。

我们在市场上随意浏览,突然看到一个女人手里举着一只老鹰。我问她:

"这是卖的吗?"

"是让你们照像用的。"她说。

"照一下多少钱?"

"一块钱。"

我让阿霞给我和老鹰拍照后,接着就又看到一个人手里举着一只"猴面鹰",真可爱,也是供旅客照像用的。于是我又和"猴面鹰"合照了一张像,一共花了两块钱。如果像机作美,将来冲洗出来是两张很有趣味的照片。也算来海南岛的一种纪念。

车离开毛阳,向北行,这实际已是归路了。来时的路是靠海南岛的东部海边走的,现在行进在海南岛的中部,还是在山路上飞驰。

车到琼中县,停在"枫林养鹿场"。大家下车后,导游小姐领我们参观鹿园。这里养的全是梅花鹿,不怕人,大概是经常和游客接触的结果,所以我们走近它们也不逃避,使我想起阿黑和梅花鹿的故事。有的鹿卧在那里乖乖地让我们和它合影。但在鹿场的商店里卖的有关鹿的药品却很贵,我没有买。

约晚上六七点钟回到海口,我们仍住"美舍大厦"。这里的经理是我们山西运城人,对老乡很客气而热情。

这次海南岛之行,出乎意外地使我满意,总算完成了多年的一个夙愿。早在高小时代,老师让我画一幅大的彩色中国地图,那时外蒙古还是中国的领土,因此中国地图有如一片秋海棠叶。当画到琼崖岛(即今天海南岛)时心想:我这一生将来能有幸到这南国的岛上一游吗?一直想望到八十一岁,终于实现了童年时代的这个美梦,我多么的高兴!

1994年发表于《山西文学》10月号

草帽的故事

我从千岛湖回到杭州后,在很炎热的一个上午和朋友艾琪上街买东西。火热的太阳晒着我已白发稀疏了的头皮,像针刺似的疼痛,于是决定买顶草帽。但附近的商店里卖的不是上面有字就是有图案,我都不喜欢,只好继续受着太阳的针刺。

在一个商店门口,我和艾琪同时看到一位先生头上戴着一顶雪白的高档草帽,其形如当年的呢礼帽。艾琪走过去很礼貌地问:"先生,打扰您了,请问您的草帽在哪儿买的?老人家82岁啦,太阳晒得头皮痛,想买顶草帽,可转了几个商场都买不到一顶合意的,想得到您的帮助,告诉我们在哪儿能买到?"他说:"是厂里订做发给职工的,你们在外面买不到。"艾琪又介绍说:"这是力群老先生,是一个老画家,来杭州旅游的,我真为他买不到一顶合意的草帽着急。"这时这位先生热情地说:"知道力群,是全国知名的大画家……"他指着与他同行的同事的头说:"他的这顶草帽他戴过了,不然就送给老人。我有一顶是新的,想送给老先生。你们住在什么地方?我明天给你们送去。"我连忙说:"实在不敢当。"可对方又坚持说:"草帽在单位里,那你们今天就跟我去取吧。"我感到不好意思,忙说:"谢谢啦!"他想了想又说:"这样吧,请你们在这里等等,我和我的同事回去,然后请他替我送来,因我有急事不能来,你们别走,就在这儿等。"于是两人返身骑上自行车就走了。我看着两人的背影,对艾琪说:"看来人家是真心诚意的。"所以就只好坐在商店门口等候。等了二十多分钟还没来,就暗自觉得我们似乎太天真了吧,可又不敢走,怕万一人家来了多不好。等了半小时后,看见有人骑着自行车向我们飞来了,手里拿着一顶雪白的新草帽,我的感激之情无法形容,心想:天下竟有这样的好人!

艾琪拿出十元钱来作为报酬,人家不收。问姓名,仅说姓李,是安徽人。当我再坚持要给钱时,姓李的同志骑上自行车就走了。

我接受的是一顶草帽,但像接受的是一颗滚烫的心,使我这82岁的老人多么感动!

这样,我就戴着这顶有如天上掉下来的草帽在杭州街上走,再不怕火热的太阳晒头皮了。

之后,我又戴着这顶雪白的草帽上了莫干山。不知怎么我来莫干山的消息竟不胫而走,一天,附近安吉县的县委办公室副主任周嘉同志竟来莫干山把我接到安吉,请我为清代著名大画家吴昌硕艺术大师诞辰150周年纪念活动写字作画。我是戴着这顶草帽下山的,而因这几日一直下雨没有在安吉戴它,待周嘉同志又用他们的小车把我送回莫干山时,竟把草帽忘得一干二净。当我要按计划写这篇散文——《草帽的故事》时,才发觉草帽遗失在安吉的车上了。草帽丢掉了,我心里很难过,那天晚上竟失眠了。我想:如果是从商店里买来的,丢掉就算了,可以重买。但这顶草帽中包含的崇高的情意是用金钱买不来的,因为人间最可贵的是情谊。于是立刻让招待所的孟书记给安吉周嘉主任打电话,询问草帽的下落,我要求特别把它的来历告诉周嘉,说明它之可贵。并说,如果草帽找到了,希望能送到杭州,并告以我回杭州的地址。

第二天一大早,周嘉同志回电话,说草帽在车上找到了,我多么高兴。于是周嘉同志连同我在安吉照的像片于次日专程送往杭州。我的一颗不安的有如悬在空中的心终于落到了原处,感到像失去的小儿子又回到自己的怀抱中。

送草帽的司机趁机向我求画,我把已画好的一幅墨竹签名送给他。我说:"你真是因祸得福了,如果不是我丢了草帽,你是得不到我的墨竹的。"他满面笑容,高兴极了。后来艾琪在杭州商店偶然看到货架上摆着和我这顶草帽非常类似的货品,一问价格说要38元。

我愈加觉得我的这顶失而复得的雪白的草帽之可贵,因为草帽的价钱愈高而其中包含的情谊也愈大。

1994年8月11日发表于《太原日报》"文园"副刊

作家曹白战时生活故事
——纪念抗战胜利五十周年

一　水上出版社

战时的江南阳澄湖依然那样美丽迷人,一望无际的湖面上,盛开着水红色的荷花,也滋生着绿色的菱盘,小船荡漾在湖上,农民撑着竹篙尾随着他豢养的成群欢快戏水的鸭子和白鹅,真是一派和平景象。

在阳澄湖的西北侧叉口,分出沙家浜,金家浜,张家浜等水域。人们很难发现在这些湖浜茂密的芦苇荡中隐藏着的五艘紧靠在一起的渔船。

奇怪的是船上既无渔人也无渔网,走近船边,就听到卡嚓卡嚓的铅印机的响声,进入船内则看到有不少农民打扮的人坐在船舱里伏在木板上审稿,改稿……忙得不亦乐乎。船上没有电灯,所以一到夜晚他们就都在蜡烛光照耀下工作。

这就是抗日战争年代于1939年诞生的"江南出版社"的活动地。这个特异的机关,既是湖上出版社也是流动出版社。因为当敌人清乡扫荡时,这五艘渔船就迅速离开湖滨,摇到阳澄湖中去。其实小股的敌人下乡骚扰是颇为频繁的,因此水上出版社隔两三天就要向湖中转移。

"江南出版社"的社长就是作家曹白,他原是版画家,所刻《鲁迅像》刊于《鲁迅全集》第六集。1937年上海"八·一三"抗日战争爆发后,他曾和慈善家赵朴初在难民收容所工作,写出著名的报告文学《这里,生命也在呼吸》等动人的作品,发表于胡风主编的《七月》杂志上。

之后,他就把难民收容所的青壮年组织起来,并为了把他们一批一批地输送到新四军,费了很大的劲才算打通了路线。最后,他离开上海到了江南游击区,也成为新四军的一员。从此,他就较少写作,把精力全放在地方的抗日工作上,辗转于艰苦紧张而又动荡不定的游击生活中。他在当时写的《富曼河记》的序言中说:

"还有我们可敬的'文学家'他去参加战争,是为了搜集材料,并一味的为他将来的杰作'预备'和'打算'。我懂得自己只有这么两只平庸的手,这么一个抵不住小小的铅子的头脑,决不敢作这样的'雄图'和'大略'是当然的了。在我,就只想在战争平定之际,仍旧能够存在和呼吸,那么,就已经是够我高兴的了。"

如果说有的作家参加战争有如京戏的"票友",那么,曹白之参加战争却真是"下海"了。

曹白是在上海难民收容所参加中国共产党的,到江南游击区后,党组织先后分配他担任江南自卫大队教导员、特委秘书等职务。现在党组织又委任他为江南出版社的社长。曹白待人和善可亲、精明、能干,组织上很信任他。他曾刻过木刻,写过文章,但却从来没有搞过出版社工作,尤其是战时的水上出版社。他想:"干就干吧,天下的事没有难倒人的,只能在干中学、学中干。"

曹白接受这个任务后,很快就在困境中把出版社筹建起来,这比成立一支游击队要难得多,他没有辜负党对他的信任。既然是出版社,就不能没有出版物。"江南出版社"的出版物只有两种,其一是《大众日报》,其二是《江南》半月刊,都是开展抗日宣传和向群众进行革命思想教育的。

开始时《大众日报》是十六开一张的油印品,只有一艘船两个人,其中一名干事是只管刻腊纸油印的。出版社在曹白的努力下不断发展,一个月后就由一艘船变成两艘船,又由两艘船变成三艘船。等到通过上海地下党买到一台四开脚踏印刷机、一副铅字时,就变成五艘船了。而报纸也由油印变成了铅印,由十六开扩大到对开,并增加了刊物《江南》。

此刻,其中一条渔船为出版社本部,像人的头脑,其他四条船为印刷厂。有四个编辑人员,有二十多个校对员和印刷工人,有两个报刊发行员,共三十来人,都是男的。真是"麻雀虽小而五脏具全"。曹白没有让女同志参加水上出版社,因为在五条船上活动有很多不便。

出版社的稿件来自苏州、常熟和太仓各级党委机关的工作人员和普通的群众。他们把稿件送到报刊发行站(即指定的一个老乡家里),再由收发员取到船上,进行审稿、改稿、编辑。报刊一印出来就由专人送到村里的发行站,再组织群众分发到江阳、无锡、苏州、太仓、常熟等地,从而流传到江南地区的各个角落,尤其是学校。因此这些报纸、杂志几乎家喻户晓,人们对这些宣传品倍感亲切,使江南各阶层广大群众看到了光明的未来,有了信心。他们都为了这美好的未来积极投入抗日工作,向我们的游击队靠拢。

由于《大众日报》和《江南》半月刊在读者中发生了重大影响,使他们得到了航灯,看到了希望,所以停泊在岸边的这五条渔船,连附近的群众,包括孩子们在内都知道是"江南出版社"所在地。

曹白和他的同志们不仅工作在船上,也生活在船中,真是以船为厂,以船为家。

他们用最大的一条渔船作为伙房和食堂,雇了三个做饭的炊事员。每餐吃的是米饭和一菜一汤,有时就仅有一汤,菜是青菜或咸菜,汤是咸菜汤。因为肉很贵,而经费极少,所以吃不到肉。但能经常吃到鱼,因为鱼很便宜。总之,生活是很清苦的,但为了抗日,大家都能体谅。

全船一共有八个党员,就靠他们带头坚持这块抗日的文化阵地。没有这块文化阵地是不行的,因为广大游击区的群众就靠它得到可贵的精神食粮。

曹白作为社长,除了在渔船上写稿、审稿改稿外,还要主持开会,传达特委的工作指示,布置出版社的工作计划,向上级特委作书面工作情况汇报。除此之外,还得挤时间阅读毛主席的《论持久战》和《中国共产党在民族战争中的地位》等著作以及朱总司令的文章。他懂得不学习就会陷入事务主义中,而不能高瞻远瞩,提高出版物的政治水平和战斗力。每当夜阑人静,他无睡意就在同志们的鼾声中,悄悄走出船舱。他抬头遥望夜空,当看到明亮的北极星时,就好像看到了北方的延安,看到了像北极星似的毛主席和党中央……内心里就感到好像得到了慰藉,全身都感到增加了力量。孔子把北极星叫做"北辰",曾说:"譬如北辰居其所而众星拱之。"今天,全国的共产党员对党中央,难道不是无比忠诚地"拱之"吗?

曹白深深地意识到,这五条渔船绝不能脱离群众,因此他们都经常上岸去老乡家了解情况,问长问短,打听消息,并为他们解决困难。报刊一出版就首先赠送给每家每户阅读。所以群众一旦发现敌情,就首先跑上船来报信,于是每条船上的船夫就立即将船摇向湖心,使水上出版社在战乱的困境中安然无恙。

曾有两名青年职工,为了在岸上送他们发行的报刊,在中途不幸被日本鬼子逮捕,但他们始终未透露"江南出版社"的情况,被关押三个月后无罪释放。难道他们的出色的表现能和《大众日报》对他们的教育无关吗?

水上出版社的艰苦而又光荣的工作持续达十个月之久,给江南游击区的人民留下了难忘的印象。曹白和他的同志们非常团结,大家都很爱护他,尊敬他,自愿听从他的领导,一直到敌人向常熟大举清乡时,出版社方被迫停业,全部人员转移到江阴城西,因为那里有"江南抗日救国军"。

二　水塘隐蔽

1940年夏,抗战进入相持阶段,曹白被上级党组织任命为苏州县委书记。苏州县委机关设在农村的沙浜。当时日本鬼子与"二鬼子"(伪军)实行"清乡"政策,到处抓新四军,并费尽心机侦察县委机关所在地。

八月间的一个清晨,近百名鬼子分东南西三路包围了沙浜,向我方突然袭击。当时县委机关有二十余人,有男有女。听到来自三方面的枪声,曹白就立即组织同志们携带文件向北面各自撤退,并让他的通讯员带上他的行李先走,约定在一个村庄相聚。因为当时县委毫无自卫力量,总共只有两支手枪,由两个通讯员带着,所以一发现敌情就只能逃避。

二三小时后曹白见同志们已安全转移,才离开驻地跑到戈家村隐蔽在老乡家。

在江南平原打游击,比北方困难得多,既无山沟可隐蔽,又无青纱帐可藏身。因此只能化装成老百姓,藏在群众家里。第三天清晨,房东老头突然听见敌人放枪,立即慌张跑来告曹白:"鬼子来了!鬼子来了"曹白闻声马上离开农家向北跑,拟往常熟县委所在地撤退,一路上听见鬼子不断放枪,感到情况紧急。他是党员,又身为县委书记,是绝不能成为敌人的俘虏的。此刻他纵目四望,一片绿色的稻田,毫无藏身之所,真是入地无门,欲飞无翅,他只好继续快步前行。

二三小时后,来到阳澄湖的长薄塘,看到塘面有百来米宽,他就立即连衣跳入塘中,塘水淹到颈部,他随手摘了一片大荷叶顶在头上隐蔽起来,好像藏身于北方的青纱帐中,心中觉得安稳了很多。

他竟在塘里忍饥忍渴孤身站了四个小时。在这难熬的时间里,经常有很大的蚊虫叮他的耳朵或叮他的嘴唇,他都毫不在意,他一心惦念着逃散的二十多个同志,尤其是其中的三个女同志使他特别关心,深怕她们有什么不幸的遭遇。在敌人枪声的间歇中,他才看到蜻蜓在水上追逐,水蛇在他身旁游行,翠鸟在荷间飞翔……这些太平盛世的池塘情趣,在这样的处境中竟使他感到索然寡味,无心欣赏。

曹白在池塘中苦熬了四个小时,虽然初秋的太阳晒的水很温暖,但长时间连衣站在水中也确实不好受。虽然童年时代也和放牛娃们跟水牛一起长时间泡在水里,但那和现在相比,毕竟滋味大异。

后来听不见敌人的枪声了,就爬出水塘跑回村里。老乡告他:"鬼子跑了!"这才使他松了口气,一颗紧张的心安定了下来。于是连忙向老乡借来衣服,把一身湿淋淋的衬衫、鞋袜替换下来,在太阳下晒干……

三 拉黄包车

一天,敌人在"清乡"扫荡中占领了苏州县委所在地的小陆泾沙浜,作为县委书记的曹白,既和上级党委失掉了联系,也和县委机关的同志们失掉了联络,搞得无家可归,简直连生活都成了问题,孤身流落在常熟。所幸他对常熟城了如指掌,因为1938年他受上海地下党组织之托,曾到常熟围绕农民中的抗日分子组成"人民抗日自卫大队"(即新四军的前身),由他任教导员,所以认识了不少群众。现在,为了生活,也为了掩护自己,他让群众从伪政府里替他搞了一张居民身份证,于是在车行里租到一辆黄包车。

曹白从来没有拉过黄包车,为了革命,这时就只好体验这种新的生活了。当时常熟还没有柏油马路,他拉上客人就只能在凸凹不平的小石子路上奔跑。只是开始时生意很少,雇他车的人,有从城里到乡下看望亲戚的,也有做生意的商人。好在他熟悉道路,也懂得当地人的方言,所以他拉黄包车还很顺利,一天最多能赚三元法币。他用两元买饭吃,还可剩一元。夜里住在一个茶馆里,由于认识茶馆老板,所以住他的空房不花钱。有时黄包车没客人,他常和吃茶的农民聊天,了解些当地的情况。不幸的是,他穿着薄底布鞋拉车跑路,右脚不慎踩在一块钉子朝天的小木板上,立刻鲜血淋漓,疼痛不已。就这,他还得忍痛拉车行路,否则就要饿肚子。他买了些碘酒将伤口消毒,经过半个多月才算痊愈。可是一遇雨天就没有生意了,全靠平时积蓄的一点钱维持生活。闲得无聊,他就坐在茶馆里看《三国演义》,以此来消磨时间。因为下雨来茶馆吃茶的农民也没有了,所以也没个人和他说话。

现在他已拉了一个多月的黄包车了,这期间最使他烦恼的是接不上组织关系,总不能一直这样过下去吧!一个共产党员,尤其是一个县委书记,在游击环境中失掉党的关系,得不到指示,该是多么的痛苦,像一艘夜行的航船在海上看不到灯塔,也像一个盲人走在陌生的路上。

正在这时,组织上派人来找曹白,那人说,他们以为他已牺牲了。这时曹白有如走失的孩子找到了妈妈,多么的高兴。来人要他回上海,因为新四军的部队当时在江阴城西,要从常熟去城西,当中夹着国民党的部队,通不过,因此必须从上海绕道而行。

于是他立即写信给上海的爱人,求她寄来路费。他回到上海后终于和组织接上头。

四　海上历险

深夜,船在渤海中行进,海上风浪很大,船在剧烈地颠簸,很多人都因晕船而呕吐,但这货船却无床可睡,大家就只好坐在船板上昏昏沉沉的打盹,有如一群漂泊的难民。

而作为领队的曹白却既不晕船,也不瞌睡。他坐在舱里,回想起半年来战争形势的变化和革命美好的前景,使他愈想愈兴奋,毫无睡意。此刻,大海在怒吼,船身在无情地摇摆,而曹白却似乎不曾感觉。

突然一个青年水手慌慌张张地向他跑来,用山东口音大喊:"同志,不好,船灌水了!"

曹白好像受到当头一击,忙问:
"怎么会灌的?"

于是他急忙站起身来,紧跟水手在昏暗的灯光中下到底舱,一看,舱里灌进的海水已有半尺多深,还在不停地灌,威胁着全船四十四人的生命。曹白深感肩膀上的责任有如千斤之重。

刻不容缓,他立即组织三名船员一起和他排水,其他人因晕船,像重病在身,动弹不得。他们四人依次将积水舀入脸盆里,再不停地传递到甲板上倒入黑暗笼罩下的大海,如此不断进行。而这时曹白所患的严重肺炎尚未痊愈。

我曾听说过,有一种水牢,深达脖颈,水不断流入,让犯人站在池里用盆排水,如停止动作,就有灭顶之祸,以此作为对懒汉的惩罚。现在曹白和全船人员的处境,也颇像进入了水牢,但经受考验的却只有他们四人。曹白是党员,在抗日战争中历尽艰险,但上帝不知道共产党人是不怕任何考验的。

这是发生在1948年三月里的事,当时在中国大地上正燃烧着解放战争的战火。

货船当晚于八九点钟从大连启航,驶向胶东半岛的俚岛。船上的人员并非难民,除水手外,都是新四军的财经干部和他们的家属。不料航行约四个多小时,船舱就在渤海里灌水了。

四十四人中有八九个妇女,两个一岁多的儿童和一个出世仅一个多月的幼婴。不幸这短命的幼婴在船灌水后不久,就在船的无情的颠簸中停止了呼吸。同志们听到父母亲的哭声,愈加感到心情的紧急。看到曹白在奋不顾身的排水,大家又怕他身体吃不消,肺炎加重。

为什么新四军的干部和家属竟从大连回到山东海岸的俚岛呢？说起来话长。

八年抗日战争结束后，国民党反动派不顾久经战争之苦的中国人民渴望和平之殷切，竟妄图消灭陇海线以南、津浦线以东之新四军(这时已改称"民主建国军")。遂于1947年秋向山东解放区发动了声势浩大的进攻，战火已逼近新四军的根据地——临沂。我党为了保存经济干部的实力，华东财委决定将财经干部分批撤往大连，当时大连已为苏联红军从日寇手中解放。曹白此刻正在新四军建设大学理论研究班任主任，现在又被任命为组织第三批人员撤退的领队。于是全队共二十人由胶东蓬莱乘海轮驶往大连。

由于战时航行要冒很大的风险，由蓬莱启航时新解放不久的轮船驾驶员竟向领队曹白索取贵重物品。为了顺利完成党的撤退任务，曹白以大局为重，忍痛将穿在身上的发亮的皮夹克(部队发的)和刻有"结婚纪念"字样的派克金笔给了驾驶员。

经历一夜的安全航行，全船三十人顺利抵达大连。

战争的形势在变化，不到半年，我军反攻到津浦线，敌人节节败退。于是这些撤往大连的干部和家属又由曹白带领重返胶东解放区。而且船上人员比去时增加了十多人。船在中途灌水了，曹白在海上经受的艰险，虽然不能和鲁宾逊当年在海上经历的险难相比，但对一个毫无航海经验的知识分子来说，又何尝不是一次重大的考验。

曹白和三个船员在"水牢"中没完没了的排水，两臂酸痛了还得排,全身无力了也不能停,他们就这样和钻进底舱的海水搏斗,看谁战胜谁。

大约搏斗了三个多小时,方见舱底积水开始下降。他们的行动感动了全船同志,但大部分人员仍然昏昏沉沉,不时的呕吐,无法助他们一臂之力。其中有五六个晕船不厉害的青年人看到领队亲自带病排水,很为内疚,默默地加入了排水行列。他们不停地排除底舱的积水,饿了就啃几口干粮。轮船于暗夜中在海上行进,海风戏弄着,浪花升落,使它一刻也不能平静,船上的人员也就不停的受着折磨……

轮船进入了渤海湾敌战区封锁线,探照灯恶意地向它扫视,全船人员心情更加紧张,轮船加快了速度。

在这危险关头,曹白为了防止驾驶员偷偷乘救生船跑掉,暗暗派了一个专人看守在驾驶室外。

历尽十六个小时的艰难紧张的不平凡的航程,山东俚岛依稀在望。而这时海风已停止了狂吼,船也在平稳地前进,舱底的积水已排得所剩无几,曹白和他的战友们终于战胜了灌进船舱的海水。大家松了一口气,停止了战斗。

他们来到甲板上,看着海上的朝霞,看着海鸥得意地在天空飞翔,心情感到无比的宽慰,像经过无情的厮杀终于取得胜利的战士的心怀。然而由于过分的紧张、劳累,加以曹白又是带病操作,当俚岛清晰地展现在他们的眼前时,曹白和战斗了一夜的船员们却都瘫倒在甲板上了,像死了一般,然而他们一个个跳动着的心都充满了胜利的欢喜。

大家都含着热泪感激那些战斗了一夜的不眠者,由于他们的无私的搏斗,使载运着四十四条生命的货轮未曾沉没。

当看到全船的人员在海鸥的欢笑声中一个个迎着早春的海风安然上岸,曹白如释重负,他为这次艰险的航程所付出的精力和心血感到无比的自豪和欣慰。

1994年发表于《上海滩》第11期

闲话黄永玉

老友黄永玉没有忘掉我,他从香港给我寄来一本精印的画册,其中都是他的近作,但是非卖品,因为版权页上没定价。

看来这是他专为赠送朋友的一件礼物,我捧着这沉甸甸的画册,感到沉甸甸的友情。

在画册中没有抽象派的作品,因为黄永玉说:"美的东西那么具体,我不忍心抽象。"

我给黄永玉的去信中有这样的话:"你有漫画和讽刺的才华,我没有,也学不来。""你的多变有如毕加索。"

这本画册的寄来,既引起我怀念老友之情,也引起我向他学习之念。虽然我去信说"学不来",可还是想学,人就是这么矛盾。

我和黄永玉相识,是在全国解放后的北京,但却说不来始于何年何月了,总归由于彼此都是刻木刻画的同行,于是就一见如故。后来才知道他是湖南土家族苗族的画家，生于1924年，比我小12岁。

我对于他当时从东北归来刻的《森林小学》很喜欢。尤其是他刻的《阿诗玛》插图，在新兴木刻的民族化方面大前进了下，并显示了他在水印套色和阳线刻法上的本领，使我非常惊异。《阿诗玛》插图的问世，立刻就受到当时文艺界的重视，然而很少人知道他为了获得中国水印木刻的传统手艺曾在荣宝斋向水印木刻的工人学习。

当《版画》杂志于1956年出版后，我俩都作为编委，就常在一起选稿，于是就愈来愈熟悉了。因此我也就愈来愈喜欢黄永玉，感到他为人真诚不俗，具有艺术家的气质，似乎还有些天真味，好像他就没有忧愁，而总在笑。

由于我们都喜爱小动物，所以就有了更多的共同语言，例如我养的毛纥狸，他要借去玩，但几天后笑着给我送回来的却是一个空笼，毛纥狸呢？不慎让跑掉了。

黄永玉有一个时期住火车站附近的一个罐儿胡同里，我常去看他，一次我进门后刚在沙发上坐下，就感到脚面上像有钉子戳似的连戳了三下，怪痛的，俯首一看，才发现是一只喜鹊。黄永玉笑着说："我把它养家了，但生人来它就要啄，像我的一条看门狗。"我真佩服他了，竟然能把喜鹊养家，这谈何容易。后来就听说黄永玉家里还养过猫头鹰、火鸡、猴子、小狗熊、小梅花鹿……我得承认他在喂养小动物方面真有本领。

我对于黄永玉的木刻画一向是喜欢的，他的作品的刀法绝不人云亦云,而是富有个性和创造才华的。例如我们好几位著名的木刻家为郭沫若郭老的《百花齐放》诗集所作的木刻插图,我感到就数黄永玉的好。待1962年他为《文学书籍插图选集》所作的封面木刻《花》问世,我就为他这幅作品惊倒了,说真心话,我真刻不出来。那花的生动多样,刀法的流畅潇洒,构图的丰满新颖,实在使我叫绝。单从这幅以线表现的黑白木刻也充分显示了黄永玉的不凡的艺术才华。

由于上帝的安排,"文革"期间我竟和黄永玉一起住了北京中央美术学院的"牛棚"里,因为大有后台的造反派把我们都看作是"牛鬼蛇神"。但我心里明白,我们不过是"四人帮"的俘虏,阶下囚,所以惨遭他们的爪牙们的无情蹂躏。但黄永玉鬼,他骗造反派说自己有肝炎,所以就没有住大"牛棚",睡我们的上下双人床。为了把他隔离,特给他住了一个单间,但扫厕所、倒垃圾之类的事他还是要干的。住"牛棚"有如坐牢,是不允许自由外出的,但我有时还可以悄悄串入黄永玉的单间,我们悄悄聊天,他在偷偷制作他心爱的手工艺品——烟斗。然而天不作美,一位管教我们的造反派进来了,斥曰:"你真混蛋!不好好写交待,在玩烟斗……"痛骂了一顿,使我很气愤。但对于此类辱骂,我们又只能逆来顺受。在当时训斥我们是常事,而这种学生责骂老师的行径,伟大领袖谓之"子教三娘"。但他老人家又那〔哪〕里知道我们这些"三娘"当初教"子",何曾如此作恶无情,而今被"教"受此凌辱时内心又是如何的痛楚!李可染是扬名欧美曾受到法国总统蓬皮杜之嘉奖的画家,但他在我们的"牛棚"里,由于分馒头掰不成平均的两半竟被他昔日的学生,当时的看守骂道:"你人话也不会说一句,蠢驴掰馒头也比你掰得好!你个废物!"古人云:"士可杀而不可辱",而我们就成天处于受辱之中。"天长地久有时尽,此恨绵绵无绝期!"

我真没想到黄永玉在"文化大革命"后竟在文学上大大地露了一手,他在那鬼类兴风作浪的时代,观察了各种具有丑恶灵魂的嘴脸和人民在苦难中的心情,写出了一本《曾经有过那种时候》的诗集,而一举夺得全国第一届优秀新诗第一奖。我真为他高兴,也真对他心服。

他寄给我一本获奖的诗集,在扉页前的白纸上写着:

力群兄长教正黄永玉1981年2月北京

他的诗,除了赞美了一些人间的香花、美丽的心灵外,剩下的就是用讽刺诗真实地描绘了那个可诅咒的时代,也写出了大家心里想说而未说的话。

黄永玉在《曾经有过那种时候》诗中说:

人们偷偷地诅咒,
又暗暗伤心,
躺在凄凉的床上叹息。
也谛听着隔壁的人,
在低声哭泣。
一列火车就是一列车不幸,

家家户户都为莫明的灾祸担心。
最老实的百姓骂出最怨毒的话，
最能唱歌的人却叫不出来声音。
传说真理要发誓保密，
报纸上的谎言倒变成圣经。
男女老少人人会演戏，
演员个个没有表情。
曾经有过那种时候，
哈！谢天谢地，
幸好那种时候，
它永远不会再来临！

　　1986年我偶尔在太原的书店里买到黄永玉的两本画册，其一名《罐斋杂记》，另一本名《芥末居杂记》，前一本的序里说是"动物短句"。其实是两本图文并茂的漫画和寓言的结合，颇具幽默感。例如他画了一个猫头鹰，文字是："白天，人们用恶毒语言诅咒我，夜晚我为他们工作。"有一幅画是书鱼，文字说："谁说我没理论，我啃过不少书本。"画了一个刺猬，文字说："个人主义？那干吗你们不来团结我？"画了一只蜘蛛，文字说："在我的上层建筑上，有许多疏忽者的躯壳。"……
　　我总觉得这两本寓言和漫画，实在是黄永玉的文学和美术天才的闪光，真够耐人寻味。据说一共有三本，但我只买到两本，我对于他那寥寥数笔的漫画插图，感到似乎是毫不经心的信手涂抹,而却真够淋漓尽致,状物传神,令人钦佩。

艾青说他的诗"自成风格""常以奇特的构思见长",并说"充分表现了他的幽默机智"。我现在也学的写诗,但和黄永玉相比,则大有"望尘莫及"之感。因为我这个人太老实,既无"幽默"和"机智",更无"奇特的构思",奈何!

发表于1994年4月14日《太原日报》"文园"副刊

莫干山散记

一

我和艾琪由任树恩所长和孟书记陪同,从炎热的杭州来到莫干山,感到莫干山有如庐山,这六月天竟凉爽得像深秋,真不愧为有名的避暑之地。

任树恩是山西汾西矿务局杭州工人疗养所的所长,由他介绍使我们认识了孟书记,他是中国人民解放军杭州疗养院莫干山分院的经理,为接待我们的东道主。到此后又认识了疗养院的另一位庞经理。他们都在我们的生活上给予热情的照顾。

相传春秋末年莫邪、干将夫妇在此为吴王铸剑,后人以其名合一,成此山名。旧时代莫干山是国民党大员们避暑的地方,听说当年蒋介石和宋美龄结婚后曾在如今名"武陵宾馆"的地方秘密度蜜月。那时候我等小民是连想也不敢想到此游览的。

这次我竟和艾琪登上莫干山,没想到此时的莫干山会如此恬静。昨日黄昏时我和她在一条林荫道上散步,走了好一阵竟没见到一个人,只有路边的黄色野花向我们笑迎,翩翩飞舞的白蝴蝶和我们伴行。这种恬静,对我们从闹市来的人,真是一种难得的享受。艾琪说:"似仙非仙,好像在天上,却是在人间。"我说:"你这就是很好的诗句。"她笑笑。

据说要到七八月间莫干山才会游人如蚁。因此我感到我们来的正是时候。

二

我们住在中国人民解放军杭州疗养院莫干山分院的古老楼房里,从餐厅走十余个石阶上马路,再从马路上登八十二个石阶到住所。

路旁是灌木丛似的小毛竹,有的小竹笋竟从石阶的缝隙里长出来,可见它们的蓬勃之势。

在楼房的四周为法国梧桐和杉松所包围,想从窗户中了〔瞭〕望黛色远山也被绿色的梧桐叶遮挡的看不清,但它们是美丽的,那婆娑抒情的枝叶在迎风飘动,就像穿绿裙的少女翩翩起舞。

比起庐山来,莫干山的树林太深厚了,又高又密,主要是翠色的无边的竹林,谓之"竹海"。此外是高直的杉松和茂盛的法国梧桐,还有银杏、水杉、马缨花、枫树、山茶、桂树等树林，把一个莫干山组成了一望无际的绿色的海洋。我和艾琪昨晚散步时，很想看看附近的山峦，但路旁的树林像绿色的屏障一样，不让我们看到莫干山的面目，好像太阳也很难照着行人。

我们曾在一座别墅的院内看到一株已有二百多年高寿的枫树，如果在秋天，那满树红色的枫叶将会多么美观。

在我们的楼房的身旁有两株很大的法国梧桐，艾琪说："这是一对夫妻树，西边的是丈夫，它具有男性的刚阳之美，雄壮挺拔；东边的是妻子，展现了女性的温柔和深情，那下垂的枝叶有如伸臂欢迎辛劳归来的丈夫。"我欣赏艾琪是男是女，一会儿"她"，一会儿"他"的富有诗意的想象。

刚走进楼上的房里，服务员甘小姐就给我们送来一瓶新采的水红色的杜鹃花，摆在床边，使我多么感激。甘小姐是安徽安庆人，有如红娘似的伶俐活泼。按说现在是杜鹃花开败的时候了，但她竟能采来。我问此情，她说："山下有个杜鹃花的花圃，正开得红艳艳的。"后来她领我们到一个竹林包围的花圃里参观了如春天似的杜鹃花的芳林。

三

人们称莫干山为"清凉世界"。

入夜，室内无蚊，无需蚊帐，睡觉还得盖棉被呢。

我每天和翠竹打交道，在山间观竹，在室内画墨竹，到后来竟出现就寝时一闭上眼睛就满目是竹影，有如月光把竹的枝叶映在白壁上,其影如画。

在这远离闹市的夜山中,却时闻声声不断的杜鹃鸟的哀啼,越显得山间之静寂。艾琪说:"能在山中听这杜鹃声,也是一种享受。因为在城市里是永远听不到的。"但这不停的啼声却引起我的一段童年回忆。

那是我三四岁的时候,那时刚刚经过辛亥革命,一个夏天的黄昏,夜幕下垂,我和妈妈在山庄的大槐树下乘凉,妈妈和婶婶们坐在大碾盘上拉家常,突然从对面山上传来了一种鸟的哀鸣,光当当!光当当!……叫个不停,叫得令人心烦,听得令人难受。妈妈若有其事地对婶婶说:"你听,在叫'革命党','革命党'又要闹革命了……"而我听到这种"革命党"的声音,却有一种莫名的恐怖感,便赶紧靠近妈妈身边说:"我怕!"当时妈妈这些村妇还不懂得那是杜鹃的啼叫。

现在想来,那时我的家乡,刚刚经过一场轰动一时的辛亥革命,民军和清军卢永祥的部队曾在我们对面的郝家铺山上打了一仗,当时妈妈肚里正怀着我,听到枪声就走出家门和村人在雪地里逃命。大概她已久闻革命党了,所以竟把杜鹃鸟的"光当当"的叫声和"革命党"联系起来,这真是村妇们的一种无名的时代感。

现在在这种静静的莫干山的夜里,听到这久违了的杜鹃鸟的鸣叫,虽然不再觉得有恐怖感了,但我也不能完全像艾琪那样感到是一种享受,却总难免有一点凄凉感。所以古人在诗词中说:"杜〔宇〕声声不忍闻。"

我很希望能在月下静观莫干山的夜景,然而天不作美,总是雾蒙青山,月藏云中,而且高树浓密,遮挡得山影难见。

四

对我们云游他乡的画家,有一句有趣的说法,谓之"雁过拔毛"。而我来到这幽静的避暑胜地莫干山也不例外。主方在楼下摆了几张桌子,拼在一起,我只好乖乖地让"拔毛"——给作画。

楼外雨潺潺,楼前法国梧桐的浓密的大绿叶遮挡得室内昏暗如夜,我只好开灯画竹。

然而在我的画案上却竟然先后出现了两只小小的螳螂和小小的蚂蚱。我一生也没有看见过如此嫩小的螳螂和蚂蚱,它们小得真可爱。也不知道这些小生命是怎么从楼外走近来的,也不知它们又怎么爬上了我的画桌?

螳螂和蚂蚱都是我童年时代的好朋友,它们的幼小的婴儿如今出现在我的乱笔和颜料画具间,旁若无人地在我的雪白的宣纸上漫步。我看到这些绿色的小小生命,既感到疼爱,又感到亲切。如果是两只苍蝇,那不用说,我一定要很快把它们打死,然而对于这两只可爱的小螳螂和小蚂蚱,却真不忍心伤害它们。

小螳螂和小蚂蚱像小虾似的,那嫩弱的碧玉般的小肢体有一种透明感。当小螳螂出现在我面前时,一下就认出来,看到它还没长出翅膀,不会飞。但当我的雪白的宣纸上又出现了一个能动的小东西时,我不知道它是什么小虫虫,艾琪说:

"你快看,是一个小蚂蚱。"果然,这小东西有一对比自身长七八倍的长眉,怪喜人。而其尾部还有一个小小的刀箭,一看就知道它是蚂蚱的小姑娘,它长大了不会振翅而鸣,秋后要产卵,就用这尾部的刀箭掘土,把卵深埋在泥土中延续它们的生命。

小螳螂和小蚂蚱真可怜,它们从来也见不到自己的好妈妈,也得不到母爱,不象人和走兽,因为它们的妈妈产卵以后,都在越冬时冻死了。

至于谁是它们的爸爸就更无从知道了。因此这些可怜的孩子们一出卵从土里钻出来,就要自力更生,既不吃妈妈的奶,也不靠妈妈抚养,还要经受各种生命的险难。

大概是这几天连日下雨,小东西们在室外不好生活,所以就悄悄地钻进我这空无绿草的画室来。吃什么呢?我为它们担心,不知如何是好。为了不妨碍我作画,我把这两个小生命先后小心地送到屋角里……

我继续作画,也就是继续被"拔毛",但却经常走神,一面怕它们不认风险地走在我的脚下无故送了命,一面也就回忆起关于螳螂和蚂蚱的烟霭纷纷的童年往事……

五

每天下雨,困在山中,不能出游,闷坐在家里写了一首诗。诗曰:

楼外雨潺潺，
困滞山中，
浓雾锁竹海，
只见窗外绿桐。
山景云封，
天地蒙蒙。
不闻小鸟叫，
桐叶传雨声，
滴滴答答泪淋淋，
怪烦人。
游兴虽浓，
但雨锁楼门，
无奈，
卧读《邓小平》。

诗写好之后的第二天下午，突然出现了蓝天，在空军雷达站工作的王排长便立即热情地与司机一起把我们驱车送到剑池的附近。我们是在餐桌上和王排长相识的，他有二十多岁，人很机灵，也是常来我画室的观众。

莫干山的景点有芦花荡公园、天桥、剑池、观日台等处。芦花荡我们已在一天的雨停后去过了，观日台因难于等到一个天晴的黎明，不打算去了。据说剑池是必须去的，因为整个莫干山只有此景点有瀑布。

下车后我们在一片绿林中走下无数的石阶才到了有莫

邪干将石雕像的地方，于是取出照像机先在石像前摄影留念。据说这个在丛林中的石雕是在"文化大革命"的后期由浙江美术学院的雕塑家们创作的，当时造反派和红卫兵把上海的普希金铜像都给毁坏了，而却在莫干山创建莫邪干将石像，也实在难于琢磨。但凭心而论，石像从构图到造型，我觉得都是优秀的。作者描写年青的莫邪正蹲下高举铁锤打剑，姿态动作都很得体，在他身旁立着年青的妻子，干将手持打好的剑正回首注视着莫邪的动作，人物的形象和面部的表情都令人感到他们对自己的铸剑工作的满意和夫妻生活的美满。这个富有中国情调的石雕，使我感到是一件很好的艺术品。

从石像所在地走下去就是有名的"剑池"，有一股清水从石像旁流泻下来形成了雪白的瀑布，流入池中，然后又流到山下，潺潺的瀑布声充满了深谷。

待我们从剑池踏石阶上得山来，又是云雾满天细雨来临了，感谢老天赐予了我们一阵可贵的蓝天。

六

"拔毛"虽然是件无可奈何的烦人事，但也会出现意想不到的感人的故事。由于疗养院的孟书记想在我身上"拔毛"，就托一位名叫沈义元的个体户给我下山搞宣纸。后来又在莫干山的舞厅里认识了他的夫人张香娥，这就开始了这次在莫干山"雁过拔毛"中的一个有趣的感人插曲。

开始时沈老板和夫人都没有对我表示特别的热情,但由于孟书记要沈老板开车到德清县文化馆找一位名叫卢前的国画家设法弄宣纸,从而透露了关于我的消息,于是卢前对沈老板说:"力群我知道,他是中国著名的画家,我应该上山去拜见他。"这样不但向卢前讨到了宣纸,而且还把卢前也带上莫干山。由此沈义元和张香娥对我也就特别热情起来,其中既包含着仰慕和尊敬之情,自然也难免有想要"拔毛"之意。

沈义元有五十岁左右,就是当地人,张香娥今年四十六岁,原籍是山东人。这都是艾琪告我的。说来好笑,她每次到我这里来,都换一身不同的很讲究的新时装,竟使我不认识她了。

一天,沈夫人问我:"老先生,想吃饺子吗?我可以做给你吃。我是山东人,我做的饺子一定合你的口味。"我说:"那太感谢啦!"她又问我:"喜欢口重的,还是口轻的?"我说:"不咸也不淡就好。"惹得在座的人哄堂大笑。

后来听说她在山上买不到韭菜,就开车到二十里路之外她妈妈的菜园里割了鲜嫩的韭菜来做饺子。她在莫干山阴山街上开着一个商店,为了让我尽快吃上饺子,就一面站柜台一面包饺子。包好后送到我们的餐厅里,我果然和艾琪、孟书记等人都吃到了张香娥做的韭菜水饺,很美味,真的做到了不咸不淡,这是我离家以来吃到的最可口的一顿饺子。我多么感谢沈夫人。

端午节快到了,我原计划要从江南归家过节,吃山西的粽子,但莫干山连日阴雨,不能出游,一拖再拖无法如期回家了。沈夫人问我:"端午节到了你爱吃什么粽子?"我说:"我不爱吃南方包火腿的肉粽子,爱吃我们北方包枣的甜粽子。"于是沈夫人说:"我不给你做肉粽子。虽然没有山西的大红枣,就用小枣来代替,也一定会使你吃的满意。"并说:"这里有一种棕叶特别大,一片叶子就能包一个大粽子。"于是我又吃到了沈夫人给我做的有小枣的粽子。

我吃着美口的甜粽子,像吃到她做的美口的韭菜饺子一样,感到了人间的可贵的情谊。到这时,即使她不提要"拔毛",我也自愿要为她"拔毛"了。作为对她的感激,我愉快地送给她们一幅墨竹。她又求我给她的十五岁的正在上学的儿子写几个字,我高兴地给写了"学海无涯"四个字。大儿子知道了,就对妈妈说:"你们都有老画家的字画了,我还没有。"于是沈夫人把大儿子带到我的临时画室来,他对我说:"我只是来看望爷爷,认识一下就满足啦!"可到家后却对他妈妈说:"我特别想求爷爷一幅字,留着结婚布置新房。"之后她把儿子前后说的话讲给我听,我又高兴地给她大儿子写了"春到人间草木知"几个字。他们母子都很喜欢,而我自己对这幅字也感到写得很满意。

"雁过拔毛",这本来意味着作为画家的一种无可奈何的心情,也意味着迫于情面勉强为之的一种行动,然而我为沈夫人自愿"拔毛",却充满了内心的感激之情和报答之意。

端午节这天,我决定从莫干山回杭州,没想到沈义元为了让我坐的舒服,特意找了一辆日本进口面包车,又找了一个驾驶技术较高的司机冒雨送我和艾琪下山,同时他还与孟书记,莫干山疗养院的庞经理,王排长以及甘小姐等一起把我送到杭州,使我很感动。但遗憾的是他们连午饭也没吃,就匆匆走了,我至今想起还觉得很过意不去。

1994年10月18日
其中大部分发表于
北京《中国医药报》
"陶然亭"副刊

从一封匿名信谈起
——这是写给全省美术家的一封信

经过我们数日辛劳评选出来的参加《第八届全国美展山西作品展》和《第十二届山西省美术作品展》的作品已胜利结束了。听到领导和观众的一致好评,这对于参加展览的作者和我们评委自然都是很高兴的。但作品落选的美术家有的就不高兴,这也实在是无可奈何的事。因为我们总不能把收到的作品不分好坏都全部展出,这就好比老天爷下雨,总无法使农民和行路人都说好。

但有的落选作者岂但不高兴,而且竟对评委进行恫吓和谩骂了。我们的评委副主任董其中同志就收到以下的一封来信——

董其中:

您组织了一帮最没水平的评委,评出了许多最低级的画,真是狗眼睛,"狗眼看人低"这句话最说明你们的水平,如此下去,山西的美术事业将葬送在你们这些棒槌手下!

一位关心山西美术的好同志

我应该首先向这位自命"好同志"者说明,评委并不是由董其中组织的,而是由省委宣传部组织的,又由全国美展组委会批准的。因为按规定不是中国美术家协会的会员就没有资格当全国美展的评委因此你的来信就实际批评了省委宣传部。至于我们是不是一帮"狗眼"也不能由你自命"好同志"的一人说了算,还应由山西的广大美术家和广大群众来裁判。其次要说明的是,这次的评选美术作品暨评奖,决不会凭所说的"狗眼"来办事,而是根据党的"二为"方向和"双百"方针,以及对精神文明建设"五个一工程"的要求作为我们评选评奖作品的标准的。这就是要坚持以邓小平同志建设有中国特色社会主义理论为根本指针,坚持党的基本路线,坚持党的宣传文化工作的方针原则。具体说来就是在评选评奖工作中既要重视充分反映时代精神,大力弘扬主旋律的创作,也不忽视多样化,更不忽视艺术精湛和作品的可视性,让人能看懂,有强烈的吸引力和感染力,并把作品的社会效益放在第一位。

当然,要按以上精神评选的让所有参展的美术家没有意见也并不是一件容易的事,因为各位评委也总有自己的不同爱好,为此我们多次对于有争议的作品进行讨论,求得共识,最后投票。然而就是经过投票产生的入选作品,我们也还要再次检查，然后进行复选，务求不要把好作品遗漏了，也不要把不应入选的作品选上来。但遗憾的是有不少作品是属于自然主义的，只描绘生活现象，看不出爱憎，因此，也看不出主题思想。鲁迅先生说："能憎能爱才能文"，而对于我们画家来说，也就是能憎能爱才能画。在评选中看到阳泉的女画家赵乃隽画的一幅名为《谧》的作品，她描绘了一个在雪中行进的儿童，充分显示了这位女画家对她描绘的儿童的爱，因此也得到了我们的共鸣，一致把它评为金牌奖了。自然主义和现实主义的区别就在于前者仅描绘生活现象，看不出爱憎，看不出主题思想来，因此自然主义的作品是无法表现爱国主义、集体主义、社会主义的思想和精神的。遇到这类只描绘生活现象而又有一定绘画技巧的作品，就往往成为我们评委讨论的对象。看来这种作品在全国颇流行。而与我们的美术作品同时在煤炭博物馆展出的"第15届山西省摄影艺术展览"中有一幅南秋洋的《乡邮员的春节》，一看这幅摄影就为它的鲜明而感人的主题抓着了。一个在春节这一天不休息推着满载邮件的自行车在雪地上困难地行进的乡邮员，这样一幅照片鲜明地表现了乡邮员的艰辛和为人民服务的高度责任心的主题。然而我们的不少美术作品却看不出这种鲜明的感人的主题。说实在话，我们是认真根据"五个一工程"的要求进行评选和评奖工作的，但即使如此，我作为评委主任也不敢夸口说我们的评选评奖工作做得十全十美了。因此如果有一位美术家对他的落选的作品进行辩护，公开自己的姓名给我们提出意见，我们是欢迎的，而且也曾这样做了。如果提的有理,我们会考虑的。但采用匿名信来进行谩骂就不是解决问题的正确态度。

由于在目前我们山西的美术创作水平不齐、不是都很高的情况下,除了部分优秀作品外,被我们所评选评奖的作品实在也难全然符合"五个一工程"所要求的理想标准,未免有老百姓所说的"筷子里头拔旗杆"的为难处,因为过于苛求就会脱离实际。但也不是如自命"好同志"者所指责的"评出了许多最低级的画",这就近乎污蔑了。

但我看了这封匿名信也大有感慨。

我们的党要求文艺工作者应当成为"人类灵魂的工程师",鲁迅先生早在1918年的《随感录》中也提出"美术家固然须有精熟的技工,但尤须有进步的思想与高尚的人格"。如果没有把自己的画评上,就骂所有评委为"狗眼睛",甚至把入选的作品说成是"许多最低级的画",就难道是一个"人类灵魂的工程师"应有的行为吗?我想卑下灵魂和卑下人格的画家是不配荣任"人类灵魂的工程师"的。自然这也并不奇怪,我们太原就有一个画家因为没有得到他想要的职称而给有关方面写信,对某一评委进行造谣中伤,这也真是无独有偶了。

因此我也奉劝这位自命"好同志"的画家,今后不但应按照"五个一工程"的要求努力深入生活,在自己的创作中大力弘扬主旋律,充分反映时代精神,也更应大力修整自己的卑下灵魂,提高自己的人格。否则是必然不可能成为一个好的人民艺术家的。

发表于1994年12月1日《太原日报》"文园"副刊

八旬后重返母校记

趁着这次重游西湖,我又重返母校。当初的国立杭州艺术专科学校,全国解放后曾改名为中央美术学院华东分院,后又改名为浙江美术学院,现在又改名为中国美术学院了,我为此心里感到高兴。

如果我的同班同学和好友萧传玖还在校任雕塑系主任,那多好,这次来,自然要怀着故友重逢的欢乐心情,首先来看望他,然而他已不幸在万恶的"文化大革命"中被造反派和红卫兵活活地迫害致死了,因此我重返母校,总会首先想到他而为之难过的。

我是1931年夏考入国立杭州艺专的,于1933年因"木铃木刻研究会"事被捕离校,到现在已有六十年之久,当时的故人已无一人在校了。

这次我以暮年的怀旧心情重返母校是先找郑朝同志的,他与我属于"以文会友"之例。因为我和他还未曾谋面,但为了写关于第一任校长林风眠的回忆文章却已通过多次信了。郑朝同志是研究林风眠的学者,他的工作使我赞赏,因为由他编辑的一本《林风眠论》很受美术界的欢迎,听说还受到浙江有关方面的奖励。这次能和他见面自然感到愉快。没想到我的到来他竟告知院长肖峰同志,因此我到校后肖院长不但陪我参观了教室,还请我吃了晚饭,又陪我去浙江医院看望了正在住院的前院长莫朴同志,去岳坟看望了已去世的老同学老战友叶洛的遗孀李炎同志,最后亲自把我送住所(当时已夜里十点多钟了),使我感动。

郑朝和金尚义同志来我的住所,是代表肖峰院长来的,并用他的专车把我接到学校,到校后先领我到附中的"65年校庆筹建处",将正在忙碌中的附中施校长介绍给我,施校长向我介绍了65周年校庆的准备情况,把裱好的我为校庆题的"我的艺术摇篮"拿给我看,并说:"我们不舍得现在挂出来,等校庆时再挂。"使我高兴。之后我们合影留念。

接着施校长带领我们参观了美院附中三个不同年级的专业教室,同学们正在作画,其中有的对着花瓶等静物作水粉画,有的对着著衣的男模特儿作素描和油画,他们都像我们当年似的认真地忠实于对象地写生,没有随意夸张变形,素描和油画的人头也都画的准确而不苟,有几个男女同学画的特别出色,使我欣赏。我对于如此打基本功的绘画训练感到满意。我向施校长说:"我多么羡慕他们,如果能让我再回到学生时代,在此作画,我会感到幸福的。"大家都笑了。施校长说:"为了全面掌握学生的学业,现在一个班主任从学生入学到毕业,要一直负责到底,这个方法好。"而我们那时,却没有班主任,只有教课的老师。

附中参观毕,肖峰院长来了,热情地同我握手。我说:"我们是早在1957年在列宁格勒认识的吧?""是的,我还给你们作过翻译。"他笑着说。1957年我和李桦访问苏联,当时肖峰同志是列宁格勒列宾美术学院的留学生,这次访问虽然苏联派了翻译员,但缺席时,就请肖峰和邵大箴等中国留学生代劳,这样我们就相识了。时间过得真快,这竟是37年前的往事了,而今苏联也不幸从世界上消失,多么令人难过!

肖峰院长和郑朝同志陪我参观了大学部的油画教室和版画教室,还参观了陆放和李以泰教师的版画工作室。我和陆放曾在南京一同参加江苏水印版画的30年纪念活动,并住在同一客房,这次能在他的工作室看到他创作的那么多水印套色版画并与他合影留念,深感高兴。

肖院长陪我参观大学部的途中,见到丁正献教授和版画系主任赵延年及李以泰老师,老友意外相遇,使我十分惊喜,互相握手问候。丁老说起李桦同志的去世时,和我紧紧握手,互祝长寿!长寿!

在接触中感到肖院长还像当年那么朴素、热情、平易近人,使我感到亲切。接着他带领我们到大门口,在更名后的"中国美术学院"六个金灿灿的大字面前摄影留念,其中除了我和肖院长还有施校长、郑朝同志等人。

"中国美术学院"这五个大字意味着母校的升华,使我有一种光荣感。肖院长说:"我们要立足于弘扬民族文化,吸收人类一切优秀成果,创造社会主义新时代的新艺术和新的艺术教育体系……把我院办成一所以造型艺术为经、以设计艺术为纬,美术科学齐全,人才辈出,设备完善,综合性的具有鲜明中国民族特色的社会主义一流的美术学府。"

后来,肖院长带领我们到图书馆大楼前,介绍了馆藏情况,他说:"这里所藏的各种书籍画册近30万册,是全国美术院校最丰富的,就是亚洲也是少有的……"但因已下班,无法进馆去一饱眼福,只能在外面看看馆楼的宏伟气派,深为遗憾。

但也使我想起六十年前,当我在杭州艺专学习时,几乎每天夜里和同学都要走到当时"平湖秋月"附近的艺专小小的图书馆楼上,如饥似渴地阅览画册的情景。像走进远古的希腊和埃及的时代,惊叹着古代艺术家们的神奇的创造,更加仰慕意大利文艺复兴期的三大杰出的大师——达·芬奇、米开朗基罗、拉斐尔。同时也浏览印象派之后那些千奇百怪的艺术怪胎……多么开眼界,多么迷惑人,那些画册像用无形的艺术乳汁在哺育一代艺术青年。我受过这种哺育,深知艺术图书馆对于艺术学徒的价值。

这天晚上由肖峰院长、宋忠元副院长以及学院的王邦铎书记宴请,坐陪的有丁正献和郑朝同志等。丁正献是我于1983年在武汉由郭沫若领导的第三厅美术科一同工作的老友,因此我们坐在一起话题就多了。遗憾的是金尚义同志为了给我们留下纪念照片,当大家举杯时,他却到外面找胶卷去了,一直到我们快餐毕时才回来,使得我能留下些珍贵的纪念照片。席间肖院长向我赠送了三本有关学院的书本和画册，一本是《中国美术学院》，在首篇《浙江美术学院简介》一文中，有这么一段："六十多年来，学院已培养各类艺术人才5000多人，早期学生中有李可染、艾青、胡一川、沈福文、曾竹韶、王朝闻、费曼尔、张权、王式廓、罗工柳、彦涵、力群、赵无极、朱德群、吴冠中等闻名于世的艺术大师，素有'三千弟子，七十二贤'之称，可谓桃李芬芳，蜚声海内外。"

我是第一次读到母校称我为"艺术大师"的介绍文字的，这既是对我六十年来艺术实践的评价，也是母校给予我的荣誉。我的心情既感激又高兴。

其他两本为《中国美术学院历史回顾》及《浙江美术学院版画系教师作品集》，这两本是由肖峰院长和副院长宋忠元、党委王邦铎签名赠送的。

席间肖院长向我介绍了学院的发展情况，说学院为了在上海扩建分院，现已征得500多亩地的院址，还争取萧山分部早日开了，这些都是多么让人激动的消息。

特别令我高兴的是，听说自1980年本院招收外国留学生以来，学员已多达500余名，包括来自世界各国的男女学员。过去总是中国人到外国去留学，如今也有了外国人来中国留学的事，这是多么令人兴奋的变化，说明我国在世界上的影响和地位与过去大大不同了。

餐毕，肖峰院长乘车陪我去看望前任院长莫朴同志，他正在浙江医院看病，我和他是延安鲁艺时代的老朋友了，老友相见异常喜悦，临别时他一直把我们送到大门口。说来也巧,在医院前厅竟遇见当年《译文》杂志主编黄源先生,他是鲁迅的好友,今年大约89岁了,还能认出我来。我们是在鲁迅的丧事活动中认识的,而且我的木刻《在病床边》曾在他的《译文》终刊号封面上发表,这已是将近六十年前的往事了。

从医院出来,已经是夜幕下垂,我们又一同去岳坟看望了我的老友叶洛的遗孀李炎同志。叶洛既是我当年杭州艺专的同学,又一起因"木铃社"事被捕入狱,以后又一同在延安鲁艺工作。李炎用感激的口吻向我说:"这几年家中的事,肖院长没有少帮忙,如果没有他帮助,我们真没办法好想。"闻此,我更加敬重肖峰同志,我们这些从岗位上退下来的老文艺工作者,有这样的领导人关怀,心灵上怎么能不感到温暖。

归路,司机从孤山下的母校旧址经过,使我的思绪又回到六十年前。然后沿着白堤进城把我送到住处,我以感激的心情向肖院长告别。

发表于1994年第8期山西《火花》杂志

悉尼散记
——在刘骅、刘亚兰女士家作客

我像一叶浮萍,由亲情的风从严寒的亚洲中部大陆吹到暖和的大洋洲来了。

过去,我对于澳洲也像对于阿拉斯加似的感到遥远而陌生,然而自从我的两个女儿在这块绿洲定居之后,就使我逐渐对它感到亲近而熟悉起来。

这次我以83岁的高龄作为探亲者,终于踏上了这片有我的亲人生活的土地。趁未归天之前,我要多看看这个多情而博大的世界。

在悉尼,还有我的很多朋友,其中就有女画家刘亚兰女士,而且她们母女也是我的大女儿阿黎的挚友。

我来到女儿家还不到一礼拜,喜欢站在她的楼上的窗前静观远处的大有深意的碧海,有时看到白色的小帆船在海上移动,有时看到银灰色的海鸥在湛蓝的天空飞翔,感到是一种享受,而这是在我所生活的黄土高原永远也看不到的。

我正在尽情地品尝这南国的美丽风情时女儿阿黎对我说:"今天遵约要去拜访刘亚兰和刘骅女士。不要再蹲在家里了!"由阿黎的朋友达威开车。达威说到刘家要行30多公里的路程,这是我来悉尼后最远的一次外出了。

车行在街上,我从窗外既不见一辆自行车,也很少看见摩托车,只有流水似的汽车多如蚁群来往飞驰。

我突然问坐在车前的阿黎:

"怎么满街都看不到一个交通警察?"

"红绿灯就是交通警察。"她说。

我想,这可真要靠自觉了。

街道上的行人比晨星还稀少,可是车经唐人街时,不仅出现了汉字招牌,而且路边的行人也突然多起来了,其中虽然也有洋人,但大多是中国人。我想中国人口多也影响到这里的唐人街了吗?

车驶出郊外,只见有如蒙古包似的点点红顶平房在绿色的树林间密布,很少看到高楼了,而到处看到绿茵茵的草坪。我对阿黎说:

"为什么看不到一块庄稼地?"

"这里只有牧场。"她说。

天空非常蓝,显得片片白云如雪。空气清亮无比,大地辽阔不见山影,感到心旷神怡。

终于来到也是平房的一处屋前。在门口的草坪上首先见到刘骅的澳洲先生,他留着胡子,由阿黎介绍,我和他握手。

进家后，就看到刘亚兰女士，我向她问好握手。后来才看到刘骅女士从里屋出来，彼此问候。

家里有中国的红木家具，墙上境框中有一幅中国佛像的浮雕拓片，显示着主人对于中国古文化的爱好和对于故国的难舍的情怀。

谈话后，我才知道这就是刘骅女士的家。

前些日阿黎为了邀请刘骅翻译有关我的美术展览的文字资料，她们母女曾来到阿黎的家。我看到久违的刘亚兰女士时，感到比我们当年在太原最初见面时苍老了，她告我已73岁啦。

我是第一次见到刘骅女士的，看来她现在有40岁左右，听她妈妈说她具有东西方人的血统，而我觉得她也兼有东西方女性的美。但她更令我感到的是非常的精明能干。她能说一口地道的北京话，因为她是从小在北京长大的。阿黎说她初到悉尼时，一穷二白，而今却生活得应有尽有。

经了解，刘骅正是我未曾见面的俄文老师刘光杰的女儿。现在我来到她家作客，感到特别愉快。我问刘亚兰女士："我记不清你当年在北京什么单位工作了？"

"在周扬夫人苏灵扬领导的艺术师范学院当教授，和卫天霖、庄言、赵越等画家在一起。"

接着她就告我苏灵扬在"文化大革命"中所遭受的造反派给予她的欺凌："每天早上让她脱掉衣服，只剩下内衣衬裤，然后跪着从门口爬进办公室……本来她的头发都是黑的，但过不久头发就全变白了。"

提到苏灵扬就使我联想到周扬,他是我当年在延安鲁艺当教员时的副院长,不幸在前些年病逝了。而苏灵扬在鲁艺时也和我们在一起。因此引起我对他们的怀念和悲伤。

接着她跟我谈到"文革"初期老舍先生的死。她说:

"1980年6月23日举行北京市文学艺术工作者第四次代表大会时,我也是代表,都住在市委招待所,老舍夫人胡洁青和我分配在一个房间里。一天胡洁青给我讲了老舍先生在"文革"初期自杀的情况。她说老舍被红卫兵凌辱得又是低头又是弯腰,回家时被斗得直不起腰来了,浑身上下的衣服搞得很脏,脸色十分难看,一句话也不说,也不吃饭,就是一个劲地抽烟。后来才说:'我去休息一下,很累!'一觉睡到第二天,但也不知道他真的睡着了没有,起来后又是不停地抽烟。胡洁青说:'吃点早饭吧。''我不想吃。''那你就喝点粥吧?'他说:'我想出去走走,回来再喝吧。'于是他换了一套干净的衣服就出去啦,从此就再没回来。后来在附近的湖边发现了一套叠得整整齐齐干干净净的衣服,这就是老舍先生脱下的,上面还摆着校徽和他的工作证。后来他的尸体才被打捞上来。"

听完以后,我很悲伤,看来老舍先生死得很从容。古人云:"士可杀而不可辱。"老舍先生不能忍受这种凌辱,他用自杀对残暴的"文化大革命"提出了抗议。

我是在抗日战争的初期于武汉认识老舍先生的,他那时跟画家赵望云先生同为冯玉祥将军的属客。全国解放后,他热爱新中国,创作了歌颂新社会的《龙须沟》等作品,他的《骆驼祥子》、《茶馆》等电影和话剧都是脍炙人口的。可能他是"文革"中最早被迫害致死的一位可敬的老作家,之后才有伟大的作家赵树理等被造反派整死。

这是我一生中所经受的一个最黑暗的罪恶的时代!

之后,我悄悄地对阿黎说:"能不能让我看看刘亚兰年轻时候的照片?"

她转达了我的请求,刘亚兰拿给我们一本相册。没想到她在姑娘时代的照片上竟是那么漂亮的一位小姐,像仙女似的。而且在相册上竟让我看到我未曾见过面的俄文老师刘光杰青年时代的肖像,是一位英俊的洋青年。

既然是老师,为什么能没有见过面呢?全国解放后,当中国向苏联"一边倒"的时候,我下决心学俄文,每天早上坐在收音机旁听刘光杰先生讲俄文课,能听到他讲话的声音,却始终看不到他的容貌,因此说他是我未曾见面的俄文老师。刘亚兰告诉我,他的妈妈是格鲁吉亚人,爸爸是中国人。

接着刘亚兰对我说,她曾在莫斯科"苏里可夫美术学院"学油画。和刘光杰结婚后回到中国,生下刘骅。她在北京长大、上学,"文化大革命"期间和同学到山西芮城县插队有五年之久。

这时刘骅请我们吃午饭,有趣的谈话暂停。一看表已是下午两点多钟了。

我们吃大米饭,饭菜都是刘骅烧的。这顿饭我吃得很愉快。饭后,刘骅领我在她的床上午睡。

醒来后,走出卧室到客厅,看到她们正在电视机旁观看刘骅和洋人老公去年到北京旅游时的录像带，全是名胜古迹。我坐下看了一阵，好像又回到我的故国北京了。

看完录像，刘骅就很有兴致地给我们讲了一些她们在北京发生的有趣故事。

她说，一天她和老公由民族饭店出来叫了一辆出租汽车，上车后，老公拿出一个写着去丽都饭店的中文纸条交给司机，他看他们俩都是"老外"，又听到他们在车后一直用英语交谈，就不按正常路线行驶而东绕西转抄远道。刘骅突然发现，就拍拍司机的肩膀，用地道的北京方言说：

"小兄弟儿，您今儿是不是多喝了点儿，想把我们拉到哪儿去？"

于是司机用手拍着自己的脑门说：

"唉哟，大姐呀！我今儿中邪喽！您说这么一口地道的北京话！……"

刘亚兰领我到各个房里观看挂在墙上的她的油画作品。在北京的展览会上我曾看到过她画的静物画——花卉，给我留下深刻印象。现在我又看到她画的人物、风景画也很有特色。没有想到墙上还挂着一幅没有学过绘画的刘骅的油画，我真不相信会是她的作品，画得很不错，一看就知道画的是颐和园后山的一个景致。我们家乡有这么一句话，谓之"门里出生，自带三分"。意思是说环境对于一个人幼年时候的影响。刘骅能够画画，当然正是母亲给她的影响。

看完作品后，我们决定到刘亚兰女士的住处看看。我们乘刘骅开的漂亮的宝马房车直奔她母亲家去。

不久就来到一个平房的门前,照例有草坪和花木。

进到房里,我又看了刘亚兰用色粉画的澳洲的美丽鹦鹉,还有她画的瓷盘和富有装饰风味的裸女,我感到她真是多才多艺。由于她曾在莫斯科苏里可夫美术学院学习过,所以她的油画色彩总有苏联油画的影响。

刘亚兰给我们做晚饭,刘骅滔滔不绝有声有色地给我们讲着她插队时的故事。她说当她由芮城去陕西户县看望在那里插队的哥哥时,正好碰到老乡们忆苦思甜的大会,人们一定要一个70来岁的老太太上台诉苦,老太太也不知道说什么好,琢磨了一会说:

"我们今天,妇女是半边天了,过去我们女人好比是男人的褥子,现在我们可翻身了,当了男人的被子……"逗得下面的人都哈哈大笑了。

我们听了也哄堂大笑。

吃过晚饭后,我对刘亚兰和刘骅说:

"我很想知道为什么你们要来澳洲?"

刘骅说:"由于'文化大革命'中,我们家的什么东西都被造反派没收了,弄得一无所有,正好母亲的亲戚在澳洲,担保我们母女和哥哥三人来悉尼。当时三口人身上只有一百元美金,够穷的。"

告别亚兰母女,在归途中悉尼大铁桥和海上如林的白帆小船已在夜色中模糊了,而天空一钩新月竟引起我的惊异,我只知道北国冬季是澳洲的夏天却没想到澳洲的上弦月却有如北国的下弦月。我想生活就是奋斗,但任何困难也不难不倒刘骅和她母亲这样的具有精明能干和坚毅性格的女性!

发表于1995年6月29日《太原日报》"文园"副刊

由"十八涧"到龙井村

时人不赏十八涧

水杉参天

浓荫蔽日

溪流清澈声潺潺

不知是天上

还是人间

石路空寂寂

满眼都是绿

竹林染翠

茶树满山

漫步小径身感寒

北国少此境

佳景在江南

这是我于1994年初夏重游西湖"九溪十八涧"后写的一首诗。当我六十年前在西湖国立杭州艺专当学生时曾和同学游过"九溪十八涧",当时我感到一种富有诗意的幽静的自然之美。一条清澈见底的溪水,在绿山之间弯弯曲曲的河床上流泻,小声唱着曲子。溪边不见树林,只有茂密的灌木丛生,游人在溪旁的草地上行走,不时踏石过水寻路,有如陶渊明诗中所说的:"山涧清且浅,遇之濯吾足"似的滋味。

六十年过去了,我还怀念"九溪十八涧",想重温那幽静的自然之美。当我游过了水天一色的千岛湖,欣赏了广阔如湖的富春江后,就想领略小桥流水人烟稀少的另一种江南风味。感谢我们疗养所的任所长,他为了满足我的兴趣,抽闲陪我和艾琪及一位处长夫人同游"九溪十八涧"。

然而,今日的"九溪十八涧",已非六十年前的模样了,变成了石板铺路大树参天,绿荫蔽日的景色了。溪流在路旁低吟,再也不要踏石过水寻路了,似乎"山涧清且浅,遇之濯吾足"的滋味也没有了,真有沧海桑田之感。正好像本想吃小虾却捧来了一盘河鱼一样,也算一种滋味吧。幸好的是游人稀少如故,幽静之味尚存。

我们在静寂的石路上行走,看到路旁的石栏杆边有一中年妇女休息,看样子是本地农妇。艾琪走过去说:"麻烦你了,这么高大的树,我们一个也不认得,你能告诉我们吗?"于是妇人说:"有的叫水杉,有的是楠木,还有巨枫和柞树、茶树……"艾琪高兴地连连点头,有感激之意。

后来妇人站起来和我们同行,她一边走一连摘路旁的野菜。艾琪问："摘来干么？"她说："喂兔子。"这样就愈加说明她是当地的农妇了。我从大树的间隔中能看到满山的茶树，就问她："你家也有茶树吗？""有，我家一共七口人，每人有五分八的茶地，一共有六亩多一点。"这样又说明她是一位茶农了。

我们走着，和她一边闲谈，一边欣赏山坡上野生的黄花菜，像盏盏灯火似的醒目，不久又在灌木丛中看到了红艳艳的山丹丹花，也不知当地叫什么？然而它们却把这恬静的山路装点得格外的美丽。我看到这山丹丹花，就想起陕北《信天游》中唱的"山丹丹开花背洼里红，先交人才后交心"的歌词。

不久我们碰上了一个时装打扮的小姐，她手持地图，独自探幽，想不到她竟有这般闲情，来欣赏山间的幽静情趣，而一般青年却是喜欢都市的喧闹的。经交谈始知她姓杨，23岁，是一位温州姑娘，因为我们之中有妇女艾琪和一位处长夫人，所以她也就很自然地与我们并肩同行。

不久，我们就来到龙井村，看到村民自建的漂亮小洋楼，不胜羡慕，觉得我等是此生也住不上的。温州小姐说："我们温州自建的楼房比这还美，我家有四层楼房，装潢得可漂亮了。"

我们走在龙井村的街上，看到路旁屋内一位老婆婆正用手在铁锅里炒茶，好像在用力搓茶似的，说是天热时炒得满手都是泡。从前是用柴火炒，而今以电取代，一斤茶要炒四个小时，用四五度电，共需三道工序。到这时我才知道茶人这辛苦。

没想到与我们路遇的茶农妇女会邀请我们到她家作客,于是由她领路我们五人走进一处旧式的楼房中,坐下后,她给我们每人泡了一杯龙井茶,谓之"贡茶"。她说:从前乾隆皇帝游江南乘着轿在龙井停下来,口渴了,喝了一杯龙井茶,觉得味美,后来就每年要我们"贡茶"。据妇人讲每个茶农每年平均收入约有四千元,并告我们她有三个儿子都结婚了,已经有了三个孙子。盖了新楼让儿子住,老人住旧楼。我看到楼旁既有花草还有桂树,感到他们生活在仙境中。

我们一面听主人讲话,一面品她给的满杯碧绿的"贡茶",其味清香可口,似乎从来也没有喝过这样的茶。来龙井村喝龙井茶,真是难得的一种享受。我觉得机会难得,便向主人买了一斤"贡茶",给了三百元。说在市上三百元也买不了……当我们告辞时,妇人怕我们走错了路,一直抄小路把我们五人送了二里之远,才上了大道,像老区的农家对待老干部似的那么热情,这种可贵的人间情意给我留下难忘的印象,每每忆及都感到甜滋滋的。

1995年9月26日发表于北京《中国医药报》"陶然亭"副刊

花花的故事

我已经把花花忘掉了,但读了《丰子恺散文选集》中的《阿咪》,却又引发了我对花花的怀念。

在丰子恺的散文里,可以看出他对于猫的深情与厚爱。因此在他的笔下,把阿咪描绘得像一个有功的家庭成员一样。老实说,我不但不喜欢猫,而且像鲁迅一样,是非常仇猫的,这倒并非因为学习鲁迅,把他的对于猫的仇恨也学来了,而是因为猫有两次偷吃了我心爱的小鸟"串山林"。"串山林"是我们家乡山林里的歌唱家,它叫得绝不比"画眉"差。可是我养的串山林竟先后两次被猫吃掉了,我怎能不仇猫。第一次是在我的童年,我和两个小朋友得到一只小小的串山林,我们把它关在鸟笼里,视如宝贝。三个人共同忙得在绿草丛中给它找小虫吃,有一种两头尖的飞虫我们叫它"尖担",还有一种会跳的,我们叫它"卞卞"。不论"尖担"和"卞卞",小串山林都喜欢吃。它穿一身灰黑色的服装,有如一只小八哥。那时它还没有学会叫,但它在笼子里跳来跳去,就像在我们的心上跳似的可爱。然而有一天当我们打了很多"尖担"和"卞卞"回家时,发现鸟笼的门开了,我们的串山林不见了,立刻就在笼下看到串山林的一只小肉腿掉在那里。

"一定是长福家的黑猫把我们的串山林偷吃了,我非把它打死不可!"我的一个小伙伴气愤地说。但后来到底有没有把长福家的黑猫打死,记不得了。

第二次是当我于1970年下放家乡农村时,养了一只心爱的小串山林,已经养得能从鸟笼里飞出去,在村里的大槐树上歇一歇,又自动飞回笼里来。但没想到一天开着鸟笼门让它独自在我的东窑里玩时,竟被村里的猫进到窑里捕食了,这一回我确实用毒鼠的药把那只猫毒死了,真解恨!

除此之外,每当它们"走尾"时,那种惊动四邻的惨叫声也真使人讨厌!

以上就是我之所以仇猫的原因。

但我为什么对我家的花花怀念呢?岂不是不可理解吗?

自然,要我养一只猫,当然是不可能的,然而当我的儿子和儿媳为了照顾我,搬到我的楼内和我同住时,他们把家俱床物都搬来了,同时也带来一只猫,这就是花花。花花是他们的宠物,爱得像他们的孩子似的,我当然不能拒绝,否则就会惹得儿子和儿媳不高兴,甚至使他们不愿住在我的楼内。然而我老了,离不开他们呀!这就是我不能不容忍花花成为我们家庭的成员的原因。

但"花花"真是一只不平凡的猫,它生得雄伟美丽,穿一身黄白色相间的毛衣服,不论脸上的和身上的毛都很长,尾巴也粗大,它蹲在那里能使我联想到武则天墓前那对雄伟的石狮子。因为花花不纯是中国品种,而是和波斯猫杂交的混血儿,因此看了花花,再看中国品种的猫,相比之下就显得中国猫瘦弱,不够气派。这就是花花最初给我的印象。况且花花并没有捕杀我的串山林,无故恨它当然是没有道理的。

不过花花也够乖的,它看到我养的小松鼠,仅围着鼠笼看了看,闻了闻,就再没有处心积虑地想要把我的小松鼠吃掉。起先我也确实担心过,但到后来,经过实践和观察也就逐渐放心了。但花花很怕我,因为它有次偷偷上楼后,走进我的画室,曾把我正在作画的画纸抓了个稀巴烂,这自然要受到我的训斥,因而它也知道自己犯了错误,像负罪似的跑到楼下了。然而它大概觉得蹲在楼下闷得慌,总要当我有事下楼时,悄悄上楼玩。可是一听到我上楼的脚步声就慌里慌张地往楼下逃。我有时也为了对它表示好感,摸摸它的头,摸摸它的背,虽然它也躺在地下打滚,用抓子抓我的手和我玩,但无论如何建立不起更深的感情来,不像它和我儿子的情谊。例如儿子和儿媳总把它关在家里不让出门,既怕别家的猫欺负它,又怕在室外惹上跳蚤,但它却非常想出门,经常蹲在窗台上透过玻璃向外瞧,可以看出它实在想出去,像一个小孩子想到外面玩一样。然而它又不会说话,于是等儿子站在门跟前时,它就发出小小的咪咪声,以一副可怜相在他的两腿间不停地转,不让他走,好像在说:"你不开门让我出去玩,我就要缠你。"起先,我不明白是什么意思,但儿子明白。有时缠得实在不行了,儿子也开门让它跑出院庭去转一圈。于是它就像一个小孩子似的高兴得在草间跳着,有时吃吃绿草,有时用两爪乱抓苹果的树杆,满意得不得了。这时儿子守护在门口,看着它,深怕进来邻家的猫咬伤它。

儿子喊它回家了,它也不理,一直看到他生气了,这才飞快跑回家里。

然而花花似乎并不怕外面的猫,当它在室内站在窗台上从玻璃中偶然发现院里来了邻家的猫时,它就既紧张又关注,似乎很想和同类接触。但求偶"走尾"之事是不可能的了,因为它原是一个公猫,儿子和儿媳嫌它到了"走尾"期招惹麻烦,竟请来一位大夫把它给动手术阉了。想来也够无情而残酷的。

其实他们是很爱花花的,我的媳妇每天下班回家,总是一进门就把花花抱在怀里,既表示她对于花花的怜爱,也好像是她下班后的一种休息。而花花呢,也好像一个婴儿得到妈妈的爱抚,它安静地躺在儿媳怀里,显示出一种享受母爱的幸福的表情。

但儿媳之爱花花却有一段动人的来历,谁也不能想象它是怎么被她抚养长大的,谈起来也真够动人。

那时儿子和儿媳还没搬过来,住在南文化宫的宿舍里,邻人有只母猫,竟于初春三月在室外的猫笼里生下四只小猫,冻死两只,母猫自己吃了一只,还剩下一只,妈妈既不喂奶也不看护。儿媳听说后,觉得冻死怪可怜的,就用双手把这只仅有小鼠大的黄猫扣在手心里拿回家中,邻人说:"你拿回去也没用,活不了。"但儿媳不死心,他们二人,弄了注射器,并在针头上安了一节自行车上的"气门心",把牛奶温热往小猫嘴里挤。开始不吃,后来这小鼠似的猫就嘴动了,慢慢地就吸起来。他们俩高兴极了,觉得这小家伙会吃东西了就死不了。但不会拉屎拉尿,让屎尿憋死怎么办?邻人说,"我看到母猫舔小猫的屁股,然后把小猫的屎尿都吃了,所以猫窝里很干净。"这给予儿媳以启发,于是就用棉花蘸上温水擦小猫的屁股,终于拉出了屎尿。此后就按时喂奶,开始的头星期,隔二小时就要喂一次。以后就每隔五六小时喂一次。上班时也带到机关里。如此数载,像母亲喂养她的婴儿似的,儿媳终于把这只小家伙喂大了,起名叫花花。因此她怎能不像母亲似的疼爱花花呢?花花的生命也真够来之不易呵!

  自从花花来到我们的楼里,它给我的印象总觉得像个女孩子,有一种温柔飘逸之感,既不闹腾得使人讨厌,也不吼叫得令人心烦,加以它生得一副不凡的形象,我也就逐渐由不讨厌而有所喜爱了。

  我的老伴也喜欢花花,经常撩逗它,有时花花用爪子抓她,竟把她的手背抓出血来,也不伤心,还要撩逗……

  然而正好像晴朗的蓝天也有乌云满布雷雨大作之时,平静的大海也有台风狂吼巨浪冲天之际,没想到我们温顺加处子的花花竟也有如老虎咆哮的时候。有一天来了一个上海客人,花花竟向他狂吼不止,而且是一种进攻的雄姿,像一只看家凶狗咬一位不速之客,咪嗷、咪嗷地,逼得那位客人一直退到墙角里,大有走投无路之态。我面临这种突然来的紧张场面,既惊奇又发窘,不知花花为什么竟会如此无礼。后来得知由于这位客人第一次来我家时,花花走近他的身边,闻他的气味,好像在欢迎他,也像在研究他。没想到这位客人最怕猫,于是伸腿踢了花花一脚,这样就得罪了它。所以这次来花花就恶狠狠地咬他,似乎在报仇,也似乎在下逐客令!

从此我对花花就刮目相看,觉得他真不简单,有如一位英雄人物。但没有想到,这位上海客人第三次来我家时,花花还不饶他,仍然遭到了狂吼的进攻,好像此恨绵绵无绝期,真是使我不可思议。

当儿子和儿媳出远门时,就把看管花花的任务交给了我的老伴。没想到一个雨天的夜晚,约八点多钟,突然发现花花不见了,在楼上楼下寻遍了,可到处都找不到它。走到厨房后面的小屋,看到窗子是开着的,无疑花花是从窗口逃出去了。于是她就冒雨走出大门之外寻花花,感到把花花丢了无法交待媳妇,这是她的命根子呀。老伴心急如焚,而这时已是晚秋,她在雨中到处叫喊,花花!花花!像奶奶寻找自己的孙子似的叫着,但花花无影无踪,不知钻在那里去了。她深怕人家喜爱它万一把它藏起来,那可就糟了。

因为寻花花的时间较久,天又冷,结果老伴受了凉,感冒啦。但回到家里,她也放心不下,毫无睡意。一直等到夜里的下三点钟,花花才从窗口回到家里,老伴一看从头到尾一身黑,也不知在哪里躲雨,弄得这么脏。老伴说:

"你跑到那里去了,害得我寻了半夜!"

花花知道自己做了错事,就钻到床下不出来。老伴赶快就把窗户关好,怕它再偷跑出去。

说起花花令人讨厌的事，我就不能不说另一件它的不光彩的劣迹：

一天早上，看到儿媳在院里晒尿被，我心想，这里没有小孩子，难道大人尿床了？一问才知道是花花干的，而且已非一次。据说花花爱干净，给它准备的大尿盆，只要一天忘了换其中的土，这就不去了，嫌已经有了屎尿的土不卫生有邪味，于是便跑到儿子他们的床上去小便。

大概是由于儿子和儿媳抚养花花真有些厌倦了，每天要给花花做饭，每天要把花花拉过屎尿的盆里的脏土倒掉，换上新的湿土。他们上班时把花花锁在家里，它生气了就把玻璃杯、瓷花瓶都推在地下，打得粉碎。隔几天还要给它洗澡、吹风、梳理。虽然洗澡时很乖，但也不愿洗。后来只要看到儿媳拿给它洗澡的面盆，花花就马上躲到床下不出来，这就要硬把它拖出来给洗澡。

总之，养一只猫也真像抚养一个小孩子，固然从它身上能得到一种乐趣，但也实在够麻烦的。为此，他们夫妻俩就下了决心要把花花送给朋友。开始我还以为仅仅是说着玩的，后来看到他们真的这样干，而我却倒有点舍不得了。

一天，儿子把花花按在水盆里给洗澡，花花不愿意，咪咪地叫，像给小孩子洗澡理发似的。而后又给它吹风，又给它梳理，有如给出嫁时的姑娘打扮一样。然后他们上班时就真的把花花带走了，此去就是花花和我们家的永别。

我曾问过儿媳几次关于花花的情况，然而她也说不清了。

跟着日月的流逝，我渐对花花的思念之情烟消云散了。但偶然读了丰子恺先生的《阿咪》，于是写下了此文，算是对花花的怀念。

1995年12月发表于《山西文学》

悉尼的一日
——"力群版画回顾展"开幕

1995年二月二十三日是"力群版画回顾展"在悉尼"救火站画廊"①开幕之日,像庄稼经过播种耕耘,终于迎来了收获之日似的,使我高兴。

近一月来,我的女儿为了我的画展,又是下请柬,又是登广告,日夜操劳,全力以赴,真使我感动,令我感到她好象能够"呼风唤雨"。为画展我想到应该做的事她都做了,我没有想到的事她也做了,比为她自己的事还做得周到出色,所以从香港到悉尼,很多朋友都说她是我的孝女。

因为今天晚6时至8时是画展开幕迎宾的时间,况且画廊老板在电话上约定要我五时半到场见由堪培拉"澳洲国立美术馆"的来人,所以必须在下午四点半钟出发。

由于要刮胡须,准备新衣服等等琐事,吃过午饭后,一直忙到三点半钟才上床午睡。但因为心里有事,未曾入梦。通常我要午睡一个小时，而女儿仅到四点钟就把我喊叫起来，在床上躺了只有四十分钟。

起来就忙于打扮，先穿上路经香港时女儿给我买的白色名牌新衬衣，而后又穿上她在香港给我买的一身灰色时式西装和一双黑皮鞋。前一月当女儿把我从广州接到香港，她说澳洲的用品比香港贵的多，所以我来悉尼后必需的衣物，她都在香港给我买齐了。

我已有三十多年不穿皮鞋了，总是穿布底鞋，现在又穿上，有如脚上坠了两块砖头，重得不舒服。

轮到打领带了，我已忘了怎样打，因为自从1958年访问苏联归来，我就再没有穿西服打领带，怎么办？先把黑白小花点的领带让外孙给我打，后又让女婿审查，他说"很好了"才罢休。像姑娘出嫁似的打扮，自己也感到好笑。但这都是女儿的旨意，我只好照办。

出发前，外孙也穿了一身深青色的西装，打扮起来象一个印度青年，由于一年四季几乎每天都在海上滑浪，所以他的皮肤被风吹日晒黑得不像一个黄皮肤的中国人了。他也愉快地准备参加姥爷的这个画展的开幕节目。

女儿今天穿了一件红色的花上衣，黑长裙，显得格外标致。她今年快50了，但打扮起来像三十岁左右。

我们上车后，由女婿开车，在五时半准时到达"救火站画廊"。进得画廊的玻璃大门，首先看到以我的国画《西双版纳风光》为展厅招引观众的展览标志立在玻璃门内。画旁还放着三个花篮，都是把鲜花插在有水的花篮里养着的。上面都有庆贺画展开幕的红色贺词彩带。一个是唐人街无人不知的文华社俱乐部董事长黄中明先生赠送的,一个是唐人街历史最久的得记烧腊饭店老板得叔赠送的,还有一个是汇意轩画廊彭维营先生和夫人杜巧奴女士共同赠送的。这都是女儿的社会关系。

当时厅内已有少数中外来宾,经介绍我会见了堪培拉"澳大利亚国立美术馆"版画部部长狄克逊·克里斯丁女士。握手后,她用华语告我她们美术馆在1985年刚成立时就收藏了中国现代木刻350幅,其中有我的两幅木刻,其一是《劳动英雄赵占魁像》,其二是《文教英雄刘保堂》组画之六,这都是延安时的作品,据说是一位英国人名叫彼德的赠送的。使我非常纳闷,不知这两幅木刻如何到了英国人手里。接着她给我一本1981年印的藏画目录,标题为《三十年代和四十年代的中国木刻画》。封面印着李桦1944年创作的《生活的苦恼》。里面印有王树艺的《自行失踪的人》,马达的《鲁迅先生》,古元的剪纸《上学去》(上写作者不详)等木刻作为插图。在文字目录中,有蔡迪支、陈烟桥、黄新波、黄永玉、江丰、李桦、力群、彦涵、野夫……等人,在我的名下注明:中国,生于1912年。——一个工人——《劳动英雄赵占魁》(是用中英文刊载的)。我真没有想到我们的木刻会在1985年之际就早已来到澳大利亚了。

时至七点,会场上的来宾已有二百多人,其中有画家刘开业,刘亚兰,沈加蔚及夫人王兰,刘宣及夫人穆舜君,吴棣及夫人黄勤,此外还有女儿最好的朋友江雅苓女士及丈夫,刘骅女士及丈夫,林力女士及丈夫,还有华侨领袖方劲武先生等。

后来新州上议院议员何沈慧霞女士和丈夫何建刚先生,以及麦觉理大学亚洲部主任贺大卫教授及夫人也来了,我和他们一一握手。除此之外,还来了一些医生和律师以及澳洲的艺术家,《自立快报》的记者,香港《大公报》驻悉尼女记者。由外孙负责接待,请每位来宾在签名簿上签名。

女儿这时在会场上接待来宾应接不暇,她的一件鲜红花上衣特别显眼,但我有时仍寻不见她。

在人群中认识了"澳大利亚国家民族电视台"高级翻译员江静女士,女儿说昨日由皇甫小姐翻译的关于"SBS"电视台采访我的谈话,将由江女士作最后审理。

有人告我中国领事馆总领事来了,我和女儿去会见,表示欢迎。女儿把我介绍给段津总领事及其夫人,我和他们亲切地握手,表示感谢他们的光临。经了解知段总领事是江苏常州人,和女儿的妈妈是同乡,而夫人是上海人。

女儿买了七朵非常精致好看的鲜花束,分别别在段津总领事和夫人,何沈慧霞女士,贺大卫教授,帕莫拉老板和我以及她自己的胸前衣领上,以表示这些人物的重要性。

我别着花朵在人群中来往,像在告诉婚礼上的宾客自己就是新郎似的。

七时许画廊老板帕莫拉女士宣布画展开幕,先请贺大卫教授讲话,介绍我的生平和艺术成就,他讲得时间很长。次由何沈慧霞女士致词,她说:"本人以澳洲第一位华裔议员身份,欢迎力群先生这次来澳洲举办个人艺术生涯回顾展。

"让我们一饱眼福。我也代表在场的诸位,谢谢力群先生远道而来,为我们这个多元文化社会增添许多色彩。"

之后由总领事段津先生致词,他说:

"今天我们有机会参加力群先生的版画回顾展开幕式感到很荣幸。感谢'救火站画廊'参与组织了这次展览。

"这次展览内容丰富,作品内容包括了中国近代历史的各个时期,是这些时期政治、文化、生活的反映。力群先生是中国版画界的老前辈,富有盛名,对他一生致力于中国版画事业表示钦佩,对他一生创造性的艺术生活表示赞赏。虽已八十三岁高龄,仍不远万里来到澳大利亚,我们与澳大利亚人民分享他的艺术创作成果。祝愿他的展览取得圆满成功,祝他身体健康。"

他们都是用英语讲的,我听不懂,事后才设法弄到他们的中文讲稿。

当我用华语讲话时,由皇甫秉惠小姐作翻译,在照相机的闪光灯下,我说:

"女士们,先生们:

"我的美术展览会今天在美丽的悉尼城市开幕了,我感到无比的高兴。

"请允许我首先向中国驻悉尼总领事馆的总领事段津先生和新州上议员沈慧霞女士的光临表示感谢和欢迎。"

"我的展览能够举行,应该特别感谢贺大卫教授和江雅苓女士,他们在筹备展出工作中的翻译方面和媒介联络方面都给予我以大力的支持。

"除此之外,李子羽先生和刘骅女士以及中国大陆来的画家们和华侨界同仁也都给予我以支持和帮助,我在此一并表示衷心的感谢。

"我们中国走江湖的艺人有这么一句话,谓之'在家靠父母,出门靠朋友',在我于悉尼的展览工作中也体会到此语的可贵价值。如果没有以上朋友们的支持,我的展览工作是寸步难行的。

"我来悉尼已有一个多月了,深感这块绿洲之地之可爱,它既不像香港的高楼林立,给人以精神上的压力,也不像香港人为生活而忙于奔波,更不像中国大陆的街上到处有人满之患。澳洲是一个空气清新,人民礼貌友好的国家,我每每出门总遇到人们向我笑迎。

"因此,我的展览会能在这样一个可爱的国家举行,使我感到愉快。

"我的作品一共有八十八幅在此展出,其中包括版画65幅,国画14幅,速写9幅。

"我今年83岁了,在60多年的艺术生涯中,主要从事版画创作,这里展出的版画作品可分为三个时期,其一是在抗日战争之前及抗战初期的创作,其二是在解放区时期,主要是在延安鲁艺创作的作品,其三是中华人民共和国成立之后的创作。由于时代的不同,因而我的作品的内容和风貌也有所不同。希望能得到悉尼人士的欣赏与指教。

"最后,我的展览能够开幕,也要感谢'救火站画廊'的帕莫拉女士,她为我的画展做了很多具体的工作。

"同时还必须说明,我的姑娘从头到尾为我的画展奔忙,有很大的功劳,我也表示感谢。

"谢谢诸位出席我的画展的开幕典礼。"

当我讲到"在家靠父母,出门靠朋友"时,引起了会场上的鼓掌声和笑声。

事毕,我与总领事及夫人,何沈慧霞女士,贺大卫教授分别合影留念。

为了对贺大卫教授在翻译工作上给予我的帮助,特由女儿赠送给他我的散文集《马兰花》一本,木刻《鲁迅像》一幅,还有临汾的木版年画《门神》两张,木刻剪纸数帧。他很高兴。

当他们告辞离开会场时,我和他们一一握手送出画廊门外,并再次表示感谢。

总的说来,这次的画展开幕典礼是很成功的,被邀请到会的主要来宾都来了,悉尼的中国画家们也大都到场,连上澳洲画家诸人士总计有三百多人参加开幕典礼。还当场售出三十年代和四十年代的木刻作品六幅。帕莫拉老板说,她的画廊还从来没有过这样的盛况。

由帕莫拉老板准备的一些小吃、饮料和酒,也都被来宾吃光了,有几位女士高兴得都喝了个半醉。

还应该提到的是我的女婿,他在会场上一直忙于给我们拍照录像,留下永久纪念。

在归路上,车在缤纷灿烂的霓虹灯光和辉煌的路灯的照耀下行进,我靠在车后的沙发背上,沉浸在画廊开幕典礼的胜利的回味中,有如做美梦般的愉悦。

注释:①因由原救火站改建为画廊而得名。

忆文化战士杜任之同志

我所尊敬的杜任之同志离开我们近7年了，但他所留下的英勇正直而崇高的形象，却并未因时光的冲刷而淡化、褪色。

我认识杜任之同志始于1935年。那时，我从浙江国民党的监狱被释放8个月后，回到了久别的太原。经我的一位中学老师介绍找到了当时正在筹办"西北剧社"和"艺术通讯社"的杜任之。他约有30来岁，西装笔挺，以一副严肃的面容接见了我，并答应让我在艺术通讯社工作。事隔一月后，我在精营东边街甲字41号的一个四合院里，找到了"西北剧社"和"艺术通讯社"的所在地，实际是两副牌子一个机关，从此我便成了这个机关的一员。

当时"艺术通讯社"已出版了一本杂志名《文艺舞台》，主要刊登些新编的剧本之类，宣传抗日。我就被任命为《文艺舞台》的美术编辑，搞封面和版式设计。一天，杜任之给我拿来一幅英国木刻，要我把它刊登在《文艺舞台》的封面上。由他对这幅木刻的作者做了介绍。他写道：

"布朗伟是一位世界驰名的英国艺术家。""他的油画、炭画、蚀刻及木刻作品非常之多，而尤精于黑白分明之木刻，它不但在技术上特别成功，而且寓着很深长的意味呢。桔子是多么甜蜜呀，然而汗流浃背的卸桔者，却非吃桔人！这光明与阴影的象征，实为一幅内容与形式统一之艺术佳作，而值得我们特为介绍的！"——任之

这幅木刻和杜任之的介绍文字在我的画夹中一直保存了60年。从杜任之对于布朗伟的木刻《卸桔者》的介绍文中看，也多少透露了一点他作为无产阶级革命家的思想。

大约在1935年的年底或1936年的年初，"西北剧社"和"艺术通讯社"搬到了新南门外的一个荒芜的院落里。就在这时期，我和其他同志于1936年2月8日上午，荣幸地参加了杜任之同志在新南门外正太饭店和李淑清女士举行的结婚典礼。在杜任之领导下工作的那段时间里，我总在暗暗地研究他，想摸清他的思想和政治倾向。那时在北平出版一种共产党的刊物《人民之友》，我在那里的朋友，不断将它寄给我，后来知道也不断地寄给"西北剧社"。社长张季纯读后大概也给杜任之看，但我事先并不知道。直到1936年春天红军东渡打到太原附近时，有一天杜任之突然来到剧社，当着我的面很严肃地对张季纯说："快把《人民之友》都烧掉！"这说明杜任之是看过《人民之友》的，至少他知道西北剧社有《人民之友》这种共产党的刊物。我暗自想：如果杜任之是反共的，那他这

时就应该把张季纯抓起来,却反而要他快快把该刊烧掉,说明他绝不是阎锡山的反共干将。加之,他在海子边组建的"中外语文学会"所出版的《中外论坛》,由侯外庐、张友渔、邢西萍等人所译写的文章,实际是在宣传马列主义。这样,和他对《人民之友》的态度联系起来,就不难看出,他至少是一位社会主义者。

1936年夏天"西北剧社"和"艺术通讯社"由于阎锡山停止给钱,《文艺舞台》停刊,剧社宣告停办,我也因此离开了杜任之同志而再次到了上海。

直到抗日战争爆发后,我于1938年参加了国民政府军事委员会政治部第三厅组织的"抗敌演剧队第三队"(由周恩来同志发起和组织,后来改为"剧宣二队")从宜川过黄河来到山西吉县时,竟在处于山沟里活动的"民族革命大学"见到了杜任之同志。他当时和杜心源同志在一起,曾留我在"民大"工作,我因一心想到前线和延安而未答应。

此后,待抗日战争胜利,当我由延安来到晋绥边区工作后,在解放战争中曾耳闻杜任之在阎锡山的地区于"对日经济作战"获胜后,因"粮食问题的讲话"惹下大祸,阎锡山竟下令要他"自裁",险遭杀害,幸得赵戴文等上层正义人士的救援而免难。

中华人民共和国成立后,我从吕梁地区的兴县走进太原筹建了省文联,不久就见到了杜任之。他担任了山西省政府商业厅厅长等职,我心想他一定是一位共产党员无疑。我当时任山西省文联副主席。我们时常见面,曾共同在广场上参加了当时兴起的集体舞,杜任之总是显得那么乐观、年轻。

我后来由山西调到北京工作。大约是1980年之后,我打听到杜任之同志住在北京的史家胡同内,我去看望了他。那时我所认识的李淑清同志已在浩劫中受迫害而逝世。杜任之对我说,在"文革"中得到了好处,这就是由于造反派对他的历史的审查,查明了他是第三国际的党员。听到他的话,引起我对他多么大的尊敬!而这次的会见,竟是我和杜任之同志最后的一次相会了。

八十年代,我在一本《鲁迅诞辰百年纪念集》中读了他写的《永不磨灭的印象》一文后,就对他产生了一种更加敬仰之情。我从文中得知他于1927年"四·一二"蒋介石在上海大屠杀共产党人之后,对白色恐怖无所畏惧,竟于当年的11月参加了中国共产党,多么英勇动人的壮举!

1995年11月8日发表于《山西日报》第八版

在黄永玉家作客

挂在画家黄永玉客厅里的"不瓦全"三个工整的字是书法家王振铎写的,引起我的注意。它的全文应是"宁为玉碎不为瓦全",这是对黄永玉为人的评价,我很欣赏。我于1994年12月圣诞节后去澳洲探亲,路经香港时,有幸和我的女儿郝黎及徐悲鸿的儿子徐伯阳先生一同去看望了将近十年未见面的老友黄永玉,度过了一个愉快的夜晚。黄永玉是我们中国版画家中最富有的,他在香港有私人住宅,在意大利还有房产,他打算春节后飞到意大利去。他像一只候鸟,半年住在香港,半年飞往达·芬奇的故乡。但黄永玉也是我们当中最有才华最勤奋的一位,所以能够在文学艺术上都取得辉煌的成就。他既是富有创造性的画家,也是不平凡的诗人和散文作家。

他在半山上住着整整一层楼房,我和女儿、徐伯阳先生乘电梯到五层,除了黄永玉和妻子张梅溪、儿子黑蛮相迎外,还有三四只小狗也到门口迎接我们。

我看到黄永玉和张梅溪比十年前在北京见面时都苍老多了,真是时光不饶人呵!但他们精神很好。而黑蛮也已长大成人了,令人高兴。

从他的窗口看出去就是碧绿的大海,海上有各种船只来往,远处是黛色的山影,近处有参差于海岸的香港大学的高楼和深绿色的森林,真是风景如画。

客厅里除了墙上有"不瓦全"三字外,还有黄永玉画的半抽象的荷花小鸟、美女图之类,此外在电视机旁摆着梅溪当年迷人的青春玉照,以及她和黄永玉少年时代的合影。在沙发间摆着一个小几,上有小石流水,潺潺作响,这是模拟"清泉石上流"而作的盆景。黄永玉说:"夜静后很好听",人们也真会想出花样。客厅布满了各种花木,有如走进花园。张梅溪亲自给我们做了十分可口的茶和咖啡,还有美味的蛋糕。

我参观了他的每个房间后,提出要看他的画室。

黄永玉领我们下楼,手里拿着一根手杖,走在前面领路。走上两旁布满郁郁森林的山坡,一直走到山巅时,才从一个大铁门进去,来迎的是一个尼泊尔特种兵退伍的管家,还有四只站起来比人还高的可怕的大狗,其状很凶,但对我们极友善,有一只立刻站起来在黄永玉身上表示亲善。

在黄永玉的画室前面,有一个宽阔的四方形的草坪,比一个篮球场还大,右边是满山的森林,正前方有一间房子,左边是院子的石栏杆。

他的画室极宽畅,墙上挂着他的花卉油画,还有黄苗子写的横幅大字。油画架上摆着他的一幅在高丽纸上画的未完成的水墨画，内容是树木。地上还摆着由黄永玉自己做的大木椅和从印尼买来的一个竹床，还有一架大三角形的钢琴。在这里作画是很安静的。

我们在院里的椅子上坐下休息，几只狗过来爬在黄永玉的身上舔他的脸，表示亲热。我想黄永玉真是闲情充沛，精力饱满，这么多狗如何应付得过来，他之喜欢动物真够少见的。后来知道，他雇的那个尼泊尔人一面要管理画室，一面还要为他养狗。

回到他们的住处，我向梅溪提出，要看她的绘画作品，因为多少年前在北京时我看过她的画，别有风味。于是在她的卧室里看到了她大都在意大利时作的油画，每幅只比明信片略大一些，都是写实的风景，每幅都十分优美而富有情调，令人感到了她的才华。我劝她回北京在美术馆举办一个展览会，她说："太小了。"我说："不管大小，好就行，你的小画的展出，将会别开生面。"她谦虚地笑笑。

黄永玉请我们吃晚饭时，谈起来才知道他也属鼠，小我一轮，七十岁了。而他的本事却非我可比。我很喜欢他的艺术家的风度和为人的正直，其中也包括"不瓦全"。在餐桌上他向我谈了美术界名人的一些不光彩的行径，其中也包括版画家在内，使我大为吃惊，深感了解人之难。

开始就餐时，黄永玉请我喝他湖南凤凰县的家乡酒，他说酒瓶是他设计的。我尝了几口，感到很好，餐间只有我们两人喝得较多。

黄永玉的家庭真是一个艺术之家，不仅梅溪能作画，在一间房间挂着儿子黑蛮画的一幅由李可染题字的有很多房子和桅杆的水墨风景画，我看了感到颇喜欢，真是"老子英雄儿好汉"，大有青出于蓝之势。

我和老友相会，自然回忆万千，想起他特别喜欢我的三儿子阿强，那时阿强还小，他把孩子领去过野营生活。想起他借走我的小松鼠，还回来一个空笼，松鼠呢？逃掉了。想起"文化大革命"中我和他在美院的"牛棚"里一同过着受造反派凌辱的生活……往事历历在目。光阴无情，而今都白发苍苍了！

我在文学艺术领域里的爱好，自认并不狭窄，例如除了绘画我还涉足小说、诗歌、散文，并对舞蹈、地方戏剧也喜爱……但比起黄永玉来，就觉得除了美术，有些门类他已成为"门内汉"了，而我还在门外。例如京戏就是一门为我所不懂的行当，而黄永玉却能像欣赏李可染和林风眠的绘画似的欣赏京戏，并把京戏方面古今名家的演出存有录像。这天晚上，他把高盛麟演的《薛礼探月》在电视上给我们放映，让我欣赏。他说："这戏还有个小情节，毛泽东晚年想听已退休的名演员出来给他唱，找到高盛麟，他说唱可以，但有个条件，要给我抽大烟。毛主席同意了，他才登台唱。"

我对于京戏除了知道四大名旦外，其他就知之甚少，例如高盛麟其人我连听都没有听过，真够孤陋寡闻了，而黄永玉却能把他在京剧艺术上的成就、特色说的头头是道。据我所知他对于西洋音乐如贝多芬、柴可夫斯基等大家的作品也颇欣赏，而我除了他们的个别作品，喜欢的实在不多。

在黄永玉家度过了一个愉快的夜晚,直到夜九点才和阿黎及徐伯阳先生向他告辞而别。

1995年3月23日发表于北京《中国医药报》八版"艺苑觅踪"

澳洲观企鹅

打开澳洲地图，在它的南端，于墨尔本城市附近有一个菲利浦海湾，这里有吸引世界游客观光的小企鹅。1995年3月27日，我来到这南国的天涯海角，观看了企鹅归巢，也算暮年的一种情趣和享受。

我和儿子女儿从上午出发，车行一百五十多公里后，来到菲利浦海湾，这里距离冰天雪地的南极不远了。中途曾看到农场的蔬菜园和农作物，这是我来澳洲第一次看到的农田，而经常看到的是牧场和草地。我们在菲利浦半岛上的一个中国饭店吃午饭。玻璃窗外就是碧绿的大海，海上有白帆飘动，引我遐想。饭后我们来到企鹅归巢之处，女儿先在询问中心售票处买了四张参观券，每张澳币7元(合人民币49元)。

在一个礼品商店，窗前摆有四五架望远镜，让游客观看海岛上的企鹅。投入四角硬澳币，即可看到远处有如小山似的大礁石，上面有数不清的企鹅和海豹在活动，就是这些企鹅,待到日落时分,它们就从海上归来,在青草萋萋的岸上归巢过夜。蓝天无云,山下的大海像夜的深蓝色的天空,凝重而深沉。不见帆船,但见海岸礁石如大的煤块发着褐色的光,衬托得停在礁石上的点点海鸥和大海卷起的浪花愈加显得其白似雪。

我们在木板路上走着,发现有两个中国男女青年趴在木板台阶下,不知从空隙缝儿里看什么。当我问他们时,他们说:"板下的石洞里有企鹅藏着。"于是我们也趴下往里瞧,像好奇的小孩子。果然发现有几只黑色的企鹅,在木板下的石上卧着。出于一种新奇感的驱使我们父子都越过木栏杆,钻到木板下细瞧。我要儿子把企鹅拖出来,儿子动它时就听到它呱呱地叫。儿子用力一拉,就把企鹅拖在我的脚边,肥胖如鸭。我按住它,摸它的光滑的黑背,感到怪可爱的,但它呱呱地叫着不让我触动。过去我仅能从电视上看到南冰洋的企鹅,而今我竟能亲手摸到它,也是人生的一种乐趣。但女儿警告说:"快放下,让洋人看见要被处罚的!"于是我们父子就从木板下钻出来。从木板路上向旁边的绿草滩观看,发现到处都是企鹅的家。其中一个洞里,还有两只企鹅藏着。它们的窝是很有趣的,最上层是一种连根的绿草,下层是已枯死的干草,有如旧时江南农民的草房。这种有待企鹅归来居住的小巢,满山遍野都是。据说有两千五百多只企鹅,入夜时分要从海上归来。但我奇怪:为什么有的企鹅藏在窝里不出海呢?难道是生病了吗?在山上有一个大厅,既是参观企鹅的游客的休息室,也是食品部和礼品部,而同时也是一个有关企鹅的博物馆。我在这里了解到企鹅的品种很多,有大有小,而菲利浦半岛的企鹅却属于最小的,名"神仙企鹅",这名字怪有味的。但它们在海里也有险难,一不小心就成为海豹的猎物。

企鹅有个最大的特点,就是换毛时有十七天的时间不出海,也不吃不喝,躲在窝里,有如松鼠冬眠。直到这时,我才明白木板路下被我们惊动的那些不出海的企鹅,就正是在换毛哩。黄昏时,我们来到专为游客观看企鹅归巢而建的水泥台阶上,有如观礼台。这种台共有两处,每处可坐一百多人。我们来到东边的一处,坐在台阶上等候企鹅的归来,有如"人约黄昏后"。

不久,从东方海上升起一轮圆月,使我想起唐代诗人张若虚在《春江花月夜》中的诗句:"春江潮水连海平,海上明月共潮生……"这时,观看台旁高柱上的电灯突然亮了,有声音从广播匣中传出,关照游客不得在企鹅保护区内摸动企鹅,不得用有闪光灯的相机拍照,以免伤害企鹅的眼睛……我来澳洲数月,深感澳洲〔是〕鸟类的伊甸园,不论企鹅,不论鹦鹉以及海鸥等等,无不受到特殊的保护。因此鸟类对人也深有信任,彼此和睦为邻,像好朋友一样。

终于从海鸥栖息的海边由白浪送上一队企鹅,它们摇晃着肥胖的身子,徐徐从海鸥群中走来,在众目睽睽之下,通过沙滩向草坡前进,有的拖着肥胖的小身体落在后面,待爬沙坡时显得很吃力,于是歇息后再爬。就这样,一队队一群群从海上归来,在月光照耀下各自寻找各自的家室。待明月当空,人们带着满足的心情逐渐走散,我们也就离开看台走上高处。我在灯光下看到木栏外的绿草山坡上已有很多企鹅，不知它们从何处爬到山上来的。

我们走着，再向草坡观看时，已是满山遍野的企鹅了，大都停在巢门附近不肯进巢，好像怕人知道它们的住处。

我将海上观企鹅归巢的感受，写了一首诗，诗曰：

夜朦朦

大海森森

一轮明月海上升

沙滩一片

白鸥点点

浪送企鹅归巢

一群又一群

多少四海来客

喜看群鹅摇身

月照观景人

发表于1996年2月21日《天津日报》"满庭芳"副刊

新年断想

一

1996年快来到了,当我迎接这个世纪末的新年时,心情是非常复杂的,既想到一些个人来年要完成的私事,也想到一个不能忘怀的中国的大事。

这所谓中国的大事,就是再过一个年头香港就要回到祖国的怀抱了,有如一个母亲期待着被歹徒抢走的她的姑娘的归来。

是的,等待了好久的这个回归的可喜日子愈来愈近了,我能看到它,是多么值得高兴的一件大事呵!

100多年前,鸦片战争后,腐败无能的清朝皇帝在"中英南京条约"中竟双手把香港送给大英帝国,我作为一个中国人早在小学读近代史时,就为此而深感耻辱和气愤。据说西太后曾说过"宁与外人,不与家奴"的话,割让香港虽然是她的祖先道光皇帝手里的事,但说不定他也早有西太后的这种可耻思想了。

现在经过100多年,香港终于快要回到祖国的怀抱了,怎能不令人高兴!

我想,这不仅是个人的心情,也是每一个祖国儿女的共同心情吧!

过去我只是在中国地图上看到香港站在广东省的珠江口,去年12月和今年5月间我因去澳洲探亲,曾两次路经香港,总算看到了香港的真面目:高楼林立、人烟稠密,街道狭窄,生活紧张,而海上船只如梭,风光如画。

但这是一个殖民地的香港,我期待着它的回归祖国,早日卸掉殖民地的耻辱帽子,享受母亲给予她的"一国两制"的特殊待遇。

1996年来临了,我也像儿童似的对新年的到来为之欢欣。儿童之欢迎新年,其中一个原因是又长了一岁了,就快长大成人了。我也曾经过儿童时代,对这种想要长大成人的憧憬有如做梦似的模糊,又似乎觉得像童话般的美丽。还不知道长大成人会经历多少坎坷的人生道路,多少复杂悲欢的生活机遇。

二

而我再过一年就是84岁的高寿,如今欢迎新年却再不会有"长大成人"的美丽憧憬了。英国诗人雪莱在他的《西风颂》

中说:"如果冬天来了,春天还会远吗?"而我之欢迎新年就因为新年一过,她就带来了春节,春节一过,不久就迎来了美丽的春天。

我太不喜欢这个冰冷的冬天了,有如一个冷酷无情的人,它用严寒把我禁锢在家里,既不让我去老干部活动中心打网球,也不让我带着闲情去公园散步。

而春天却永远是人类最爱好的时光,不管老中青和儿童都会对春天有着无比的向往,无比的喜欢。所以有多少诗词描写春天歌颂春天。我在童年最早读的一首诗就是孟浩然的"春眠不觉晓,处处闻啼鸟。夜来风雨声,花落知多少?"是的,春天是最为可爱的,既处处有鸟啼,也处处有花香。

我未曾作诗歌颂过春天,也没有像文艺复兴时期的波提切利似的在绘画中赞美春的女神。但我却写过散文歌颂春天。

当我在"文化大革命"中期下放故乡当林业队长时,在一篇《春颂》中写道:

"现在,我更爱春天。可是春天对于我,已不再是当年观赏玉兰和牡丹花时的心情了。春天是我们林业工作者最美好的季节,我感到我们的工作和春天溶成一体了。春天给予了我们的树木以生命,而树木的美好新绿又体现了春天的存在。春天创造了绿色的树林,我们在创造绿色的春天。

"春天来了,我们就感到为林业而忙的愉悦,为林业而战斗的欢喜。"

现在,我已不当林业队长了,已无法再享受当年为林业而战斗的欢喜。然而我作为一个老画家,对春天还是非常爱好的。在春暖花开的时节能享受鸟语花香之美,自然也是人生的一种幸福。但除此之外,我还想到公园仔细观赏牡丹花的风采,让我的画卷上出现"国色天香"的花姿,也是画家的一种乐趣。

我画过梅花、画过月季、画过菊花,就是还没有画过牡丹。但我不愿参考别人画的牡丹动笔,我必须从春天盛开的牡丹实物中获得艺术的启发与灵感而后落笔。

过去未曾想画牡丹时,总是对它采取走马观花的态度,而今要想画它了,就必须下马观花,而且要细加观察、多方品味,并画速写。这是我一贯作画的态度。因为"外师造化"始终是画家作画的首要途径,但自然也并不轻视研究别人如何画它。

有人认为画牡丹是俗的,不如画兰草之雅,但人民是喜欢牡丹的,诗人李白也曾有"云想衣裳花想容,春风拂槛露华浓"的咏牡丹的有名诗句,虽然它是借牡丹赞美杨贵妃的。因此我认为画家也应画牡丹,用不到考虑什么雅俗的问题。但我感到要把牡丹真正画好,也实在不是一件容易的事。

这也是我而今欢迎新年,期盼春天到来的一个风流想法。

三

对于新年的到来,我已说过永远不会像儿童似的有盼望长大成人的憧憬的，而我们老人不但对增长一岁不感兴趣，反而有些害怕的心情，因为每过一个新年就意味着走向坟墓的一天更近了。这是无可抗拒的自然规律，不管你感兴趣不感兴趣，害怕不害怕，都是一个样。而且不管你活九十岁也好，活一百岁也好，终归是过一个新年就接近坟墓一年。

  因此我就无形中产生了鲁迅先生在《死》的一文中所有的心情——"但要赶快做"。他说："这'要赶快做'的想头，是为先前所没有的，就因为在不知不觉中，记得了自己的年龄。"其实鲁迅有此"赶快做"的想头时，论年龄也不过55岁，而我已快84岁了，老早就应该有此想头的了！鲁迅想到要"赶快做"，指的是"做些什么文章，翻译或印行什么书籍"之类。而我之想到"要赶快做"的是要把美术论文集、新的散文集赶快编辑出来，还赶快把已经起稿的漆刻画和套色木刻画刻出来。然而干扰是很多的，我就处在和干扰的不断斗争中。

  但这都属于个人的私事，而关于国家大事呢，则总希望在我走入坟墓之前，除了能看到香港回归祖国外，还能看到澳门的回归和台湾的和平统一。因为我是一个中国人，怎能不关心祖国领土的完整和统一呢！

    1996年1月1日发表于《太原日报》"双塔"副刊

珍惜时间

为了珍惜时间,美国人说:"时间就是金钱。"而中国人也有类似的话,我在小学时就听说过"一寸光阴一寸金,寸金难买寸光阴。"这都是让人爱惜光阴的。

我今年85岁了,深感时间不仅是金钱,也就是生命。一个人从出生到死亡,他所能占有的时间,也就是他生命存在的时间。因此,爱惜时间也就是爱惜自己的生命。一个人一生中成就之大小,一方面和自己的聪明才干有关,也和教育的效果机遇有关,更和走的路线有关,但也和是否会利用时间会抓紧时间有关。

难道有人就愿意庸庸碌碌混过一生吗?我想谁也是想有所作为的,谁也是想对人类有所贡献的。所以做父母的也都望子成"龙"。这成"龙"大概就意味着成为政治家,成为军事家,成为科学家,成为企业家,成为文学家,成为艺术家……如果什么家也成不了,那就不能算是成"龙"了。或者成狗或者成猫，但最怕的是成为臭虫，成为毒蛇，那就会使希望成"龙"的父母为之痛心了。

我闭上眼睛想了想，小学时代、中学时代、大学时代的很多同学，固然也有几个成了家成了"龙"的，但也确实有的成为汉奸，有的成为反革命分子，那就真是成为臭虫和毒蛇了。这些人就是把时间，也就是把生命用到对人类对社会有害的方面去了。因此，爱惜时间、抓紧时间还看你把它用在什么地方，也就是说自己的生命是如何支配的。

但上帝给你的生命是有限的，也就是说你一生能够享受的日月是很短的，如果以宇宙观来看生命，则正如宋朝的苏轼在《前赤壁赋》中所说的"寄蜉蝣于天地，渺沧海之一粟"，那你就是活到一百岁吧，和星球比起来，时间也是非常短暂的，何况又有几个人能活到百岁。就算你能活到百岁吧，如果你一天到晚打麻将，把时间浪费掉，又有什么意思呢！还能成龙变虎吗？

现在一般人顶多活上七八十岁。然而有几个成"龙"的？这原因就多了。但无论如何是否会正确利用时间，是否会正确支配生命总是其中的一种原因吧？我时常惊异唐朝的大诗人王勃，只活了27岁，但由于他的成就之大就被称为"初唐四杰"之一。我读他的名著《滕王阁序》，深为他的知识之渊博，才艺之横溢而惊佩。他真够成"龙"了，我真不知他是怎么抓紧时间学习的？西欧文艺复兴时的大画家拉斐尔只活了43岁，就被认为"艺坛三杰"之一，与达·芬奇、米开朗基罗相提并论。意大利的现代派画家莫迪利阿尼只活了36岁，他就成为世界有名的大画家。这些短命的文学艺术家,都算是成"龙"了吧?除了他们的天才,难道不是靠他们善于利用时间,善于抓紧时间在他们的事业上拼搏吗?

我自己是个笨蛋,但人生的大方向没有走错,如果说还有所成就,全靠不浪费一点时间而学到文学艺术上的知识,全靠善于挤时间与勤奋而成为一个革命艺术家的。我在版画创作上于延安鲁艺美术系当教员时,因为很少给学生讲课,所以我有很多创作时间。全国解放后我担任《美术》杂志副主编,只有夜里和星期天才有自己的时间搞木刻创作。所以我实际是从来没有个星期天的。我40岁左右自学俄文,上厕所、走路都在记生字。在延安时还经常和同志们玩扑克牌,近四十年来没有玩过扑克,更不敢学的搓麻将,感到那太浪费时间了,我的生命不应花在那上面。我现在除了睡觉、吃饭、打网球(隔一天打一次,每次打一场)花时间不可惜外,其它时间都用在作画、写文章、读书方面了。所以最怕开会,最怕会客。有时客人来了,把应谈的话说完,我就要说:"对不起,我正在画画,不能多陪了。"但有青年来求我指点画稿,我也不吝惜这种谈话时间,感到是一个老画家应做的事。我最可惜"文革"期间糟踏了我将近七年时间,每念及此就万分难过。现在人老了,活不了几天了,但要做的事却很多,所以就更加爱惜时间,也就是爱惜老年不多的生命。鲁迅到了晚年就有一种"赶快做"的心情,我也是如此,总想为社会多留点文学艺术作品。我感到年轻人的时间多,好比口袋里装着一万元钞票,可以见啥买啥,而我活在世上的时间不多了,好比口袋里只剩下五元钱，就不敢乱花了。所以，我现在就特别爱惜时间，也就是特别爱惜晚霞似的生命。

1997年8月27日发表于《太原日报》"生活周刊"

谈荣誉

荣誉是一种非常诱惑人的精神桂冠,人们用各种办法追求它,例如画家举行画展,总想设法求名人或大首长给题字捧场,有的人出版书籍也设法请名人或大首长在书的前页题字说好。这对名人和大首长们来说,也未尝不是一种苦差事,因为如被捧的作品真好,捧捧也是乐于捧的,但有时遇到作品并不怎么样,碍于情面也不得不说几句应付的好话,这种情况目前颇流行,我也看到过不少。

总之是为了抬高自己获得荣誉。听说古时候还有出钱买荣誉的,现在好像也有出钱买捧场评论文章的。在我看来,这种虚假的荣誉是经不起在人民群众中考验的。而我也就不会对那些荣誉觉得了不起。

但《太原日报》于今年5月23日发表的我省中年作家张平写的《为老百姓写作》一文所提到的事情却使我大为感动,如果说那也算一种作家的荣誉,那就既不是可以用请求得来,更不是能用金钱买到的。

张平一开头就说：

"《天网》、《法撼汾西》，从发表到打完官司，我前前后后收到过近2000封读者来信。尤其是在打官司期间，电话和来信源源不断。新疆、四川、广东、黑龙江……我真不清楚这些读者是怎样得到我的住址和电话的。1000人以上的联名信，我收到过4封，500人以上的联名信，我前后收到过12封！有一个读者在来信中写到：张平作家，你一点儿也用不到回避，即便是你输了，那也没有任何关系，因为在我们老百姓心里，你将会是永远的赢家……"

以上这些电话、来信，以及1000人以上的和500人以上的联名信，这固然是人民群众对作家张平的关怀、支持和爱戴，但在我看来这同时也是作家的可贵的不带任何水分的荣誉和光荣。请问这荣誉比起求名人、大首长的题词捧场何重何轻？何贵何贱？因为这既不是用请求得到的荣，更不是用金钱买来的誉，而是人民群众自动给予作家张平的。因此我就觉得这才是一个文学艺术家最高的荣誉，最大的光荣。

这种人民群众对于作家的关怀、支持、爱戴，给予作家的荣誉，是怎样得来的呢？作家张平在文中说：

"……不就是因为在你的作品里，描写了一些深受老百姓拥戴的领导干部，关注了一些老百姓所关注的社会问题，多多少少地为老百姓说了几句公道话？"

是的，作为一个作家，最起码的就是他心中应有人民，经常想到人民，因为他应该成为人民的代言人。

而作家张平因为真心做到了这两点,所以人民就不会忘记他,当他遇事时就关心他,支持他,给予了他最高的荣誉。

发表于1997年8月6日《太原日报》"生活周刊"

话说群众观点

一

我们生活在人类社会中,绝不像鲁宾逊似的生活在一个荒无人烟的孤岛上,而总是要和别人打交道的。就是鲁宾逊吧,他后来身边还有个奴隶似的人物——"礼拜五"。有一句话很好地说明了在社会生活中人与人的关系,这句话就是——"人人为我,我为人人"。

但如何对待社会中的人?则有各种不同的思想和想法。例如我国战国时代,就有一个名为杨朱的哲学家,相传他既反对墨子的"兼爱",也反对儒家的伦理思想,所以孟子批评他"拔一毛而利天下不为也"。显然是个十足的个人主义者。相反的,春秋时代的孔子则主张"己所不欲,勿施于人","君子成人之美,不成人之恶"。连他的学生曾子也"吾日三省吾身,为人谋而不忠乎?与朋友交而不信乎?"这种心中想到别人的思想,用今天的话说,也可说有点"群众观点"。如果说孔孟之道还有可取之处,那么这种想到别人、为别人着想的思想就是可贵的。

二

《共产党宣言》是马克思与恩格斯用最伟大的"群众观点"写成的,毛泽东《在延安文艺座谈会上的讲话》也是最有"群众观点"的。因此,共产党要求他的党员干部要全心全意为人民服务,要处处想到人民群众,处处为人民群众着想,也就是说要有彻底的"群众观点"。

然而在实际生活中,能够处处都有群众观点的干部并不多。

1964后我被派往山东曲阜县,在省委书记谭启龙领导之下搞四清工作,被分配在陈庄公社东焦沟大队。

我们的工作很紧,一般都在夜里和小队社员开会,因为白天他们要在田里劳动,但也常在夜里举行大队的几百人的社员大会。我亲眼看到有些领导人讲话不管群众的死活,正像毛主席在《反对党八股》一文中所说的"懒婆娘的裹脚布,又长又臭"。他们毫无群众观点,一点也不考虑社员劳动一天,已经很累。因此你在上面讲,至少有三分之一的人躺在场地上睡觉,也算是一种消极抵抗。

一天上面领导要我在群众大会上作关于国内外时事的讲话。我一上台就说:"同志们,你们劳动一天很累了,但我还要给你们讲国内外时事,先和你们做个君子协定:第一我看着表,我的讲话决不超过一个小时,超过了你们就走。第二我要求你们不要睡觉,忍耐一个小时,行不行?""行!"下面齐声大喊。就这样我的讲话果真没有超过一个小时,而大家也确实没有一个睡觉的,效果很好。而这"群众观点"却是延安整风中给予我的教育。

延安整风后,我们在日常生活中也时常谈到"群众观点",例如彼此谈话时批评对方说:"你这人太没有群众观点了"……"群众观点"运用在我们的木刻画创作上,就是下定决心抛弃西欧的明暗法,因为农民看不惯我们的木刻画把人的脸搞成半黑一半白,而要求像中国年画中的人物似的,面部没有明暗之分。因此我们不但对木刻画创作进行了改革,有了中国作风,而且索性画起新年画了,这都是为"群众观点"而实践的。因此在曲阜的四清工作中也没有忘记"群众观点"。

三

在革命作家的文学作品中,最有"群众观点"的是伟大的作家赵树理,他要求自己的小说既能为识字的农民喜欢看,也能为不识字的农民喜欢听,所以他决不采用欧化的句子,因此产生了有名的小说《小二黑结婚》和《李有才板话》式的文体,人们谓之"山药蛋"派。其实所谓"山药蛋"派者,决不是指它的"土气",而其实质就是作家为农民写作的彻底的

"群众观点"。

1997年8月20日发表于《太原日报》"生活周刊"

做精神文明的建设者

谁也不会承认自己是一个不爱国的人,那好,那么他也就应该是一位精神文明的建设者。

但我们的同胞却有很多人在做着不够精神文明的事,例如到处吐痰,又例如喜欢在名胜古迹之地乱写"某某何年何月到此一游"就都是很不文明的行为。

关于到处吐痰的不文明恶习,似乎由来久矣,据说清朝的外交大臣李鸿章就为此做了一件丢脸的事。不,而是丢中国人的脸的事。

一天李鸿章到天津的海岸,登上外国军舰去参观,走上甲板,当众就在人家擦得光亮的甲板上吐了一口痰,因为是中国的大老爷,外国人也不好批评,但舰长很有办法,他立刻从口袋里掏出雪白的手帕当着李鸿章的面把痰擦掉,然后把手帕丢在海里。这不仅是对李鸿章个人的难看,而实实在在是丢了中国人脸面的一件不光彩的大事。凭良心说,我们中国人到处吐痰,到处小便,也实在让外国人看不起。难道现在这种不文明的不卫生的恶习有所改善吗?很难说,我就亲眼在火车的软卧车厢里看到上铺的一位穿西装的同胞哈起一口痰来吐在红色的地毯上。我真忍不住了,就不客气的批评道:"你真不像个软卧车厢的乘客,怎么能在地毯上吐痰呢!"他不吭气了。

我作为一个中国人,改掉这种恶习是在当年杭州国民党的监牢里开始的,那时我们"犯人"都睡在地板上,这地板既是走动的地,也是睡觉的床,难道你能哈起一口痰来吐在床上吗?谁也不能,要吐痰就吐在大便的马桶里。后来出了监牢,走在马路上好像光洁的马路也是床,不忍心吐在上面;要吐就拿出手绢吐在上面,回家后洗掉。

我最怕在旅馆的楼梯上看到同胞吐的浓痰,像看到大便似的难过。

因此,我建议,你既然是爱国的,就不要到处乱吐痰,像李鸿章似的。现在在香港,在日本都已消灭了这种不文明的恶习了,如果说在这方面,我们先进的社会主义国家还不如人家资本主义社会,说得过去吗?

其次是不知何年何月我们的同胞书生喜欢在祖国名胜古迹之地的墙壁上、廊柱上题名留念。——这和中国的文盲农民无关,因为他们不会写字。你注意过吗?不论在钱塘江畔的"六和塔",不论在晋南的"秋风楼"都可看到到处有非文盲的同胞写的"某某何年何月到此一游",似乎是为了留作纪念,又似乎是要借此出名。我曾经在南京孝陵看到,在题满

"某某一游"的红墙上,有人写了几个大字,曰:"畜牲在此留名!"那个人大概和我一样,实在气愤不过了,所以写着骂人的话。但我在日本,在澳大利亚都不见这种有损于名胜古迹美观的现象。这难道是一种爱国行为吗?不是,而是一种不爱国的行为,如果你是爱国的,为什么忍心把祖国的名胜和古迹涂得乱七八糟呢?想要出名吗?我劝你把精力放在发明创造上,例如有的天文学家发现了太空的一个新的星球,这个星球就以他的名字命名,让全世界都知道你的大名,这多光彩。

同胞之乱涂乱画,不爱护公物也真够让人恼火的。一次我在太原车站上车后,走进软卧车厢,车开后,我去上厕所,竟看到经常在中国低级厕所看到的那些有关男女的下流画竟然出现在软卧车厢的高级厕所里,这说明低级的乘客来到了高级的软卧车厢。我连忙请来一位男乘务员,让他赶快擦掉。如果请来女乘务员,我感到是很不礼貌的。因为这种下流画让女乘务员欣赏是使她们难为情的。又一次在软卧车厢的走道上,看到有两个乘客在小几上吃东西,开啤酒瓶,没有开好,洒了满桌,把手也弄脏了,他就顺手拉着窗旁雪白的窗帘毫不心疼地擦手,我看到深感这种不爱护公物的丑恶灵魂太不够资格坐文明的软卧车厢了,这一类人只配坐牛车。

所有这些不文明以及损害公物的行为,都不能说是爱国的。我时常想,从我们的小学校就应该教育儿童讲文明、爱祖国,教育儿童成为社会主义精神文明的建设者。

1997年8月发表于《太原日报》"生活周刊"

痛悼老友
——诗人艾青周年祭

一

你带着病体离开我们近一年了,我没有忘记5月5日这个天降不幸的日子。前几天你的"女能人"高瑛来太原,我和女儿陪她游晋祠,一面在欣赏万紫千红的春花,观看古老的周柏与唐槐,一面也在怀念你。因为看到你的高瑛怎能不想到你。

我想到你的《大堰河》、想到你的《手推车》……想到我们最初在武汉相识共同在胡风主编的《七月》上发表战时的诗画;想到共饮延安水,我从桥儿沟步行到王家坪去看望你,想到你最初在延安《解放日报》上赞扬我的木刻画,给予我难得的鼓励,之后又共同在杨家岭礼堂接受毛泽东《在延安文艺座谈会上的讲话》的洗礼;更想到十年浩劫后你终于从新疆回到了北京,看了我的版画展览后,在《人民日报》上写文章赞扬我的木刻是《木板上的抒情诗》。也想到前些年你病在床上让高瑛给我回信说:"艾青说你的木刻是属于一流的,没想到诗也写得这么好。"你赞扬了我刻的木刻画又赞扬了我写的诗,因为你早年在巴黎学画,又是中国诗坛的泰斗,因而你对我的赞扬我感到莫大的光荣。

我们有将近六十年之久的友情了,你的成就大,声望高,但在人生的崎岖道路上也受的灾难大,凌辱多,难道真是"树大招风"吗?你的荣辱无常的坎坷生涯,代表了中国知识分子生活中的不幸的命运和苦难,使我想起来就难过。但你终于在暴风雨的泥泞小径中走过来了,我为你而庆幸。

而今,你离开我们快一年了,一颗对你尊敬的心怎能不倍加怀念。

二

你的名作《大堰河——我的保姆》,我不知读过多少次了,但每次重读都使我感动。

《大堰河》是"五四"以来兴起的中国新诗发展的高峰,是具有无产阶级革命思想的诗人的创作,其中表现了一个地主家庭出生的儿子对于中国广大劳动人民悲惨境遇的深厚同情,对于作为他的保姆大堰河的尊敬和深深的爱。在旧时代,如果还是一个站在地主阶级立场的人,即使曾吃了劳动妇女的奶而长大,也难免对她有所轻视,会把她看作"下等人"。然而《大堰河》却是站在劳动人民的立场上的。所以诗的最后说:"呈给大地上一切的,我的大堰河般的保姆和她们的儿子。"如果不是这样,诗人也不会后来走向延安,终于成为一个中国共产党的优秀党员。

除此之外,我还很喜欢读诗人在抗日战争初期写的一首《手推车》,这虽然是一首小诗,但诗人通过以独轮车"发出使阴暗的天穹痉挛的尖音"而联想到"北国人民的悲哀",这既表现了诗人对劳动人民的同情,同时也反映了那个悲哀的时代。因为我经历了那个悲哀的时代,也熟悉这独轮车的悲哀的声音,所以这首诗能引起我的共鸣。

当然,你的使我倾心的诗不止这两首,我不能一一列举了。高瑛来信还说:"艾青建议你多写诗,他说从您的诗看到您仍有诗的激情。"

我八十多岁的人了,开始扣新诗之门,在你的鼓励下近年来已写了有一百多首,自然是良莠杂陈,但有一条,我总要根据你在答《诗刊》问十九题中所说的"看得下去,看了能感动"作为我写诗的准绳。但你离开我而永无再会之机了,我在你的鼓舞之下所写的这一百多首诗将求教于何人呢?

三

1980年5月10日《力群版画展览》在北京北海公园植物园举行,你和高瑛同志一起来参加展览的开幕,此外还有江丰、古元、王琦诸老版画家,你们的光临是对我的展览的最大支持,虽然没有什么国家大首长到场,但我已很满足了,因为你们都是我的作品的知音,还有什么人能比得上你们的到来能使我感到荣幸呢?更何况你参观后还给我写了一篇《木板上的抒情诗》的评论文章。

1995年春,你病在北京协和医院,高瑛领我和艾琪去看望你,她还为你带去了午餐,我特意画了一幅墨竹带去,作为庆祝你和高瑛结婚四十周年纪念的礼物。当我们来到你的病床边时,病魔折磨的你一言不发,我很难过。你看了我的墨竹仅点点头,好像你向我表示谢意。之后就由你的高瑛用小匙一口一口地喂你饭。同来看望你的还有新疆的诗人柏桦及其夫人,他带着照相机接连拍了二十一张相片,后来保存在我的相册内。而我这次对你的看望,万万没有想到竟成了永别。一年之后的五月,听到了你不幸在5日凌晨长逝的噩耗,因此这二十一张留下你病容的相片就成为永久的纪念了。

我尊敬的老友,愿你在九泉之下安息吧!

四月二十八日于汾河之滨
1997年5月5日发表于《太原日报》"双塔"副刊

话说戴胜

当秋风吹得黄叶满天飞舞时，燕子悄悄地离开北国，飞到温暖的南方去了，这时和燕子一同飞走的还有美丽的戴胜，因为它们是候鸟，既怕夏季南方的炎热，也怕冬季北国的严寒。

燕子和戴胜都不辞而别了，虽然留下的还有小麻雀和喜鹊之类在北国过冬，毕竟令人感到天地间总有些冷清和空寂。戴胜是我童年时的老朋友，一到初春就不知道它从什么地方悄悄地飞来突然出现在家乡的草地上，我们孩子们看到它就像在水里看到了小鱼，在花间看到了蝴蝶似地那么高兴。它们都有一个很尖细的长嘴，穿着一身由黑白和灰黄色组成的花衣，头上有一个时开时合的花冠，"丢胡胡""丢胡胡"地叫着，所以我们儿童就根据它们的叫声名之曰"丢胡胡"。可大人们都叫它"臭八姑"，据说它们是很臭的。而我们却很爱这"丢胡胡"，因为它们叫得有趣，长得好看。后来知道它们不食谷物,只吃害虫,是益鸟。

当我们在初春的草地上看到戴胜出现在眼前时,就会高兴地喊:"哦,丢胡胡来啦!"等到它的鸣声荡漾在我们家乡的山野间时,就顿时显得这空寂的山野有了生气。它的出现也给大自然大大地增加了光彩,给我们儿童的乐园增加了无限乐趣。但我却不知道它们的家安在何处,只见它们忙着衔草衔虫。

夏天来了,一次我和小伙伴们在山野里玩,突然看到在一个杏树洞里飞出一只丢胡胡来,好了,这下可算发现了它们的秘密,于是就立刻爬上树去,把小手伸进洞中,掏出它们的儿女来。一共有四只,雪白,像一个个雪球似的。但我即刻就嗅到一股非常难闻的臭味,于是便赶快把这些小雪球又送回洞里去。到这时我才懂得了为什么大人们叫它们"臭八姑"。大概这种难闻的臭味正是保卫它们生命的一种武器,像狐狸在猎犬追赶时施放臊臭味似的。从此我就再也不敢访问它们的家室了。

我已从儿童长成老人了,一个夏天,我的儿子从鸟市上给我买来一只戴胜,他一进门就把戴胜放在客厅的地上,它便自由自在地行走,不怕人。我对儿子说:"买这干么,怪臭的!""不臭,不信你闻。"儿子说。

我走近这"臭八姑",把它抱在手里闻了闻,果真不臭。"卖鸟的人说,我们养家了,和人成了朋友就不放臭味了。"

这也真是新闻,我还从来没有听说过。我想,大概是它们对人有了信任,相信我们不会伤害它,所以就把保卫生命的武器收藏起来了。我把这臭八姑又放在地上,看着它走来走去,像在园庭里散步似的,觉得怪可爱。但由于我们对它有所信任,竟失掉了警惕,所以并未把它关在笼子里,而让它在家里信步往来。哪里想到房门没有关好,它就趁我们不注意时,从门缝里钻出去飞走了。多么可惜!

我想,人类虽然赢得了戴胜的信任,但这信任远不能代替它们所向往的自由,匈牙利诗人裴多斐不是曾说过:"生命诚可贵,爱情价更高;若为自由故,二者皆可抛!"是的,为了自由,为了在蔚蓝的天空下自由飞翔,它无所顾忌地逃走了。

这之后我就很少见到戴胜,因为住在这人烟稠密的太原市里,不到乡下去,是不会见到戴胜的,除非你走到汾河两岸的树林里,也许能碰到它。而经常在院里看到的只是小麻雀,它们喜欢在人烟稠密的地方生活。但我近些年来却喜欢在中国的花鸟画中画戴胜,当我旅游东北大地时,曾在某处根据标本画了它,东北人叫它为"臭姑姑",这就成为了我画戴胜的得力参考。这说明我对于童年时代的老朋友还是很怀念的,因为它很美丽。

唐代诗人贾岛曾为戴胜写了一首诗,诗曰:"星点花冠道士衣,紫阳宫女化身飞。能传上界春消息,若到蓬山莫放归。"看来贾岛也和我一样,是非常喜欢戴胜的,诗里不仅描写了戴胜美丽的花冠和彩衣,而且特别指出它"能传上界春消息"。这就因为它是候鸟,一到初春就出现在北国大地上的缘故,可谓春到人间戴胜知。然而正值去年冬天的数九寒天,一日我儿子告我,他每天早上上班时就看到有两只戴胜在院门前的柳树下觅食,我真有些不相信,但为此媳妇就在它常来的地方撒了些小米,然而又担心小麻雀把小米偷吃光。我为这种反常现象也有所好奇,就特意起了个早,想要看看这对没有南去的候鸟。第一天第二天早早出门,都没有看到这不平凡的戴胜,终于在第三天早上我一出院门就看到它们受惊而起飞了,这使我不能不相信这种奇迹了。

  我想,这两只戴胜竟在寒冬不去南方,难道是对我们北国的太原有了特殊感情而留下了?还是想经受一下北国的严寒考验它们耐冻的身体?然而这数九寒天,它们可怎么生活呢?更为奇怪的是,就是在夏天它们也从来不访问我们的楼院,怎么现在竟光临了呢?一连串的问题使我为戴胜而关心,而不安。

  但不久天空就下雪了,从此院里就再也没有看到花丽的戴胜踪影。它们飞到哪里去了呢?像关怀两个冒险而多难的朋友似的使我久久怀念。

1997年4月5日发表于《太原日报》"双塔"副刊

怀念李苦禅老师

六十余年来,我是以版画作为我所耕耘的艺术土地的,但二十年前我又拿起中国画笔画起松竹梅之类的国画来,因而也就在挥笔作画的当儿,有时想起曾经指导我作中国画的老师李苦禅先生。但他于1983年6月11日已和我们永别了,这就不能不使我带着悲痛怀念他。

1931年夏,我以一个北国青年,离开太原,来到江南,考入当时位于西子湖畔孤山之下的国立杭州艺术专科学校。因为是选科生,不能住校,所以就和另外两位选科生住在西泠桥旁的平房里(而今,当年的平房已消失,在它的废墟上矗立起秋瑾烈士的白色大理石像)。那两位同房的选科生,一名高拱星为甘肃省兰州人,一名房士圣是山东省高唐人。因为都是北方人,所以彼此也就视若同乡。他们俩都是高班生,常在家里画国画,而我因为是预科生(也就是高中生),所以我们的功课以素描为主,但也兼学国画,因此潘天寿和李苦禅老师都给我们上国画课。

李苦禅老师是山东高唐人,和房士圣是真正的同乡,所以他常到我们房里来找房士圣聊天。这样,我们和李苦禅老师也就熟悉起来。

当时的李苦禅老师不穿西装,和我们一样穿长衫,他毫无老师架子,平易近人,和我们无所不谈,例如关于大画家齐白石的大名,就是最初从他口里知道的,因为他于1923年就拜师齐白石门下了。他对齐老崇敬备至,既谈他的艺术成就,也谈他的家庭趣事。如谈到齐老从湖南新娶的年轻夫人时,说她初来北平见别的时髦妇女穿高跟皮鞋,于是她也在街上买了一双,但因为穿惯了中国不分左右的女布鞋,竟把左脚的高跟皮鞋穿在右脚上,把右脚的穿在左脚上,走出门后就遭到时髦女士们的讥笑,这才知道自己把鞋穿反了。这个有趣的故事多少年来我都未曾忘怀。

在课堂上苦禅老师也给我留下难忘的印象。有一次我在宣纸上画了一个乞丐,李老师看到称赞我画得好,就提笔给我写了杜甫的诗句:"朱门酒肉臭,路有冻死骨。"可惜这幅画由于我在1933年因参加进步美术团体"木铃木刻研究会"而被捕入狱后就遗失了。但李老师在画上的题辞却保留在我的记忆中未曾遗失。

被捕后我就被校方开除,从此离开了杭州艺专,因而也就没有再见平易近人的李苦禅老师。

经过抗日战争、解放战争,我终于与李苦禅老师在新生的北京重逢,非常高兴。但不久就听说我们从延安来的中央美术学院领导人由于"左"的思想作怪,认为中国画不能为工农兵服务,就不给国画老师安排教学工作,这就使李苦禅老师受到不应有的精神打击。我知道后也很难过。

在万恶的"文化大革命"中,当中国的"臭老九"们遭难时,李苦禅老师竟和我一同关在中央美术学院作为"牛棚"的雕塑大教室中,受尽了造反派的凌辱,我只能以苦笑向老师致意。在那种时候,除了内心的痛苦和愤怒,彼此是无话可说的。

当乌云和暴风骤雨过后,党的三中全会的阳光照在中国大地,中国的知识分子重新过上人的生活时,我曾求李苦禅老师给我作画,他给我画了一幅白菜和蘑菇的中国画,成为他留给我的珍贵的纪念品。

除此之外,我和老师在"文化大革命"之后还留下一张可贵的合影,其中除了我们两人还有老师的夫人李慧文女士和女儿李健小姐以及我的儿子郝明和女儿郝霞,这更是难得的留念。

有很多画家都称自己是齐白石的弟子,以此为荣。但我认为齐白石老人真正的得意门生只有两个,一位是李苦禅,一位是李可染。这只要看早年齐白石老人对李苦禅的评语就可证明,那时齐老曾说:"吾门下弟子不下千人,众皆学我手,英也夺我心。"(注)后来又说:"苦禅仁弟有创造之心手,可喜也。"

因此,为《李苦禅画集》写序文的曾郚先生说:"在白石弟子之中,得其真髓而又绝不似白石者,苦禅先生即其人焉。"

白石老人也说过:"学我者生,似我者死。"苦禅老师作为老人的弟子,能做到从题材到画风都难于看出老师的影子而自成一家,是很可贵的。只要看他画的老鹰,那雄浑朴厚的风姿就显示了他不同于老师的创造精神,绝不像有的人死学齐老的虾和螃蟹,唯恐画的和老师不同,就说明谁是齐老的真正弟子。至于李可染那就更加有别于老师了。

发表于1998年7月20日《太原日报》"文园"副刊

注:李苦禅原名李英。

聪明的"皮皮"

大女儿阿黎从澳洲的悉尼归来,我首先问两个外孙的情况,然后又问到"皮皮"怎样,"皮皮"是她们家的成员之一,可不是个孩子,而是一只白色的小狗,白得像一团雪球。

老实说,我对于猫呀狗呀的并不喜欢。讨厌猫是因为在我的童年时代它偷吃了我心爱的小鸟——串山林,讨厌狗是因为小时候到亲戚家拜年被他们家的狗在我的后腿上咬了一口。从此我就很怕狗,自然也就很讨厌狗。然而对于"皮皮"我竟然由不喜欢而喜欢起来,现在还关心它的命运。

1994年我初从大陆来到悉尼,就看到阿黎家养着一只小白狗,白得像一团雪球。阿黎把我带进家门,小白狗并没有汪汪地吼叫,也没有偷咬我,只是摇着小尾巴走到我的身边嗅呀嗅的,好像我身上有什么好闻的味道。

阿黎对她的这个宠物很心爱,一天到晚"皮皮"、"皮皮"地叫着。因此我也就跟着叫它"皮皮"。然而"皮皮"可并非不咬人。听阿黎说它曾偷咬了一位来修电器的电工,给阿黎惹下麻烦,给人家赔礼道歉。然而我在她家住了几个月都没咬过,好像它根据某种气味知道我是女主人的爸爸,因此它就把我作为家人看待。奇怪的是当我的儿媳和孙儿来看阿黎时它也不咬。听阿黎说,来客中凡是讲普通话的中国人它都不咬,而讲广东话和讲英语的它就汪汪地对着客人叫,真是不可理解。

阿黎家从楼下到楼上都铺着米色的地毯,阿黎给皮皮在楼梯下一个角落里铺了几张报纸,晚上房间门关上后,皮皮想大小便就便在报纸上,已成习惯。白天人们上班的上班,上学的上学,门关上后皮皮出不去,也在报纸上上"厕所"。只有房间门开着的时候,它就自觉的来到绿色的草坪上,可不是马上就大便,却要转好几个圈,然后才选定地点大便,有如一个淘气的小孩子。

皮皮和我的外孙丹阳很要好,每天下午丹阳从学校归来,一进门就先找皮皮,吃过晚饭就坐在沙发上一面看电视一面用手摸弄皮皮,如果丹阳停止了摸弄,它就咬他的衣袖,或用头顶他的手臂要他继续玩弄它。有时丹阳一面看电视一面用脚逗它玩,它就用口脱下丹阳的袜子,咬他的脚丫子。到夜里,每天晚上皮皮跑到丹阳的被窝里睡觉,丹阳就抱着它睡,真是一对好朋友。

最使我惊异而感动的是阿黎每每从街上归来时,还没露面皮皮就知道了,只说〔要〕房门是开着的,它就迫不急待地跑到大门前迎接主人。待阿黎进门后,它就在她身边跳呀跳的跳个没完。如不抱起它来让它亲你一下,它就一直跳到你抱起它，舔舔你的脸才罢休，好像阿黎是它亲妈妈。我心想，它的鼻子大概比我们的灵，所以阿黎还在大门口它就闻到她的气味了。它对它的女主人也真够有感情的。

但阿黎有时进门了，还不见皮皮来迎接，就感到总是皮皮又犯错误了。此刻它藏在沙发下探头探脑的向外看，不敢出来。阿黎一查家里有什么变化，就发现一只带水的茶杯被皮皮弄到地下打碎了，所以它不敢出来，让阿黎又好笑又好气。皮皮真像个可爱又淘气的小孩子。

家里电话铃突然响了，阿黎正有事在楼上，皮皮听到后就急忙跑到电话机旁汪汪地叫个不停。我明白，它在说："快来接电话！快来接电话！"而我在场也没办法，因为我不懂英语。我心里想：这小东西真聪明，真懂事！听阿黎说，如果电话铃一直响，没人来接，它就用小爪把话筒推在一旁，没有铃响了，好像它放心了，然后才离开了电话机。

阿黎在门外用铁笼子养着十几只名为"十姊妹"的一种小鸟。一天到晚叽叽咋咋地叫。一天皮皮绕着笼子下面的鞋柜转来转去不肯离开，接连有好几天，引起了阿黎的注意。经查看，发现在她放鞋的柜子里老鼠已在鞋里做窝了，于是就把大花老鼠逮住送给隔壁的洋人，因为丹阳告之这是邻居家的笼物，竟钻到这边来做窝了，要不是皮皮，阿黎是不会发现这越墙而来的老鼠的。

皮皮真聪明，而它也真听话，吃饭时阿黎把给它的一份"狗食"准备好，摆在那里，有肉有大米，皮皮盯着它的饭不敢去吃，只是咽口水，两个前蹄倒来倒去，一会儿看看饭一会儿看看阿黎,直到阿黎向皮皮宣布"饭饭!"它才敢过来吃。有时候阿黎摆好"饭",故意离开饭桌走进另一房间,偷偷看它敢不敢去吃,然而皮皮很乖,还是一直盯着饭而不敢去吃。一直等到阿黎在房里高声宣布"饭饭!"皮皮才走过去吃它的饭。这是阿黎对皮皮训练有素的成果。

  一天,外面下大雨,雷声隆隆,皮皮立刻跳到沙发上卧下,紧紧地贴在我身边,我抱着它,感到它的心脏在通通地跳,说明它怕雷响。这时皮皮在我怀里,觉得它可怜又可爱。雷一直响,它就一直不肯离开我身边。到这时我就不觉得它是一只小白狗,倒好像它真是一个可爱的小宝贝。

  在夜晚,只说〔要〕门开着,皮皮就走出门去漫步在草坪上,抬起头来观看天空的星星,大概它感到天空很新奇,但如果看到老鹰大的夜蝙蝠来偷吃院子里李子树上成熟了的红李子时,那皮皮就朝着这夜蝙蝠汪汪地吼,直到阿黎出来把这个不速之客赶走,皮皮才不吼叫了,乖乖地跟着阿黎回到房间里。

  阿黎告我说,她要回大陆了,皮皮没人管,她不得不下决心把它送给朋友,可皮皮真灵,好像它已有感觉,知道要离开像妈妈似的女主人了,一路上就在车上吱吱地哭,还流眼泪,引得阿黎也不由得伤心地哭起来……

  现在皮皮生活得怎么样,真令人怀念。听说阿黎把它送出去后,人家又转送了几家,由于它经常绝食而叫,想念它的"妈妈"令新的主人无可奈何……

发表于2000年6月号《火花》杂志

一个好消息

一天我因事到曾经出版了《我的艺术生涯》的北岳文艺出版社,副总编李建华女士一看到我就热情地告诉我一个好消息:"你写的《我的艺术生涯》省委宣传部授予我们'五个一工程'奖。""给我看看奖状吧!"我说。"过几天我们复印给你一份。"她含笑而答。事后,我终于从她手里看到了这份奖状:

图书《我的艺术生涯》荣获山西省精神文明建设"五个一工程"优秀作品奖,特发此证。

中共山西省委宣传部一九九八年十一月

做为精神文明建设奖的"五个一工程奖",是中央宣传部1991年倡导并开始设立的。它要求各省、自治区、直辖市的党委宣传部力争每年推出一本好书、一台好戏、一部优秀电视剧、一部优秀电影、一篇有创见有说服力的好文章以带动和促进全社会精神产品生产的全面繁荣,健康发展。现在山西省委宣传部经过调查、挑选、比较,最后选定《我的艺术生涯》作为1998年山西省的"一本好书",我自然感到无比光荣。我是怎样想到写这本自传的呢?按说东北美术评论家齐凤阁同志已经于1987年为我写了一本《力群传》了,并已由吉林美术出版社出版。我想,有这一本也就够了,没有心思由我自己再写一本。

但1988年上海人民美术出版社出版的《版画艺术》杂志的主编陆宗铎同志来函,要我以《我的艺术生涯》为题写我的艺术经历,在他主编的刊物上发表。我答应了,于是从《版画艺术》的第25期起一直连载到第30期。当时已经从我于1931年考入国立杭州艺术专科学校学画写起,写到抗日战争时期我于1940年从阎锡山统治区逃到延安鲁迅艺术文学院当美术系教员为止。据陆宗铎同志告我《我的艺术生涯》发表后读者反映颇好,这就鼓起我继续写下去的勇气。况且既已开头,写了将近十年的艺术生活,不把它写完似乎也于心不安。于是历五年之久,一口气写到我的八十大寿,亦即我从艺六十年为止。这期间由于其他工作的干扰,难免时断时续,但我想不管有多少干扰也应"有始有终"。苦的是年老了,有很多事记不起来,于是查资料,访朋友。就这样我终于把《我的艺术生涯》完成了。

我是一个版画家,但也爱好文学,有幸于1985年参加了"中国作家协会",因此顺便也写了我的文学创作生涯。其实我的艺术生活和文学生活几乎是交织在一起的,可能也有互补的作用。

　　《我的艺术生涯》由北岳文艺出版社出版后,最早发现此书价值的是《太原日报》的副刊部。他们在北岳文艺出版社看到此书后,感到好,就开始在副刊上连载,差不多把全书都连载完了。我既感谢,也感到荣幸。但从此也就给我找下了麻烦,不管相识的或不相识的同志,都求我赠送一本《我的艺术生涯》,我都满足了他们的愿望,看后都说好,但这是"外交辞令"还是真心话,这就弄不清了。然而有两位朋友都写了书评。鲁迅研究专家李允经同志以《成功者的秘诀》为题写了他的读后感。东北师范大学的版画家曹文汉同志在《曾经沧海》一文中说:"更为可贵的是,力群师在全书中没有仅仅限于单纯叙述自己漫长从艺的全过程,更没有'浓妆艳抹'地描绘个人成长的'光辉'历史,而是把自己的从艺生涯溶入社会政治、经济、历史、文化发展的大潮之中,人们从书中感受到的不仅仅是艺术家几十年的个人回顾,更从中感悟到几十年社会的变迁、经济的发展、历史的演进、文化的多彩,所有这一切则构成了全书具有其丰富的历史价值。"又说:"画如其人,文如其人。如果说力群师木刻的基本风格是一种'抒情性的写实',那么全书的文风可以说是一种'实话实说'。这种'实话实说'既非'高谈阔论'也非'神聊调侃',本质上是一种自身情感的真实流露,文化底蕴的尽情释放,生活感受的如实记录,文学才华的充分展现。体现在文风上,更是质朴、流畅、隽永、通脱,记实性与抒情性融为一体,形象感受与逻辑思维相伴相依。这在一些艺术家的回忆录中是不多见的,从而也确立了全书具有极为可贵的文学价值。"

我很感激朋友们和同志们对此书的厚爱。但我必须说明,我之能成为一位著名的革命现实主义的艺术家和作家,应该感谢鲁迅先生和中国共产党对我的培养。

发表于1999年5月3日《太原日报》"双塔"文学周刊

重返延安

一

当我画完一幅四尺大的墨竹落款时,有时写:某年某月于并州汾河之滨"怀延斋"。何谓"怀延"?乃怀念延安也。

抗日战争年代,我于1940年从阎锡山统治区,来到共产党领导的延安,在"鲁迅艺术文学院"美术系任教,历时六年之久,对延安就有了深厚的感情。当时延安的生活虽然很艰苦,但我们精神上是紧张而愉快的,我在这里不论是在政治思想上,不论是在艺术创作上,都有空前的提高,我感激共产党。延安是一个马列主义的大熔炉,有多少全国各地经过重重困难来此的男女青年,在"陕北公学"和"抗日军政大学"受过短期的熔炼就走向抗日的敌后前线,为祖国和解放事业而流血流汗,多么感人!

延安的时代,是我一生中最难忘的时代,也是我一生中最值得纪念的时代。然而已逝的美好的时代是永远不复返了，留给我的只有怀念，所以我把我的家室谓之"怀延斋"。

二

最近太原电视台以"半个世纪山西人"为选题，把我作为他们选题中拍摄的对象，其中就有我当年在延安生活的情节，于是我不得不重返延安。虽然我已87岁了，但旧地重游也是心向往之的。

离开延安已有58年之久了，虽然当中也曾回来过几次，但这次来到久别的延安却感到变化之大真叫我惊讶。

我们下榻于清凉山右侧的"航空宾馆"，往东去当年"鲁艺"所在地的桥儿沟，有五里之遥的道路，昔日是一片无人烟的旷野，我们从"鲁艺"到城里开会、听报告，不知走过多少次。后期曾在这里修建飞机场，我也参加了修建的劳动。而今却变成了五里长的一条热闹的长街，在柏油马路上，汽车来往如流，其中高楼林立，商店宾馆鳞次栉比，好不繁华。当年荒凉的半山腰而今也有了很多排砖窑和平房，给人一种崭新气象。

当年我们在桥儿沟附近的延河里经常游泳的地方，现已把延河人工改道于对面的山下，这里变成了一片大的鱼塘，水清照人，游船来往，有似江南水乡，这样延安人吃鱼就方便了。

三

来到经常怀念的延安,当然要首先到曾经生活了六年之久的桥儿沟看看,而这也是电视台重点拍摄之地。然而我的天呵!我已不认得这个久别的山村了。好在当年的天主教堂还矗立在旧地,我看到它就像看到久别的老朋友似的。

我和电视台的同志们走进教堂旁边的院里,始知最近在这里办了一个"延安鲁迅艺术学校",专教音乐和舞蹈,我在原来的石窑洞里看到一个姑娘正弹钢琴。而我们当年听党课、看演出、跳交际舞的大礼堂已改装成今日艺术学校的芭蕾舞练功房了,地下铺了一大块红色的地毯,两边是练腿功的把杆。

离开教堂,就看到当年长着绿草、初春开着黄色蒲公英花的清幽的桥儿沟,已被满沟的楼舍树林所改观。连去我们当年教员们的住地——东山的石路也寻不见了。这石路我们当年每天要走多少次呀。总算费了老劲在似路非路的山道上爬上东山,然而我们当年住过的土窑,由于岁月的磨损、雨水的冲刷,已不能住人了,却被一排砖窑所代替,真令人有沧海桑田之感。我根据地形终于琢磨出画家王式廓同志住过的家,然后推测出哪个是马达曾经住过的窑的位置,哪个是我住过的窑的位置。后来还寻到了副院长周扬住过的和作家茅盾客居的窑洞,但都倒塌得不能住人了。旧时的如梦的生活只能在记忆中寻觅了!

当毛主席号召"自己动手，丰衣足食"时，我曾在东山下找了块荒坡开辟了一小块土地，种上西红柿、西瓜、甜瓜。而为了找架西红柿蔓的木棍，就上山把老乡栽的大拇指粗的小杨树砍下拿回来插在西红柿根旁，今天想起是应该向老乡忏悔的，真是做了件缺德的事！如果那些小树未砍，今天已成参天巨树了。而今就在这块我当年栽西红柿的地方建起了高楼大厦……

和砖窑的主人谈起东山的变化，他们说已在这里居住了二十多年了，是花钱买下的住处，但也经常有当年在此住过的同志来访问。

我站在窑前想起当年在"马达公园"①，月下坐在"土沙发"上和吴咸、马达猜谜语的往事，想起我们雇了老乡在门前画速写，我根据速写刻了木刻《饮》……而今马达已久逝，他当年在门前栽的飘香的洋槐也无影无踪了，不胜怅然。时间是多么的无情！

就在这东山窑洞里我读了恩格斯的《反杜林论》，刻了《饮》，之后又刻了《延安鲁艺校景》，受到诗人艾青的赞赏。我在东山的院畔遥望对面的西山，当年古元、王朝闻、华君武住过的窑洞已无门窗，成了一个个久无人居的黑洞了。而西山下同学们自己动手盖的素描画室亦已无存，在它的废墟上建起了高楼。

我瞩目远处西山我们曾经开过荒、锄过草的山头，真有无限的感慨，想起我当年曾在山洼洼里采红艳艳的山丹丹花的情景如在昨日。是的，我和这里的山山水水都有深厚的感情了,今天来此,既是对往日的回首,也是对旧地的凭吊!

四

通过繁华的街道,我们来到当年在杨家岭召开"延安文艺座谈会"的会址。首先在礼堂门口看到当年的由吴印咸同志拍摄的 张大的照片,这里有毛主席和参加会议的全体同志,我坐在前排(右六),因此在像片下有介绍我的文字。而今照片上的同志已有一大半去世了,还在世的真不多了。大概是说明员讲话时,泄漏了我此刻来参观的消息,因此有几位河南来的游客竟求我与之合影留念,求我签名。

进入会场,我向电视台的同志们介绍了当年开会的情形,介绍了毛主席进场后,大家热烈鼓掌,然后毛主席和一百多位作家和艺术家一一握手问候……

这次的会议之后,我和古元等版画家都在木刻创作上忠实地坚持了为工农兵服务的艺术方向,改变了多年形成的欧化风,从而使我创作了具有中国作风中国气派的套色木刻《丰衣足食图》和《小姑贤》剧本的黑白木刻插图等。我一生中在艺术创作和写美术评论文章时都以毛泽东的文艺思想为指导思想,从而赢得了山西省委和省政府于1992年授予我"人民艺术家"的光荣称号。

离开杨家岭,我们来到延安革命纪念馆,在这里关于"延安鲁迅艺术文学院"的部分,除了陈列着"延安文艺座谈会"的那张吴印咸拍的照片外,还陈列着一张"鲁艺美术系的教员们"和当年画家沈逸千来延安访问时给"鲁艺"东山教员们拍的一幅照片,其中有马达、蔡若虹、王式廓和我。此外还有华君武,但他当时还不是教员。据说这张照片的底片现存湖南博物馆,因为它具有历史价值。

五

为了近观作为延安标志的宝塔,也为了鸟瞰在改革开放年代大变样了的延安全貌,我和电视台的同志们驰车飞向宝塔山巅。在抗日战争年代党中央曾有意把这成为日本飞机轰炸延安时的目标毁掉,但当地的士绅不同意,所以这宝塔能一直留存至今也是幸事。可当年我在延安时也从未有闲情登这宝塔山,只是1939年春我和抗敌演剧队第三队的同志们第一次来延安时就下榻在当时作为西北旅社的宝塔山腰的一些土窑洞里。"三队"在延安演出后,在此休整约四个月之久,我在这里的窑洞里根据在山西前线——决死二纵队的感受写了小说《野姑娘的故事》等文学作品《野姑娘的故事》后来寄给当时《文艺战线》的主编周扬同志时,来信认为"写得很不错",给我在文学写作上以鼓舞。而当时的那些土窑洞现在也倒塌的不成样了。

当时的宝塔山没有一棵树,而今却被绿林装饰得非常美观。我们在此居高临下远眺全城,有如登上上海的高楼"先施公司"楼顶鸟瞰上海。是的,上海有黄浦江,这里有延河,而一片高楼大厦也总有相似之处。呵!当时革命的土延安,今日已全然现代化了。当时全延安也看不到一辆小卧车,而今却满街跑的都是,在宝塔山上往下看就像是奔跑的小蚂蚁。而且1992年延安就有火车通西安了,当年全国各地投奔革命圣地的青年却都是步行而来的。

更令人高兴的是当年延河两岸光秃秃的童山现在都布满了绿色的森林,郁郁葱葱,不但使延安更有了生气,而且也令人观之感到悦目神怡。这种种变化,是我们当年做梦也想不到的。

1999年发表于《火花》第10期

注:①一年的春天,不知马达从哪里挖了一棵洋槐树,栽在门前,张庚同志就戏称马达门前为"马达公园"。

从澳门回归祖国谈起

澳门回归祖国怀抱了,我在高兴中也难免有不少感想。人们都说澳门是被洋人侵占的最后被解放的一块土地。这之前中国的土地曾经作为外国租界地的,还有天津、上海和香港。前者在解放军用炮火解放天津和上海时,租界地也就一起被解放了,而香港则是前些年才回归祖国的,这就剩下澳门一地了,而去年的12月20日也终于被解放了,从此被帝国主义霸占的中国国土就全部回到祖国怀抱了。这自然是中国人民在世界上站起来后彻底雪了国耻的高兴事。然而今天的中青年有多少人知道中国人当年在租界地的生活呢?也许从书本上知道一点,例如早年上海租界地的公园门口就曾挂着一块"狗和中国人不许入内"的牌子。这是最说明问题的租界地洋人对中国人的看法,对中国人的污辱。是的,他们是把中国人作为狗来看待的。

当我于1936年住在上海时,这块污辱中国人的牌子虽然不见了，但处处还可以体会到洋大人另眼看待中国人的细节。例如我在美商"柯达公司"作绘图员时，和外国人拿同样数目的工资，而中国人领的是法币，外国人领的是美元，当时一块美元等于三元法币。而我每月领30元的法币，一个给公司大班开汽车门的白俄(即十月革命时逃到上海的俄国的地主资本家之类)却每月领30块美元，就是说他领到的是90元法币，而这也就是说我们中国人还不如一个白俄。

由于洋大人在租界地是太上皇，所以为了在上海被人看得起就必须穿洋大人的服装——西装，否则为洋大人服务的奴才——西崽之类也会欺负你，虽然他们也是中国人。有这么一个故事：有一天不穿西装而穿中国长袍的鲁迅先生去国际饭店一类的大厦会见一位外国客人，他走进电梯说："三楼。"司机从头到脚打量了鲁迅一眼，不开电梯。鲁迅无奈只好用两条腿爬上三楼。待鲁迅会客完毕外国人很客气地把鲁迅送上电梯，这时不给鲁迅开电梯的司机可窘极了。但鲁迅并没有把他走上三楼的事告诉外国人。这就一面说明那位司机——西崽是用狗眼看人，但同时也显示了鲁迅风格之高。这就是当时在租界地的中国人的生活。

发表于2000年1月21日《太原晚报》"天龙"副刊

我和夜合槐

植物之中我特别喜欢"夜合槐",它是乔木,叶子的状态有点像槐叶。由于它在太阳一落就把叶子合起来,所以古人称它为"夜合槐",真像含羞草被人触动后的怕羞劲。

我之所以喜欢它,是因为它开一种水红色的花,从初夏一直开到初秋,至少也长达三月之久。由于它开的花细如绒线,所以亦名"绒线花",有人也叫它"马缨花",因为它也像马额上的饰物"马缨"。

大概是人们都喜欢它吧,所以能成为太原美化城市的珍贵树种,例如省委楼下大院、碑林公园、山医大一院,一到夏天就能看到夜合槐开得满树红花,煞是好看。

我在童年就看到过这种"夜合槐"了,那是在我们仁义镇的"老爷庙"里,树并不大,但给我留下了难忘的印象,因为除了在这个"老爷庙"里有这种开红花的树外,在我们全灵石县我也没有看到过第二株,可见其可贵了,也不知古时候"老爷庙"的和尚们从哪里弄来的。

"文化大革命"期间,我被美术馆的造反派揪到北京,陪美协领导挨批斗,后又转到中央美术学院的"牛棚"中,直到1970年才被解放,回到太原。那时省文联、省美协都被"四人帮"的帮凶们"砸烂"了。我无立身之地,于是就回乡插队落户,担任了大队的林业队长,为家乡植树造林,绿化山区。由于我的郝家掌老院住满了人,无插身之地,于是只好新盖了三眼窑。心想如果"四人帮"不倒,还继续作恶于中国,我就老死在家乡了,因为我和他们势不两立。

三眼新窑落成了,而且有了个"院子"。我就打算一面绿化全村,同时也绿化我的院内外。突然想起"老爷庙"的"夜合槐",我就特意去看了看,虽然经过五六十年的岁月,但似乎没有再长高多少,它还活着,我很高兴。于是到了深秋就把落叶后结下的如"皂角"似的果实采回来,到第二年春天我把"夜合槐"的如小豆似的种子种在庭院里,它竟给我出了十多个小苗。我多么高兴,每天去观看,总嫌这绿色的宝贝长得太慢。

一年后我终于把一尺多高的"夜合槐"移植在我的院旁,而且邻村的枣条等村也有人要移植,我都满足了他们的要求。待"四人帮"倒台,我离开郝家掌重返太原时,院旁的"夜合槐"已用红色的绒线花朵向我送别了,我对它们真有些难舍难分。

有次我因事于夏天归故乡,一进村就看到我栽的盛开红花的"夜合槐",好像把整个郝家掌村都映红了,也像在欢迎我的归来,我多么高兴。

有一个朋友告诉我,他在北京郊区买了一套楼房,不知房前栽些什么树好?我说:"你栽夜合槐嘛!整个夏天都开水红色的花,既能绿化也可赏花,它可把你的庭院打扮得特别美观。"

"那可从何处能买到这种树呀!"他高兴地这么问我。

"不愁,你真要栽,我可帮你育苗。"我说。

"算话,我就等着你的树苗了。"

我这个人总是说了算话。于是就在去年夏天夜合槐开花时进行了观察,看哪一树花最红,因为"夜合槐"的花并不是一样的红,有的色浓,有的色淡,色淡的就不好看。我终于在碑林公园选中了一株满意的。到秋后叶子落光了,树上结了很多像洋槐的种子似的"角角",我采了很多。可是当我从角里取出扁扁的小种子时,几乎100颗之中只有几颗完好的,其它大都被虫把仁吃光了。

可总算捡出一百来颗饱满完好的种子,我装在一个小瓶里藏起来,留待来年谷雨前后把它们种在门前的小园里。

今年清明节后,天气已经相当暖和了,我就把小瓶里的一百多颗夜合槐种子种在门前的小园里。在种之前还特意把豆子磨碎后做成的肥料拌在土中。我每天去观察,一周后终于看到第一颗夜合槐苗出土了,露出小小的黄绿色的头,向我微笑。之后就相继有十多苗出土,有很多颗种子没有出苗。

这之后我就每天浇水,苗长高了,在小小的苗圃里有些拥挤,我又把它们移植在花盆里。

我因事到北京，还挂念着我的夜合槐，特意打长途告家人："如果天降冰雹，一定把夜合槐用东西盖起来。"

我虽然不当林业队长了，但"爱树如爱子"的心怀没有改变。古人云："前人植树，后人乘凉。"而我的这些夜合槐将会是"前人植树，后人看花"了。

我今年已88岁了，还希望能亲眼看到这些夜合槐开出美丽的水红色花朵，以慰我晚霞之年爱树之心，同时送给朋友实现我的诺言。

发表于2001年4月9日《太原日报》"双塔"文学周刊

对旧新世纪的回顾与展望

二十世纪将过去,二十一世纪即将到来,我站在这新旧交接的门槛,就难免要回顾过去展望前程。

我今年已将近90大寿了,从1912年辛亥革命到现在,深感祖国的命运和人民的岁月有灾难和幸福、有黑暗和光明、有眼泪和悲痛,也有欢笑和高兴。

在我的童年时代,祖国正为军阀混战所苦,连我们儿童游戏都一个扮吴佩孚一个扮张作霖在打仗。当时的中国"一盘散沙",中国人叫"东亚病夫"。

从"五四运动"以来,为了反帝反封建,中国人民就一直上街游行示威。到北伐战争时,我也在街上游行,唱着"打倒列强!打倒列强!除军阀!除军阀!"的歌。但我的希望不久就有如昙花一现,第一次国共合作完蛋了,依旧是黑暗重重。因为北伐革命在蒋介石的背叛下彻底失败了,列强在中国的土地上依旧作威作福。不是有一个外国作家把上海描写为

《冒险家的乐园》吗！

北伐革命失败后不久，中国就陷入蒋介石对江西红军不断围剿的苦难中。终于在1931年发生了"九·一八"事变，日本帝国主义梦想要吞并中国的计划，开始动手了。但没有想到蒋介石竟来了个"不抵抗主义"，把大好的东北河山，让日本人未有任何伤亡而抢占。

这接着就是我们没完没了的上街游行示威，要求蒋介石停止内战，枪口对外，收复失地。于是在数九寒天就遭受了军警的水龙头的袭击。

我起先还是对蒋介石政府有幻想的，但自"九·一八"到十九路军的"淞沪作战"失败，我从此把救国救民的希望就完全寄托在中国共产党和中国红军身上。

应该感谢张学良和杨虎城将军于1936年12月12日发动了"西安事变"，从而形成了第二次的国共合作，使我们久盼的枪口对外一致抗日的希望终于实现。

1937年，"七·七卢沟桥事变"的消息传来，不久又爆发了上海"八·一三抗战"。"九·一八事变"以来日夜盼望的一天终于到来，我不知有多么的兴奋和高兴。虽然随着战争的发展我到处逃难，到处流浪，也心安理得。中国人民经过八年的流血牺牲、艰苦奋斗，终于赢得了1945年8月15日这个可喜可庆的日子，这一天，日本宣布无条件投降了，中国赢得了最后胜利。这是自鸦片战争以来和帝国主义发生的战争中第一次获得的胜利。在这一天，经过数十年的灾难，数十年的眼泪和悲痛的中国人民可以开怀大笑了。

但战争并没有完,日本投降后,蒋介石用美国武装的兵力又迫使中国共产党和他打了四年的解放战争。最后是蒋介石落荒而逃,逃往台湾,中国人民获得了彻底的胜利。这算是日本投降后全国人民第二次获得的欢笑,这欢笑就意味着中国人民在世界上站起来了。

1949年10月1日在中国共产党领导下,中华人民共和国宣告成立。从此中国人民有如乘坐了一列新的列车在前进。但这个列车开得并不稳,难免总有些曲折。在"阶级斗争"思想的指导下,经过三反五反、反胡风、反丁陈、反右派、反右倾,又经过人民公社化、大跃进,直到"文化大革命",这列车出轨了,形成了中国的"十年浩劫",历尽了浩大灾难。在这段不断搞政治运动的年月,我好比在走钢丝,不知何年何月会从上面掉下来。

但自三中全会之后,在邓小平同志开始掌舵以来,直到江泽民同志主持中央工作,在改革开放的年月中,就深感中国这部行进的列车才真正走上了平稳前进的幸福大道。不说别的,单看对香港、澳门回归祖国后的"一国两制"的政策,以及对待台湾回归的耐心,就足以说明一切了。再加上要稳步开发西部,我坐在这平稳前进的列车上,真感到无比的幸福和欢愉。

今天中国人民在共产党领导下已彻底洗刷了列强加给中国的殖民地和半殖民地的耻辱,中国人民在共产党领导下已不再是一盘散沙,而是凝聚得像一个人一样。去年中国的健儿在奥运会上获得二十八块金牌,名列世界第三,也彻底洗刷了所谓"东亚病夫"的称号。

我国的强大和国际地位的提高，使我从来也没有像今天似的感到作为一个中国人的骄傲，从来也没有像今天似的使我扬眉吐气，从来也没有像今天似的感到中国的前程似锦。

展望二十一世纪的中国前程，我希望能够早日统一台湾，希望西部人民能早日过上小康幸福的生活，希望中国的经济、文化更加发达，希望中国这个睡狮更加强大。我相信这些希望不远将都会成为现实。

2001年1月1日发表于《太原日报》"双塔"文学周刊

我可"死而瞑目"了

蒋介石曾说过:"不消灭共产党死不瞑目。"看来他死时是大睁眼睛的,因为不但没有消灭了共产党,反而被共产党把他从大陆赶到台湾去了。

我今年已八十九岁,而我是大可死而瞑目的,因为自少年时代就耿耿于怀的那些令人死不瞑目的痛苦事,八十年来都在共产党领导下烟消云灭了。

我在小学时代就听老师说,因为中国人是一盘散沙,所以就老受外国人的欺负,这话是有些道理的。

我的少年时代正是军阀混战的时代,又是二十一条,又是五卅惨案……这些国耻奇辱在我幼小的心灵上引起了痛苦。

"什么时候中国人不再是一盘散沙了呢?"我自己无法回答,老师也无法回答。因此我就一直感到痛苦。

在那个时代,也能经常听到"中国人是东亚病夫"的称谓，既是外国人对中国人的蔑视，也是清代英国人把鸦片输入中国后的结果。而这不光彩的"东亚病夫"头衔，在我少年的心灵上也引起了痛苦。

"什么时候中国人不再是东亚病夫了呢？"我自己无法回答，老师也无法回答，因此我也就一直感到是一种痛苦。

究竟从哪一天起中国人不再是一盘散沙，究竟从哪一天起中国人不再是东亚病夫，谁也说不清。但自从最有凝聚力的共产党领导中国人民解放全中国以来，我们就不再听说"一盘散沙"和"东亚病夫"了，这是确定的事实。

如果是一盘散沙我们能打败强大的日本帝国主义吗？

如果是一盘散沙我们能打败武装到牙齿的蒋介石吗？

如果是一盘散沙我们的人民志愿军敢在朝鲜和不可一世的美帝国主义较量吗？

如果是东亚病夫，我们能在国际奥林匹克运动会上大显身手，夺得那么多冠军，那么多金牌吗？

谁能说"一盘散沙"和"东亚病夫"的消灭和共产党的领导没有关系？

对现在的青年人来说，所谓中国曾经是半殖民地、殖民地只不过是一个历史的概念，他们没有这种处境的切身感受。当年我在上海租界地的马路上行走，是不敢不给迎面而来的"洋大人"让路的，否则就有"吃外国火腿"的危险，而在日本占领区过亡国奴生活就更不可想象了。

当我还是山西乡下一所小学校里的学生时，一天老师教我们唱歌——是一首反对日本帝国主义的歌，而老师在黑板上却用□□表示日本,不敢光明正大地写出"日本"二字。他害怕,怕日本人知道了不答应。这在我的幼小心灵上怎能不感到痛苦。那时候当一个中国人是多么的可怜!

然而当天津刚解放,我穿着解放军的军服骄傲地行进在马路上时,碰到迎面而来的一位"洋大人",我就不给他让路,他乖乖地从我旁边走过去了,这是我有生以来第一次不给"洋大人"让路。因为我从心灵上感到中国人从此站起来了。

难道这中国人能够"从此站起来了"与共产党的领导没有关系吗?

打开中国近代史,就会读到明嘉靖三十二年(1553)葡萄牙殖民者借口曝晒水渍货物,强行上岸租占澳门,也会读到1842年(道光22年)鸦片战争后英国侵占香港岛。

这些神圣的中国领土不回到祖国怀抱我真死不瞑目。然而众所周知,香港和澳门都于上世纪末回归了祖国。当我国政府和葡萄牙政府签署了联合声明时,澳门人士说:"我是中国人,主权应该收回,将来会更好的。"我也大有同感。然而这主权的收回,在蒋介石统治中国的时候有这种可能吗?不要说港澳回归祖国了,连天津上海的租界地也收不回来。

然而这主权的收回,又能和共产党的领导没有关系吗?现在我已八十九岁了,想到在共产党领导之下终于消灭了少年时代就为之痛苦的"中国人是一盘散沙","中国人是东亚病夫";想到中国人终于在世界上站起来了,没有人再敢欺负;想到香港和澳门终于回归祖国,想到最近北京终于在莫斯科举行的国际奥委会会议上赢得了2008年奥运会的举办权,我真可死而瞑目了。然而却更想多活些年看看奥运会未来在北京开幕的盛况。

发表于2001年8月6日《太原日报》"双塔"文学周刊

注释:①这是当年上海人的风趣话,指被外国人踢了一脚。

附　录

从湖州归来

离开救亡演剧队第六队，我从湖州回到上海已数天了，但沿途和下车后所领略了的景象，却还时时出现在眼前，好像逼着要我写出来似的。

为了什么我回到上海的呢？很简单，不过接得一个朋友写来的快信，回来结束一件私事。

在浓厚的离恨中，别了亲切地相处了一月的男女队员（我们都很清晰地记得，出发时，险一点就一起被炸弹炸死在南站了），把手也握得感到痛了，这才松开，我跳上黄包车。

一到汽车站，刺心的警报就陡地鸣起来，不久，五架日本飞机带着死亡从东南的天面飞来了，我立时提着皮箱离开候车室，躲进一丛竹林里，蹲下，候飞机掠过头顶时往草中躺，但它并没有从我的直顶飞越。看它向西北方飞去了，我才长吁了一口气站起来。

车一出站,即向广大的田野开驰去,从车窗望出,远处堆起烟青的山丛,近边颤动着深绿的竹林,风景是美丽的。接着在稻田和桑林里,就时时看到成群的壮丁在掘交通壕,他们工作得非常起劲,从埋着身子的长壕里,把泥土扬在半空中。过了几个小站,在路上曾遇到几辆急驰的汽车,里面都载着从前线受伤归来的战士,我在静默中给他们致了民族解放的敬礼。

下午六时一刻,于暮色中在嘉兴车站上了开沪的沪杭车。找了好久也找不到一个坐位,人是很拥挤的,但大半都是工人,他们听说工厂开工了,所以冒着危险赶回来,女工们抱着小儿在黑暗中蠕动,因为列车怕飞机轰炸,车灯是不开的。但有人却时时擦开自来火吸烟,也有人打开手电筒探照,这使我非常的愤恨。

"不要照!"有人喊了。

"妈的,你要死吗?再照我就开枪!"大概是车警的斥声吧。但自来火的闪光仍是不止的。乘客的愚顽,弄得车警也无可如何了。我的脑海里立刻发动了一个信念:

"这须要教育!"是的,大众的公民教育是不够的,尤其是战时的教育。

车在黑暗中小心地前进着,原野上闪动着的灯火,从远远的黑暗中射来,透过树丛,显得格外美丽,使你会觉得:"天下不是很太平的吗!"

车到石湖荡,忽然停着了,我于是想起,这里的铁桥被炸毁了,要换车的。于是大家在黑暗中带着箱箧摸下去。一个挤一个的蠕行到铁桥头,就和从上海开来的车上的乘客相遇了。在狭窄而又摇动的桥板上两大群人擦肩争过,孩子的哭声,女人的呼应声,路警的喊声……在黑暗中搅成一团。手电筒四出闪照了。

"不要照人,照地下!"从蹭动的人影中发出命令式的喊声来,但人们像没有听到的一样,谁也不理睬。

"慢慢的过桥,落下去要'翘辫子'①的!"……

"妈的,你挤什么!"……

我夹在人群中,经过十几分钟才走过桥去。心在剧烈地跳荡着,走过去了就觉得轻松起来。一个"内地服务团"的朋友在乌镇碰到的,曾对我说,他们过这里时也是夜间,天下着蓬头大雨,衣服和行李都打得湿透了,又重又冰,可是人们却挤得特别凶,有两个人就被挤到桥下了。这样悲惨的图画,一直到现在还时时出现在我的眼前。

车到徐家汇站时,已经快要十二点了。在惨淡的灯光下走出车站,一个问题就打上心头:"我们到那里去呢?现在租界已戒严了。"略略定神之后,我想还是跟上大家走吧,哪里停下来,就算哪里。

我们像羊群似的,在虹桥路上走,人群中发出咳嗽和话声来,就显得这夜的旷野格外凄凉而寂寥。到了海格路,前面的人折回来了,走不过去,说明早五点钟才能走。没有办法,我把毯子打开铺在店门口的水门汀上,杂在人群中过夜。对面是重重的铁丝网,在网的尽头,不很远的地方,堆满了沙袋,在沙袋后面有守夜的巡捕和外国兵巡逻着。街上异常凄凉,在冷清清的路灯下,除了间或有急驰的汽车穿过,就仅有一只野狗在荡。炮声夹在寒风里从辽远的黑暗中送来,显得异常可怕。就在这样的深秋的夜里,我像乞丐似的蜷伏在街路的角落里睡去。

次早四点多钟,被刺骨的夜风吹醒过来,一个人在马路上回荡。"铛铛铛……"钟声从一家理发店里报告出来,是五点了。"五点了!"这期待了整夜的时刻,它终于到来,我是如何的高兴呢!因为我马上就要看到离别了一月的杜妹②了。在湖州时还接得她的信,说她训练一满期,就要派到前方服务去,这勇敢的家伙,我是怎样的愿意立刻看到她呢!

在微明中,和同车的同胞向公共租界走,走到了进口处,有两个华捕和一个英兵拦在铁丝网和沙袋的口端,英兵手里持着枪,雪亮的刺刀在我们眼前闪。我们一走进跟前,就听见一声:"Pass!"英兵开口了。

"通行证。"华捕说,同时伸出手来。大家都发楞了。

"不是已经五点钟了吗?"

"不管五点不五点,没有通行证不能过!"另一个华捕说,非常干脆地。

他们看看我们不肯退,一个兵就向一个工人模样的同胞身上狠狠地踢了两脚。大家看看,显然是绝望了,这才愤愤地离开。

"我们从法租界走。"有人提议了,于是大家就直向贝当路奔来。但这里已塞得水泄不通了。马车、汽车,当中又夹着粪车和菜担,再加上黄包车和行人,紧紧地结成了一团。我挤进两辆汽车的当中,跟着拥上前去,但被巡捕的手拦着了。这时只有菜担和粪车往前走。

"到啥地方?"一个法国巡捕向我的衣服一打量,问。

"到辣斐德路。"

"……"

"在××公司做事的。"

"等一等。"我觉得有希望了。但这时后面却拥挤得非常厉害,我左面的一个人忽然惨叫起来,回头看时,才知他被挤在铁丝网上了,我连忙把他抓过来。后来经我再三向那个法国巡捕请求,他就向我"抄靶子"③,抄过了,这才让我走进来。像从牢狱重奔出来似的,我感到无限的轻松!

在晨光里,租界的马路上,显得格外的冷清而安闲,像在过去和平的日子一样。只是闸北的无情的炮声,于晨风中却向租界不断的送来。

附记

此文一九三七年发表于《烽火周刊》第八期后又被选入1938年上海"双鹅出版社"出版之《乱中避难记》一书中。去年由四川成都市一位不相识的名傅刚的同志寄给我,我很感激。此文反映了1937年上海"八·一三"事变后,我作为当时殖民地的人民的生活。今转载于此,让读者看看当年中国人民在上海战时是怎样遭受着外国人的欺凌的。

注:①即死亡。②我的妻子。③搜身。

杜妹的罪行

我带着杜妹透过死神的罗网,从上海来到了安庆。在上海时,虽然杜妹是那样的肯热心跟着女朋友在马路上募捐,到红十字医院去慰劳伤兵,整天地在某味精厂给保卫祖国的战士做口罩,而且后来还肯辛苦地在汉口路某伤兵医院做夜班看护,但总因为她的学识太差,常常妨害到她的工作,像一个带着一把坏透了的步枪的战士一样,这真是一件遗憾的事。

因此,两个人一到安庆我就打定主意让杜妹进学校。

自然,这个非常时期,已经不是谈"读书救国"的时候了。但为了使她今后做事时能得到更大的效果,所以我就主张她再进几天学校,求点起码的知识。

事情还算弄得好,我们离上海前,杜妹在工作中认识了一个从前在安庆SY女中毕业的丁女士,她听说我们要来安庆了,便特地介绍了一位余女士,是她在SY学校时同班过的老朋友。现在杜妹要在安庆进学校,当然想从余女士那里想办法。

一天的下午,我们找到余女士,谈了一阵上海的情形之后,就把来意说明。同时还提出了两个条件,一个是要学校前进,一个是要交费少。但余女士说在安庆根本就没有前进的学校,至于省钱的,就只有她们的母校了,因为sy女中是省立的。可是,听说最近同学们要组织一个歌咏队都不许可,问我要不要进。我想这边的学校既然都是"一丘之貉",SY女中省钱,那就进SY女中吧。

这时我对余女士说明,杜妹十七岁才开始读的书,到现在还不过三年,当中一年多在小学里,一年多是自修的。所以既没有文凭,也没有修学证书,能够让她在初中一旁听就好了。

过了一天,余女士到我这里来,说她已经问过她们母校的校长了,只是校长要先见一见杜妹。我想这有什么不可以呢?于是第二天早上杜妹就和余女士一道去见校长。临行时,余女士关照杜妹说:"你最好装得傻头傻脑些,因为你是从上海来的,他很害怕。"

三个钟头之后,杜妹回来了,从头到尾的把经过的情形告诉了我,说当校长问话时,不许余女士同在,因此就只有她和校长两个人,但问的话并不多,问过"从前在什么学校读书?""为什么来安庆?"之后,就问:"怎样认识了余女士的?"杜妹这家伙很老实,于是就照实说了。她告诉校长,说在上海做工作认识了丁女士,由丁女士的介绍才认识了余女士的。

为了这，我就很怪杜妹。怪她不该提到"工作"两个字。因为余女士已经说过校长是很怕这些的。但下午余女士来，对我说校长已经答应了，只是有点手续，要写一封证明信，证明杜妹曾在上海读过书，我于是才放了心。校长既已答应，可见杜妹的答话没有问题了。

星夜我把证明信写好，就打开余女士的家门，交给她。次日上午，余女士来，笑着对我说："今天可以去交费了，只是校长嫌校里过去没有'旁听'的例，现在由他想办法要让刘女士（即杜妹）做借读生。"我想只说他允许进，一切都由他办吧。

第二天杜妹交费回来，一进门就挂下了面孔，无精打采地向我走来。这使我非常诧异，"难道她把交费的钱失掉了吗？"我想。

"没有交，人家不要我！"她气愤地说了。

"这是什么道理呢？"我奇急地问。

杜妹才慢腾腾地把今天去交费的情形告诉了我。据她说，她一到学校就先去会校长，校长坐在沙发上，吸着雪茄烟，一见面就又"口试"起来：

问："你是什么地方人？"

答："江苏常州。"

"家里的人是在哪一界服务的？"

"种田……"

"噢……"校长竟表示着怀疑。

"对了，你那天说，在上海做工作认识了丁女士的，是做什么工作？"

"做……"杜妹停顿了一下,似乎想要说做别的,但又马上想不出个适当的工作来,于是就直截了当的说:"做救亡工作。"

"做救亡工作。"校长坐在沙发上,把头点了一下。像法官审问似的继续问:

"你和什么人同来的呢?"

"和,和我的……丈夫。"我已经说过杜妹是非常老实的,她竟毫不转弯的说出了。假如要是别的从上海来的小姐,将一定会撒谎的说"是同我的哥哥来的"或者说"和我的表哥来的",可是杜妹说了个"丈夫",就像供出了犯了民法第几条几项的口供似的,把事体弄糟了。当校长继续问过"你丈夫来安庆做什么事"后,就立起身子,在地板上来回的走了两下,把雪茄烟用手指弹了一弹,然后说:

"噢!噢!很抱歉,刘女士,你还是到别的学校去,因为我们学校一向不收结过婚的女子,哈哈,真对不起。"就这样的,杜妹走出了校长室,像被判了徒刑的犯人,退出法庭似的。

但在我,除气愤之外,却是有无限的悲哀的。我和杜妹结婚已经两年了,却从来没有想到我们的结婚将会成为杜妹的罪行的!

但我又疑心,也许是她做救亡工作害了她吧?

这真使我想不通了!

一九三七年写于安庆,发表于同年《七月》第四期

在太湖山间

我们来自太湖的山间,在山间出产着乳白的名漆,神奇的茯苓。在山间,透清的河流里一年不断的滚动着黑淀淀的铁砂……

当柔白的雪花飘落的冬季,我和同志们走进这山间,在一个山足下的潮湿的祠堂里住下来,像一群逃亡的外乡人。工作了三个月,我们离开了,走的时候是初春。春兰在山崖间吐着幽香,不知名的红花开遍了山野,黑色的蝌蚪摆着小尾游动在田池里……在村旁,农妇们流着眼泪送我们女同志的行——

"你们好人呀……舍不得你们!……"

但我们无情地踏着挑夫们的足迹走远了,农妇们的消瘦的身影隐落在山林后。

太湖的山间是丰美的:农家的竹林里跳出了尖头的愉快的嫩笋,活泼的小牛奔鸣在茅檐下,山坡上覆盖着豌豆的绿色……

——可是农民是消瘦的。

在山间,农民们带着一副忧郁脸,小孩子头上生着癞痢疮,臂上长着黄水泡,黑色的跳蚤在他们的身上爬行着。这些就是他们的可贵的财产了。当落着雪的寒夜里,他们烧焚起稻草暖身体,为的是单衣破被抵御不住冻——严寒的奇虐是可怕的。

他们的知识是怎样的低下呀!不晓得敌人的飞机是怎样的,敌人的国旗是怎样的。但他们,最欢喜听我们唱救亡的——

"先生们,再唱一回吧,怪好听!……"

在太湖的山间,绅士们最阔气,地下铺地板,屋里摆沙发,他们的财产真是多,山坡是他们的,漆树是他们的,茯苓是他们的,农民在河里淘下的铁砂也卖给他们了……

在山间,区长老爷吃得非常胖,睫毛下藏着一双深谋的眼睛,酒味时常从他的嘴里喷出来。谁也知道他和绅士们是一党,办救国公债和征兵的事,他们弄到许多钱,可是他对消瘦的农民说:

"我们做事凭良心,你们为了国家多出力,我要给你们立一块碑……"

我们和联保主任很熟悉,主任时常在他自己的家里,县里的布告发下来,他搁在抽屉里七八天不去贴。酒味也时常从他嘴里喷出来……

我们来自太湖的山间,在山间出产着乳白的名漆,神奇的茯苓。在山间,透清的河流里一年不断的滚动着黑淀淀的铁砂……可是绅士们是肥胖的,农民们是消瘦了!

一九三八年发表于《抗战文艺》第一卷第七期

美术评论

谈两幅和鲁迅有关的优秀木刻

今年是我国伟大作家鲁迅诞生的一百周年,又是由鲁迅一手培育的中国新兴版画诞生的五十周年。这里想谈谈鲁迅如何苦心孤诣地培育了中国新兴版画,并介绍两幅与鲁迅有关的优秀木刻供欣赏,作为纪念。

鲁迅生前,不但于1929年和1930年先后出版了《艺苑朝华》和《梅斐尔德木刻士敏土之图》,介绍了欧美近代木刻,让中国知识界和美术家知道世界上还有一种富有力之美的木刻艺术,而且于1931年还亲自举办了中国有史以来的第一个"木刻讲习会",请内山嘉吉先生指导,他自己作翻译。这样就产生了中国第一批新兴木刻家。

这之后他又相继向中国木刻青年介绍了欧洲著名木刻家麦绥莱勒的《一个人的受难》,苏联木刻《引玉集》,德国著名女版画家《凯绥·珂勒惠支版画选集》以及《苏联版画集》，让他们参考,让他们学习。除此之外还通过书信、谈话对他们的木刻创作进行指导。鲁迅是中国现代文学家中精通美术并最热爱美术事业的。他对新兴木刻艺术的关怀和爱护、培育和扶植真是无微不至,有如母亲之对待自己的亲生儿女。

五十年来,中国的新兴木刻家没有辜负鲁迅先生的培育之恩,在中国共产党的领导之下,不仅在抗日战争和解放战争中发挥了木刻为革命事业服务的积极作用,而且在社会主义建设中也为祖国作出了不小贡献。五十年来成长了一大批优秀的版画家,产生了很多优秀的版画作品,受到了国内外的好评。下面介绍的古元的套色木刻《祥林嫂》和俞启慧的黑白木刻《鲁迅与瞿秋白》就是其中的两幅。

古元是广东人,抗日战争时期在延安"鲁迅艺术文学院"美术系学习,他天资聪明,勤于学业,毕业后不久就成为全国知名的木刻家。当时在重庆举行的木刻展览会上,古元的《运草》就曾得到大画家徐悲鸿的称赞。他在延安时期创作的《羊群》《哥哥的假期》《离婚诉》《减租会》《人民的刘志丹》等已成为中国美术界公认的优秀作品。全国解放后,古元的木刻更加成熟,更加豪放,他的《祥林嫂》就是其中极为出色的作品之一。

《祥林嫂》是为鲁迅的小说《祝福》作的插图。鲁迅在《祝福》中有这么一段描写：

"那是下午,我到镇的东头访过一个朋友,走出来,就在河边遇见她；而且见她瞪着的眼睛的视线,就知道明明是向我走来的。我这回在鲁镇所见的人们中,改变之大,可以说无过于她的了:五年前的花白的头发,即今已经全白,全不象四十上下的人;脸上瘦削不堪,黄中带黑,而且消尽了先前悲哀的神色,仿佛是木刻似的,只有那眼珠间或一轮,还可以表示她是一个活物。她一手提着竹篮,内中一个破碗,空的;一手拄着一支比她更长的竹竿,下端开了裂:她分明已经纯乎是一个乞丐了。"

古元的木刻所描绘的正是这么一个悲惨的祥林嫂。五十年来通过木刻艺术对于祥林嫂的形象进行再创造的已有不少,最早是曹白于1935年刻的《鲁迅遇见祥林嫂》,这幅木刻现在还可以见到,画面既有祥林嫂也有鲁迅,刻法是很大胆的,但较粗糙。这也难怪,那时还是中国新兴木刻的童年时期,作品的幼稚是在所难免的。可是近来也有人刻祥林嫂,但相比之下,还要算古元的这幅最好。古元没有刻人物的背景,也没有在画面出现鲁迅,以圆口刀用阴刻法大刀阔斧地塑造了祥林嫂的可视形象,用刀经济而不苟,刀触有力而流畅,寥寥数刀即突出了祥林嫂"脸上瘦削不堪……消尽了先前悲哀的神色,仿佛是木刻似的,只有那眼珠间或一轮,还可以表示她是一个活物"的悲惨形影。古元在这幅木刻中对祥林嫂的眼睛的刻画,颇能表达她"一个人死了之后,究竟有没有魂灵的?"那种内心的苦痛和疑惑,这幅木刻虽然套了个淡灰色,但基本上还是一幅黑白木刻图。那淡灰色的出现既丰富了画面,也很有助于增加主人公的灰暗命运的气氛。这幅木刻是中国新兴木刻已走到成熟期的产物。这样熟练而又深刻地刻划人物的作品绝不可能产生于三十年代。

俞启慧是一位年轻的木刻家，全国解放后才成长起来，他因创作了《鲁迅与瞿秋白》这幅黑白木刻，出展于1962年全国美展，又发表于当年《美术》杂志第四期后而出名。表现鲁迅与瞿秋白的美术作品，这之前也曾有过。

三十年代初，瞿秋白蛰居上海地下时，与鲁迅过往甚密，形成了感情至为深厚的战友，鲁迅曾有一幅对联送给瞿秋白，说"人生得一知己足矣，斯世当以同怀视之"即可说明一切。要通过一幅静止的画面表现他俩的如此亲密的关系，却也不是一件容易的事。

俞启慧显然是花了一番心血研究了鲁迅与瞿秋白相交的历史资料的，所以他的作品中不但准确地刻划了两人的生动形象，而且较好地描绘了他俩作为亲密战友而愉快合作的情景。从画面上可以看到鲁迅来到瞿秋白的家里，桌面上摆着瞿秋白的刚写好的《王道诗话》，鲁迅手拿香烟正和瞿秋白站在一起，面对他的这篇杂文表示很欣赏。此外桌面上还放着《申报》等当时的报刊。俞启慧用一片黑把鲁迅和瞿秋白以及靠椅的背和桌面连在一起，真是黑白木刻的一种大胆的处理，这一大片黑不仅突出了鲁迅两只手的明确的刻画，而且避免了空虚。这一片黑把两人紧密地相连在一起，也更有助于感觉他们的亲密关系，从外形到内心的一体。这是黑白木刻特有的一种功能，而被俞启慧巧妙地应用到这幅作品中了，成为木刻的独特艺术手段成功地为主题思想服务的一个范例。俞启慧这幅木刻是谨严的，不曾浪费一刀，明快地表现了两个战友的愉悦心情和深厚友谊,应该说是一幅难得的木刻佳作。

古元的《祥林嫂》用刀的豪放泼辣,俞启慧的《鲁迅和瞿秋白》用刀的谨严和画面的简洁,使两人的作品具有鲜明的不同个性和风格。正是这种不同形成了中国新兴版画的多样性,使版画大花园里呈现出万紫千红百花齐放的繁荣局面。

1981年发表于《名作欣赏》第三期

梅花香自苦寒来
——看了李福林的中国画

我因事到山东济宁，偶然地发现了一幅李福林所画的小品墨竹。这幅小品墨竹吸引了我，它以简练不凡〔繁〕的枝叶，浓淡生趣的笔墨，使我深感兴趣。心想济宁这地方真不简单，竟有这么一位已有成就的画家，真使我高兴。于是，我特意观赏了李福林的一些其他作品。

李福林不仅作花鸟画，而且还画了很多山水画，他的作品，无不使我感到浓厚兴趣。他的画很有传统而不死学古人，有创新而又无做作的痕迹。虽未经名师教导，却已有大家风貌，年仅三十八岁即获此成就颇属难得。

李福林的父亲一生酷爱书画，且有不少珍藏。李福林受其熏陶，七八岁即胡乱涂鸦，十二三岁时，其父即指导他学习《芥子园画谱》，并令他读《古文观止》，从文学上丰富其修养。文化大革命使其家遭受迫害，为此躲避到乡下，赢得了作画时间。七一年参加工作,七三年调入工艺美术厂,才真正拿起毛笔正式画中国画,不久竟有大量订货出口。

1976年经推荐入学山东省工艺美术学院,得遇一些名气还不太大却造诣很深的中年画家,得益非浅,眼界大开。后又入曲阜师范大学艺术系深造,画艺日进。

现在有人大谈要抛弃传统,而李福林却始终重视中国的传统画艺术,曾下功夫临摹宋元明清诸大家之作品。有一位老画家说传统好比上马石,而一旦上马,传统又有可能成为自由驰骋的绊马石。这话说得很辨证,不愧是经验之谈。实践是检验真理的唯一标准。李福林涉足艺坛二十余载,已说明传统既不可弃,亦不宜死守,而应不断创新。李福林多读古今画论,牢记石涛所说的"笔墨当随时代"。

目前,李福林的中国画,自七六年以来,省级以上报纸和刊物已发表30余幅,也多次被外省书画研究部门所收藏,出过山水挂历,八六年参加了在东京举办的"中国现代著名书画家作品展览",他的国画为日中友好会馆所收藏。八六年10月,曾代表山东省人民对外友好协会,应邀去日本山口县四城市巡回展出,历时近一个半月,为宣传中国画艺术作出贡献。所有这些都说明李福林作为一个中国画家已为社会所承认。

"梅花香自苦寒来。"一个画家能为社会所承认也是历尽艰辛的。李福林说:"我在中国画艺术土地上,耕耘了20余年,下过力,吃过苦,'文革'中我为人下人,拉过地排车,干过泥水匠,但我没放下画笔,这是我的乐趣,也是我的寄托,但根本没想过将来当什么画家,真的,做梦也没想!"

辛勤不负有心人,没有想过当画家,而竟成为社会公认的画家,多么富有哲理。细琢磨李福林的作品,那藤萝,那凌霄,那葡萄,其枝蔓都能画得大胆落笔,乱而有序,虽夸张而自然。齐白石说:作画妙在似与不似之间,即源于造化,而又有画家之"我"在也。尤其是李福林的风竹,颇有新意。我画竹十载,看了他的风竹,亦大为喜爱。李福林在山水画上,学过石涛,也学过陆俨少,颇得其精英。

李福林的父亲曾告诫他:"学画,要先学人品,再学画品。"这是非常可贵的教导,愿李福林终生珍视之。年不过四十,已取得现有成就,唯其年轻,其前途无量也。

发表于1989年2月11日《济宁日报》副刊

新兴木刻在八年抗战中的贡献

当鲁迅先生向中国美术青年介绍外国的创作版画时，曾在《新俄画选》中的《小引》里说过这样的话："当革命时，版画之用最广，虽极匆忙，顷刻能办。"历史证明鲁迅先生真是有远见的，在八年的抗日战争中，中国的新兴木刻画真是起了极为重要的作用。当时不论延安的《解放日报》或晋绥的《晋绥日报》，其中的图画、地图无不要通过木刻在报上和读者见面，例如有时发表漫画，也是要让木刻工作者刻成木刻然后才能上版的。至于木刻家反映生活的木刻创作，也都要用原版上报，这都证实了鲁迅先生所说的"当革命时版画之用最广"这句话了。

中国的美术，自"五四"以来传入了西洋的油画和水彩画等，大大丰富了中国美术的品种，但当时美术学校里培养出来的学生，却大都只能画油画的裸体女人和风景静物，而善于用创作来反映人民生活的艺术家则真如凤毛麟角，即使是留学法国的画家也是如此。原因就在于他们是沿着"为艺术而艺术"的美术道路从事绘画工作的，而不是走现实主义的艺术道路。

换另一句话说就是这些艺术家是躲在"象牙之塔"里作画的，一向远离政治、远离生活，所以到了抗战的年代，要画抗日内容的作品，他们就大都无能为力了。就是从事中国传统绘画的画家也是如此，因为他们所画的是山水、花鸟、古装仕女之类，要表现抗日的现实生活，就有如要京剧演员演话剧，其难好比要鸭子上架。因此中国画家蒋兆和能创作出不平凡的《流民图》来，就真是难能可贵了。但历史证明在抗战八年中就显得木刻家最吃香，原因是中国的新兴木刻从它诞生的那天起就是在革命现实主义的道路上前进的，反映人民生活的疾苦，描绘东北抗日义勇军的战斗，是其职责。因此在八年的抗日战争中就大大显示了它的优越性，因而创造了辉煌的成绩。所以郭沫若先生在《北方木刻》集的序文中说：

"木刻作家们在中国人民解放的斗争中确确实实是走在最前头了。他们的努力实在是惊人，尤其在对法西斯日本抗战的八年中，他们呈出了超级的贡献。对于这些惊人的努力和成绩，不仅我们中国人民业经予以承认，就是苏美英法等盟邦的朋友们也一样的承认了。"

在八年的抗战中，不论国民党统治的大后方，还是共产党领导的解放区，木刻家们都沿着现实主义道路创作了很多反映生活歌颂战斗的优秀的木刻作品，尤其是1940年代在解放区涌现了如古元和彦涵那样的优秀木刻家，使中国的新兴木刻进入了一个的成熟的阶段。古元深入陕北农村后，创作了反映陕北人民的和平民主新生活的木刻画，如他的《羊群》《选民登记》《哥哥的假期》《区政府办公室》《离婚诉》都令人感到是中国新兴木刻的新成就，既产生于真实生活的土壤中，又创造了有血有肉的陕北人民的生动形象。由于彦涵曾深入了敌后太行山根据地，亲身经历了军民和日寇之间的残酷斗争，所以他回到延安后创作了很多歌颂太行山军民英勇战斗的优秀木刻作品，为八年抗战的历史留下了可贵的史料和艺术珍品。如他的《把敌人抢去的粮食夺回来》《护送伤员的民兵》《当敌人搜山的时候》都是他的很成功的作品，而其中表现军民关系的《当敌人搜山的时候》实属力作。作者生动地表现了一个八路军和老乡们同生死共命运的感人场面。解放区的木刻家李少言的《重建》，邹雅的《支援群众打场》，胡一川的《胜利归来》，夏风的《从敌后运来的战利品》……也都是八年抗战中的佳作。

在国民党统治区，当"八·一三"上海抗战开始后，木刻家马达就刻了《轰炸日本出云舰》，力群刻了《抗战》，到40年代乃有林仰峥的《神圣的教堂》和蔡迪支的《桂林紧急疏散》，前者表现了日寇进入教堂强奸妇女的罪行，看了令人惊心动魄，后者记录了国民党地区桂林紧急疏散时的纷乱景象，看了令人心寒。所有这些木刻作品都有利于后人了解八年抗战中中国人民所经受的苦难和进行的斗争。

1995年8月25日发表于《太原日报》"艺苑"副刊

二十年祭
——怀念王式廓同志

当我想到我所尊敬的老友王式廓同志时，总是联想到19世纪俄罗斯巡回展览画派的伟大画师列宾。是的，只有王式廓和列宾相比更相宜。我不仅了解王式廓的艺术创作，而且也深深了解他的艺术思想，他和列宾一样是一位伟大的现实主义者，也是位伟大的人民的歌手。如果说列宾在《伏尔加河上的纤夫》中用悲歌表现了人民的苦难和忍从，那么王式廓在《血衣》中则以悲壮歌颂了人民的觉醒和斗争。

然而命运太无情了，绝没想到我和他在中央美术学院的"牛棚"相别，竟成为永别！而今他倒在自己的艺术岗位上，已整整二十年了！但时间的浪花多么无情也绝不会冲刷掉我对于王式廓老友的怀念，永别的岁月多久也绝不会使我们的深厚的友情褪色，时间的淡化力多强也绝不会淡化我对于王式廓的尊敬。

多情自古伤离别,何况是永别。

虽然我和王式廓同志都是国立杭州艺专的同学,但我们未曾相识,我和他最初的会面是在1938年的武汉军委政治部第三厅,都在郭沫若厅长领导下,于艺术处的美术科做抗日的绘画宣传工作,当时三厅能够画大幅油画宣传画的只有王式廓。我们交谈不多,仅知他是从日本留学归来的,有一副山东人的魁梧身姿。

但后来革命的薰风把我们都吹向延安了,我和他在鲁艺相处有六年之久,我们同住桥儿沟东山教员的窑洞里,由于是当年三厅的旧友,所以我家和式廓及其爱人吴咸就成为来往最密的同志。后来我们又都从东山上的土窑洞搬到鲁艺教堂旁的平房里,成为紧邻,真是婴儿啼声相闻,炒菜香味共享。在东山时,我们一起画素描"关门提高",一起为"丰衣足食"学种西红柿,一起对跳舞由反对变为热衷,一起在夏季的延河里学游泳,一起在党的小组里改造思想……真是难舍难分。

全国解放后,式廓同志在北京工作,我在太原,每次到京总要到东单火神庙看望他,有时是请他看画稿,有时是话旧谈心。没想到由于命运的捉弄,在恶梦般的"文化大革命"中竟把我和王式廓又一起关在中央美术学院雕塑大教室中的临时"牛棚"里,像一起投入监狱一样,受尽了造反派的凌辱和折磨。在这个鬼地方我们相处有十月之久,成为相濡以沫的难友。但彼此终于离别了,也就算彼此得到了造反派们的"恩典",为之"解放"了,实际是革命的老艺术家们从反革命的"四人帮"爪牙们的手里得到了自由。

当我在山西灵石县回乡插队劳动时,于1973年5月得到了式廓同志在河南巩县倒在自己的画架下而"累死了"的噩耗。我想,如果没有"文化大革命"对他肉体和心灵上的摧残,式廓同志会因作画劳累而死去吗?然而他竟和我们永别了,我满是伤痕的一颗心承受了老友逝世的悲痛,欲哭无泪!

从旧时代的中国美术学校出来的学生,后来成为艺术家了,很多从事西洋画的,也不过画些油画的裸体,或画些油画的风景和静物,而在人物画方面,也不过能画些肖像画而已。能够进行创作歌颂人民的生活和斗争,达到惊天地泣鬼神如王式廓的《血衣》者实在也难于找到。就连鼎鼎大名曾留学法国的某位艺术家的历史人物画创作和王式廓的作品相比也望尘莫及。难怪王式廓的素描于今年春天在日本展出时,东京国立文化研究所美术部部长、中国美术史家、美术评论家鹤田武良先生说:"这次包括《血衣》原稿在内的王式廓的各时期的素描作品在日本展出,可以使我们欣赏现代中国素描绘画作品的最高峰。"美国著名华人艺术家丁绍光先生在贺电中称王式廓为"素描艺术巨匠"。日本著名西洋画家、日本艺术大赏授赏者、日中文化交流协会常任理事利根山光人先生称赞王式廓为"中国现代美术之泰斗",感到他的作品对"农民的性格和内心世界被描绘得淋漓尽致"。日本油画家鹈饲毅先生说:"我也是初次拜见如此高超的作品,当今日本也很少有如此正统的写实性素描。"

论者仅根据艺术成果而对王式廓加以评论和赞美,但还很少有人对王式廓的《血衣》等创作之产生是怎样得来的加以论述。必须指出除了王式廓的才华外,是共产党和革命生活把作者培养出来的,是他忠实实践了毛泽东《在延安文艺座谈会上的讲话》所指出的革命文艺道路的结果,是王式廓深入贫下中农的生活和他们建立了深厚的阶级感情而开出的灿烂的艺术之花。可以肯定王式廓在1938年的武汉第三厅时代是画不出《血衣》来的,这绝不仅仅是一个年龄的增长问题,换句话说如果王式廓没有到延安,还在当时的国统区,没有受到共产党的思想教育,没有参加革命活动,就是再过十年八年也画不出《血衣》来。正好像单有列宾,没有巡回展览画派的群体,没有杰出的文艺思想家施特索夫和车尔尼雪夫斯基、别林斯基、杜波罗留勃夫的影响,《伏尔加河上的纤夫》也未必能产生。因为文学艺术总是时代的产物,同时也是一个时代的社会生活的反映,如果否认这一点就是唯心论。

延安"鲁艺",在版画上培养出表现革命生活的现实主义的杰出版画家古元和彦涵,在绘画上造就了王式廓这样的革命现实主义的"素描巨匠"。虽然王式廓不是鲁艺的学生,而是鲁艺美术系的老师,即使如此,也得承认鲁艺对我们大家的培养。

日本美术家联盟理事长北冈文雄先生看了《血衣》后说:"正当战后的日本画家追随法国和美国的现代美术潮流徘徊不前时,王式廓先生却毫不犹豫地坚定地走自己的道路,他确实是位杰出的艺术家。"难道我们中国目前不也是有很多画家"追随法国和美国的现代美术潮流"徘徊不前"吗?不知他们看了北冈文雄赞美王式廓的话作何感想。

王式廓同志离开我们已二十年了,愿他所走的一条革命的现实主义的艺术道路有更多的后人来继承。

  1993年写于王式廓逝世二十周年之际
  发表于1994年1月1日《文艺报》

悲痛与怀念
——怀念李桦同志

一

李桦同志离开我们已半年多了，我每接触有关版画的事，就似乎看到一个严肃而带笑的广东人的身影出现在我面前，觉得他还活在人间。他走的实在太仓促，我根本没有想到他会走的这么快，然而他竟和我不辞而永别了，给我留下了悲痛和怀念。

我和他通信始于1936年初，我们的友谊将近有六十年的历史了。但那时彼此还未会面，我在太原，他在广州。只因他们出版了《现代版画》杂志，这就引起我给他去信，并且我还把自己刻的一幅黑白的静物木刻寄给他，发表在他们的手印《现代版画》上。通过这个版画杂志，我第一次看到中国新兴木刻的最早的水印套色木刻李桦的《春郊小景——细雨》和他的振奋人心的黑白木刻《怒吼吧中国》，所有这些都给我留下了极为深刻的印象。记得有一次他给我来信大意说现在国难当头，我们再不应刻那些描绘窗明几净的作品了，应当刻一些有关救亡的木刻。之后我就看到他刻了不少这类的作品，如《怒吼吧中国》《进行曲》《是谁给的命运》等。他真是说到做到。

当年的夏天，我离开太原路经北平参加了"六·一三"学生示威游行，要求停止内战一致抗日，然后就到了上海。十月初由李桦从广州发起的第二回全国木刻流动展览会的作品巡回到上海，由我和江丰、野夫、陈烟桥、新波、曹白把几百幅木刻画一张一张用图钉钉在法租界八仙桥青年会展厅的墙壁上。因为我们无能力搞到镜框，彼此又很穷。我们在李桦征集的原有作品中又补充了上海木刻家的一些新作，其中就有我在上海刻的《鲁迅像》和《日寇武装走私》。当年十月八日，当我正为"上海世界语者协会"写标语时，没想到鲁迅先生竟带病来到八仙桥青年会参观由他一手培植起来的中国新兴木刻的展览会。我失掉了和鲁迅先生会面的这个千载难逢的机会，成为终生的憾事。但我想如果李桦能来上海，他一定会在展览会上看到我们的导师鲁迅先生的，而我和他也一定会在展览会上相识。然而只能当我们在展览会上参观他的木刻时对他遥念。

1937年抗日战争爆发后，彼此就失掉联系了，直到1938年我和马达在武汉筹建"中华全国木刻界抗敌协会"时偶然和李桦见面。他当时已参军，在五战区任文职军官，大约是因公事经武汉找到了马达,由马达介绍让我认识了李桦。见面时看到他穿一身草绿色的军装挂着武装带,像一个校官,我们在一起研究了如何建立"中华全国木刻界抗敌协会"的诸多问题,听取了李桦的意见,还在一起照了像。之后李桦离开武汉回到部队,而我也在武汉失守之前,参加了一个演剧队,后来又到了延安,一别就是十年,其中经过六年的抗日战争四年的解放战争,虽然我们都在木刻战线上为革命事业奋斗,但却无法互通信息。

二

直到1949年在北平举行全国第一届文代大会,我和李桦才久别重逢,自然是彼此都很高兴的。在这次大会上我和他都因为在木刻上的成就而被大会选入主席团,选为中国文联全国委员、选为中华全国美术工作者协会的全国委员和常务委员。当我在中央美术学院举行的"全国艺术展览会"上看到李桦的木刻新作《粮丁去后》《快把他扶进来》和后来看到的《民主进行曲》等作品时,使我感到十年来他在版画艺术上具有辉煌的成就。三十年代曾被鲁迅先生批评的"自己们形成了一种型,陷在那里面",而今他已从那种"型"之中解放出来,所塑造的人物都是有个性有血有肉的,不再是一种概念性的形象了,而且有了中国作风。我非常喜欢他的《粮丁去后》,曾在后来给《李桦木刻选集》写的序文中评论道:"李桦的《粮丁去后》是一幅使我最感兴趣的作品,它和别的作品比较起来，就显得在构思上更独到，在内容上更丰富，对读者更有说服力。这里所描绘的是当时在国民党统治的农村中经常发生的事件之一。它通过活生生的形象表现了反动派进行内战给农民家庭制造的灾难。可恶的粮丁抢走了这个家庭的粮食，母亲坐在那里表示痛心和父亲手提空筐表示敢怒而不敢言的那种无可奈何的心情，以及粮丁的蛮横凶恶的姿态，都刻划得真实动人。这幅画除了不同人物的行动所构成的艺术情节对我们起感染作用外，其中的一只羊作为这幅画的有机部分，对于主题思想的突出加强也起了好的作用。粮丁抢走了粮食不算，还拉走了羊，但羊在抗拒，它已成了这个家庭的一员，彼此都有了感情，它不愿离开这个家庭。这是我们熟悉农村生活的人都可以理解的。可是现在它被抢走了，因此就特别能够打动读者的心。作者把它和一个受惊的鸡的形象都塑造得十分真实生动。画中母亲怀中的小孩在这里也有重要的意义，他的那只伸出的手表现出不愿让把羊拉走的心情，不但合乎真实情况，而且对整个画面的两组人物也起了连系作用。这幅作品有力地揭露了当时社会的黑暗，是对于生活的真实的描写。"

　　文代会后我就回到了太原，直到1955年我到中国美术家协会担任书记处书记之职，和李桦的接触就非常多了，先是美协领导让我和李桦、古元负责版画组的工作，接着1956年《版画》双月刊创刊，我们又共同担任《版画》的主编工作。经常在一起审阅版画来稿、选稿。到六十年代我俩还为鲁迅博物馆选编了《鲁迅收藏中国现代木刻选集》。结果我们都做了

"无名英雄"。在这些工作中我时常为我们之间的艺术思想的一致而感到高兴，这就是坚决以鲁迅和毛泽东的艺术理论为指导思想。我们之间的友谊也就在这"一致"的基础上逐渐加深了，而他的从不想到个人的大公无私和严肃认真的工作态度也引起我对他的尊敬。

　　由于李桦是一个非常严肃的人，大概他从来不和人开玩笑，因此别人和他开玩笑他也会当真。一次我们举行全国版画展，我和李桦正在场，华君武来参观时，装着一副很严肃的样子，对我和李桦说："以后再开这样的版画展览会，应在会场挂两张像，一张是李桦的，一张是力群的。"我一听就知道他又在开玩笑了，因为我知道他是最爱开玩笑的。但李桦想了想很认真的说："这不好吧！"我立即大笑起来。华君武也笑了，直到这时李桦才醒悟过来，也哈哈大笑了。

三

　　1957年根据中苏文化协定，九月间我和李桦一同乘机访问苏联，我们到莫斯科后住列宁格勒旅馆，接着就坐火车去了列宁格勒。那时正是美丽的金秋季节，我俩在列宁格勒展出了由我们带来的"中国现代版画展览会"的作品。地址在涅瓦河畔的埃尔米塔施博物馆，它和冬宫相连。我们的版画展于我国10月1日国庆节，能在这样高贵美好的展厅和观众见面，我和李桦都感到无比高兴。苏联版画家们对中国的水印套色版画特别感兴趣，由李桦向他们介绍了水印版画的制作过程。这期间我和李桦共同参观了列宾美术学院,共同访问了列宁格勒的画家们,如梅利尼柯夫、魏特罗贡斯基、尼柯拉耶夫……在这里我们见到中国研究生和留学生,他们对于我们有很多帮助,尤其是邵大箴同志经常给我们当翻译员。他们帮助我们了解了很多列宁格勒的艺术情况,我和李桦都对他们表示感激。

之后于伟大的十月社会主义革命四十周年纪念日之际,我们的"中国现代版画展览会"在莫斯科东方文化博物馆举行了开幕典礼。当时中国的文化部部长沈雁冰同志正在莫斯科,由他在展览会上发表了讲话,到场的还有苏联文化部副部长B·帕霍莫夫同志、全苏美术家协会书记IO·皮缅诺夫等同志。

此后我和李桦于1957年的11月25日访问了我们久仰的木刻大师法复尔斯基。在一个落雪的日子里于莫斯科的郊区我们走进了他的工作室。当看到一位白发苍苍的老人时,心里想,这一定是法复尔斯基了。经介绍后,我和李桦坐下来,当他知道我们是中国来的木刻家时表示很高兴。老人当时已七十一岁了,身体多病,他有一部雪白的长胡须,戴着眼镜,看到了他的胡须就使我联想到托尔斯泰和斯塔索夫老年的形象。我们看到他就像看到一位未曾谋面的老师似的高兴,因为他的作品对于我国三十年代的青年木刻家太有影响了。

当时我和李桦还访问了已故木刻家克拉甫钦珂的夫人,我们在她家度过了一个极为愉快的下午。克拉甫钦珂也像法复尔斯基一样,都是我和李桦非常崇拜的艺术大师。因此这次到莫斯科来能访问他们的家室,是莫大的愉快。

此外我和李桦在莫斯科还访问了著名艺术家茹可夫、基布里克、楚伊柯夫、施马里诺夫等。不能忘记的是我们曾为"东方文化博物馆"收藏的中国新兴木刻原作进行了鉴定。在他们的仓库里保存着中国抗日战争前后的很多木刻作品,我们帮助他们注明了作者和创作年代。据说这些作品都是当时在苏联举行展览会后收藏在这里的,有的作品在中国也很难找到了。

这次访问苏联,在列宁格勒和莫斯科看了不少苏联版画家的作品,深感我们中国的版画在反映人民生活方面要比他们强,他们多刻风景,这是使我和李桦感到高兴的。

在莫斯科期间,李桦最愉快的事是看到了他心爱的女儿纪慈,当时纪慈正在莫斯科留学学建筑。到现在我还在摄影簿上保存着当时的一张宝贵的合影,其中除了李桦父女和我,还有苏联全苏美协书记IO·皮缅诺夫。听李桦说,这个姑娘很命苦,一生下来妈妈就去世了,因此纪慈从来没有见过母亲。李桦又当父亲又当母亲把她抚养到四岁,1937年抗日战争爆发,李桦把她托付给岳母照看,就投军抗日去了。因此李桦对于纪慈的爱,可以想见。但自从纪慈的妈妈离开人间后,李桦就长期不结婚,历22年之久,过着孤独的生活,把自己的身心完全投入中国新兴版画的事业上了,多么令人感动。

这次访问苏联借中苏艺术家建立友谊的机遇,也是我和李桦友谊史上的重要一页,因为在访苏的两个月内,我俩同吃同住同行动,这是非常难得的共同生活,也是一次愉快的相处。彼此有了进一步的了解,我们的友谊也有了进一步的加深,深感和李桦在一起工作是件欢快的事。由于他做事的利落和待人接物的老练有方,我总把他看做是位老大哥,而事实上他的年龄也比我大五岁。

四

不幸的是"文化大革命"期间我和李桦竟被造反派一同关在中央美术学院的一个大"牛棚"中,除了我俩,作为"牛鬼蛇神"被关在一起的,还有吴作人、刘开渠、李苦禅、蒋兆和、王式廓、古元、黄永玉……近百人之多。古人云:"士可杀而不可辱。"然而我们这些作为老师的艺术家,却在"牛棚"里受尽了"造反派"学生们的无比的凌辱。他们想训就训斥、想骂就痛骂,就连因派性斗争也被关在"牛棚"里的学生,也自认比我们高一等,不高兴时也敢训斥我们。那时候,哪里还谈得上什么"师道尊严",而只剩下"造反有理"了。我和李桦关在一个"牛棚"里却很少谈话,更无从谈心了。造反派指令我和李桦在一起扫院,一起打扫厕所,这就不在话下,更难忘的是竟命令我和李桦给他们磨石印机上的大石板,因为他们要制作新的石版画,此外还命令我们给他们手印大幅的毛主席木刻像。因为我们当时处于奴隶的地位,要我们做什么就得做什么。当时毛主席曾把学生斗争老师说成是"子教三娘",而以上的这些措施也是属于"子教三娘"的一部分。李桦在这种受欺辱的场合却默不作声，似乎更加严肃，我不知道他对于这种倒行逆施的"子教三娘"内心作何感想。

但使我敢怒而不敢言的是造反派竟要李桦对他于抗日战争期间在五战区当文职军官的一段历史作检讨认罪，而李桦对这种无理要求也只好逆来顺受，坐在那里啃啃地写认罪书。

众所周知，在抗日战争年代，中国的政治局面是国共合作，革命的文学艺术家在国民党机关任职是正常的事，因此郭沫若任军事委员会政治部第三厅厅长，田汉任第三厅艺术处处长，这又何罪之有？总之，在"文化大革命"的那个年代是黑白不分，真理难明。什么"三娘教子""子教三娘"，作为中国的堂堂艺术家在这些黑暗的日子里该倒霉就是了！有时我也想到我和李桦在第一届全国文代大会共坐在主席台上的光荣之日，而今竟处于受辱之时，就觉得大概上帝规定我们要有荣辱的不同遭遇的吧！

"文革"结束后，当时李桦还住在沙滩银闸胡同，我在美院"牛棚"被解放后就回了山西。因事来北京，几乎都要来银闸胡同看望李桦，我们见面大都谈些有关版画工作的事。有时遇到饭时他留我吃饭，我就和李桦及其夫人曾玉然同志一起吃。他和曾玉然于1955年结婚，此刻他有了温暖美满的家庭了，我自然为老友的幸福生活高兴。当时他的女儿纪慈从苏联留学回国后于1967年结婚，在北京当建筑方面的工程师，但遗憾的是我始终没有能在李桦家里看到纪慈，我真想看看她回国后有了什么变化。但听曾玉然同志说，她已是三个孩子的妈妈了。

五

全国解放后,李桦在中央美术学院担任版画系的系主任和教学工作,还经常带领学生去渔港、下农村体验生活,同时还撰写《木刻版画技法研究》之类的书籍,然而并没有因此而少刻了木刻,他对工作的严肃认真和创作上的勤奋,令人感动。我非常欣赏他于1959年创作的《一楼盖成一楼又起》和《征服黄河》两幅木刻。前者虽具体描绘的是以北京在大跃进中新起的电报大楼、民族饭店和民族文化宫的工程为根据的建筑,从而歌颂了北京在日新月异,但也象征着祖国在社会主义建设中的欣欣向荣。这是李桦用水印套色刻制的,整个画面既有作为木刻画的黑白对比,而同时也给人一种清新的美感。在我看来,它作为都市风景画,既不繁乱,也不单调,作者把各种脚手架、起重吊车、小轿车、无轨电车、自行车……在画面上处理得井井有序,不多不少,真可谓白玉无瑕。尤其是那一缕袅袅飘动的青烟,用得很妙,既打破了高大建筑一片黑色的平板和沉闷,也增加了画面的生动感。

《征服黄河》是一幅黑白木刻,李桦成功地表现了工人阶级在建设社会主义中的紧张形象和英雄气概。这么大的场面,作者既匠心地处理了画面的黑白,给人以美的节奏感,又把众多的人物安排得乱中有序、繁中有简,真作到"远看有势近看有质"了,不愧为木刻界的高手之作。面对这一具有严密构图的佳作，我是钦佩得五体投地的。它既说明李桦在创作上组织素材是高手，也显示了他更善于表现作品的主题思想。但这一作品之能够产生绝非空想，而是由于1959年李桦带领学生去三门峡水利工程工地生活实习的结果。在那里他进行了深入的观察，画了很多速写，为《征服黄河》的创作搜集了充分的素材。当1988年九月在台北举行"大陆元老版画家——李桦、力群、彦涵、王琦、古元"的《木刻版画联展》时，"三原色艺术中心"把《征服黄河》印在介绍作品的画册的封面上，足见此不同凡响的力作之受人重视了。

六

我自从回到山西，就只好用通信和李桦谈论版画上的问题了。当"第十一届全国版画展"于1992年9月在银川举行时，我特意乘飞机去参观，想了解中国版画的发展情况。但印象颇不好，尤其是应得奖的作品没有得奖，而不应得奖的作品反倒得了奖，不知道评委会在提倡什么？就整体而言，我觉得不如"第十届全国版画展"，因为真正反映人民生活的作品越来越少了，而受西欧现代派美术影响的脱离生活的作品却越来越多了。

因为李桦未去银川参观版画展，我就把我参观后的观感写信告知李桦。待他在北京看到第十一届全国版画展的作品后，于1993年2月1日给我来信说：

力群同志：

　　1月26日大札收悉，祝你春节快乐。十一届全国版展我已看过。不必只看获奖作品，从整体看到近年新兴版画逐渐走上邪路，心实难过。一、脱离生活愈走愈远，已走入牛角尖里去。二、强调自我表现空虚怪诞。三、片面追求形式、肌理、技术。四、趣味低、情感弱、荒唐多。五、意志消沉，不探索艺术，精神空虚，追求小巧。六、名利心重。我这六点还概括不全。总之鲁迅精神已被抹煞了，总非无个别较好的作品，但太少了。我的希望现在放在工业版画上面，那些业余版画家不脱离生活，故有前途。今年第四季度，版协计划筹办第三届工业版展。现在的青年版画家固使我们失望，即使是中年的，能坚持鲁迅精神也不多了，可叹！

李桦二月一日

　　李桦在信末说："我身已衰弱，但尚能挥笔书画、写文章，只是精力不济，易疲劳，记忆力差，耳已全聋，也无力在艺苑的战场上作战了。遥祝健康。"

　　李桦的六点看法我是非常同意的。自从《美术》杂志宣传西欧现代派艺术以来，涉〔波〕及版画领域，青年版画家为了追求时髦，趋之若鹜，走向脱离现实、脱离人民的新潮派。作为中国版画家协会主席的李桦和我这个副主席想挽救这种颓势也真是无能为力了，况且我们仅有的几个版画杂志也都在支持这种邪路。因此李桦把希望寄托于工业版画了。而我对于李桦所说的"身体已衰弱……"却未引起应有的重视。"未始以为忧也！"

七

李桦于1993年9月15日给我寄来一本由张作明著作的《李桦传》，这本书我已等待好久了，版画界已有古元和我的传记于1989年先后问世，而作为中国版画家协会的主席的传记却迟迟出不来，这总是不应该的吧。

现在总算出版了，我带着高兴的心情一口气把它读完。关于李桦的生平最感动我的是：由于家贫，年仅十五岁的李俊英(李桦)就不得不失学去当报务员挣钱养家。书中说：

电台的工作是不论白天黑夜，刮风下雨，一刻都不能间断的。一上班就是一份接一份的电报，不停地收发，没完没了，连一点儿喘息的时间也没有，必须保持精力高度集中，稍一马虎，就可能出差错。

1923年，李俊英16岁，对于这个枯燥乏味的工作，愈来愈讨厌了，他为求升学而常陷于极大的苦恼中。恰好在这一年，广州的政局有了新的变化。孙科为市长，许崇清为教育局长。许很喜欢美术，这时适有几个广东学美术的留学生由日本及欧美回国。其中胡根天与许崇清很熟，许便委托胡筹办一所美术学校。经几个月的筹备，广州市立美术学校于1923年春成立并招生了。李俊英知道这个消息后，高兴极了。他要投考美术学校，是瞒着母亲和家里所有的人干的，他怕母亲知道了会伤心。但是,李俊英居然考中了,这样一来,他必须告诉母亲和家人了。可是,更使他为难的是,要去上学就与在电台的工作发生了直接的矛盾。他到电台找到上司,恳切地提出自己想去美术学校学习的决心,请上司考虑能不能批准保留他的职业?上司考虑到他收发电报的技术精通,又很少出现差错,只要他保证不影响电台的工作,便批准了他的要求。李俊英心里一块石头落了地。回到家,原原本本地告诉了母亲,并且安慰母亲说,学满四年毕业,那时就会好了。

无线电台却在广州市的东南方,珠江的堤岸上。从家里到电台去上班,走一趟就要花一小时。电台是每星期倒一次班,轮到他值夜班的时候,他白天到美术学校上课,夜里在电台值班。但是轮到他值白天班的时候,就与上课发生了矛盾。他就想了一个办法——与轮到值夜班的同事们掉换。这样一换,人家白天值班夜里回家睡觉,可是他就要老值夜班了。这可不是一天到两天的事,而是一年到头,除了寒暑假之外,天天都必须白天到美术学校上课,夜里到电台值班,来回奔跑于家庭、学校、电台这三点之间。

在电台的惨淡的灯光下,他有时实在困得厉害,真想躺下睡一会儿,哪怕是趴在桌子上打个盹儿也好,可是不能,万一出了一点儿差错,就会发生不堪设想的后果,所以只好强打精神坚持着,再坚持着。好不容易可熬到了天亮,接班的同事来了,他交了班,就急匆匆地跑回家,吃几口饭,又得赶到美术学校去上课。等下课折回家,顾不上别的,立刻就躺下睡三、四个小时的觉。到母亲或家里人把他叫醒,一看钟,到电台上夜班的时间又到了。不管刮风下雨，电闪雷鸣，天天如此，日复一日，年复一年，家庭、学校、电台，三点一线，奔跑往返，整整四年。

从以上所摘录的文字中可以看出李桦在青少年时代就是一位在事业上大有雄心毅力的人，他后来终于能在版画艺术上获得辉煌的成就，与这种雄心和毅力是分不开的。

但我读完《李桦传》后，还是对这本书提出了一些意见，其中较重要的就是，我指出第125页叙述了反右斗争中把江丰、野夫、彦涵等人划成右派，却一字未提这是错划，也未在后文中提及对他们的平反，是较严重的错误。因此4月15日他给我来信谈及关于《李桦传》中的问题。这封信离他去世只有二十天，所以成为他一生给我的最后一封信了。

今把他的来信全部抄录如下，也可供读者知道李桦本人对这本书的看法和解释：

力群同志：

四月五日大札奉悉。谢谢你这样细致地读了《李桦传》，并提出宝贵的意见。这本书成于我的久病在生命的挣扎中写出来的学生之手，故缺点甚多。作者张作明是我的学生，思想品质和学业都是优等，可惜大约在大跃进时下乡工作，染上了肝炎病。青壮年不大重视这种传染病，年纪渐大，病的发展愈快愈甚，最后以英年死于肝硬化中。他为我写传收集了很多资料，可是由于病情时轻时重，使精力不能集中，在他逝世时，还未编成一本完整的书。事后人们给他整理原稿，则觉东拉西扯，勉强成编，而其中重覆〔复〕的地方很多，又予以整理编辑，故现你看来总有许多不顺之处，更不能期待它有深入的系统分析与评论了。他逝世后书稿已移交"人美"，由平野负责编辑，可是一搁又是七八年。但终于印出来了，其不完善之处你一看便知。须知张作明在长期病痛挣扎中时写时缀〔辍〕地写出一批原稿，而为后人编辑整理出版的。所以一打开头一页就有目录而无序文的怪现象。出版定稿时连大样都没有给我看过。出版后使我大吃一惊，"人美"不知为什么这么大意。因为我没有为出版费筹划过一分钱，我也对能出版否都不作任何计较，只要能印出来也比胎死腹中的好，有这样想法，也就过去了。关于你提出的四条意见，只要你了解大概情况，那种疏忽不周之处，甚至犯有错误，也可理解了。请原谅吧。

关于新兴版画之前途我也和你一样的担忧，尤其在片面理解市场经济的当前，什么都向钱看，版画没有国油画的市场，似有衰落之势了，这大势所趋非人力所能挽回。但看社会是向好的方向发展，在我们能力所及，也应出把老牛之力，教好青年，但有些中自由化之毒很深的青年人，实在没有他们的法，由他们自己栽跟头算了。小平同志说改革开放必然带来一些不良的西方意识形态，只要我们把舵掌紧，不怕航线会歪的。我们老矣，但仍应关注自由化的问题，多为党出点力。祝好。我近来身体一年不如一年了，体力总在困，然精神尚好，可以告慰。

祝健康长寿

李桦于北京
九四年四月十五日

　　李桦在1993年2月那封信上的末尾就说："我身体已衰弱……"在今年二月八日的来信中又说"近来身体不好"，在四月十五日的信上则说："我近来身体一年不如一年了，体力总在困"，这固然是他年老体衰的一种自然现象，但在我感到，这种现象的产生也是和他的爱女纪慈于1991年9月的去世大有关系的。因为一个人的精神上的痛苦必然影响身体的健康。

　　一位为我所尊敬的战友不辞而永别了，留给我的是永远的思念与长期的悲痛！

载于1995年5月出版之《李桦纪念文集》

悼念杰出的版画家古元同志

　　古元作为中国新兴木刻的一面光辉的旗帜倒下了，我为之悲痛。古元作为我艺术战线上的一位可贵的战友和我永别了，我感到一种孤单。

　　噩耗传来，我从太原赶到北京，在摆满花圈的八宝山革命公墓礼堂含泪和古元的遗体告别，看着他因为疾病折磨而消瘦了的面容，想起他生前容光焕发给人以忠厚善良的容貌，想起他一生在中国新兴版画事业上的卓越贡献……我有说不出的难过。从此，我们永别了，我不仅仅在版画事业上有失掉亲密战友的悲痛感，也有失去亲密战友的孤独感。

　　我于1940年在延安鲁迅艺术文学院和古元相识，迄今已有56年的友情了。他当时从"鲁艺"毕业，下放到延安川口区碾庄乡担任乡政府文书，不久就创作出《羊群》等优秀木刻，真是一鸣惊人。我当时是"鲁艺"美术系的教员，从30年代开始从事木刻创作已快10年了,那时我深感古元是在版画创作上第一个向我挑战向我举棋"将军"的高手,使我坐卧不安,逼着我只能奋起直追。

古元反映陕北农村生活的出色的木刻作品,不仅在当时的延安很有影响,而且在抗日战争时期的大后方重庆也有很大影响,徐悲鸿先生在展览会上看到古元的木刻作品后,就兴奋地在报上发表文章说他:"……发现中国艺术界一卓绝之天才,乃中国共产党中之大艺术家古元。"

我曾把当时的延安木刻,称之为新兴木刻的"延安学派",以古元为代表。我们的新兴木刻自从鲁迅先生使它在中国的土地上诞生以来,大都是暴露旧社会的黑暗和人民的痛苦生活的,可以说自从古元的木刻创作问世,才产生了歌颂新时代、歌颂新生活、歌颂新的劳动人民的作品。这之前我们的新兴木刻也有表现中国农民生活的不少作品,但还从来没有一幅木刻能像古元的作品那样既有浓厚的中国地方特色,又有真实可亲的农民形象。因此应该说古元的作品使中国的新兴木刻提高到一个新的阶段,新的水平。这是谁都不能否认的。

古元是中国共产党在延安"鲁艺"培育出来的一位杰出的艺术家,是忠实地实践了毛泽东《在延安文艺座谈会上的讲话》的天才艺术家。他的成就既是中国共产党的光荣,也是我们中国新兴版画的光荣。

我是亲眼看着古元作为一个杰出木刻家的成长的。鲁迅先生说"能憎能爱才能文",把它说成"能憎能爱才能画"

也是适当的。古元成功的秘密除了他的才华和勤奋,就在于他对于陕北延安地区和人民的无比热爱。他作为祖国南方广东地区的一个青年,来到当时陌生的、贫瘠的北方——陕北,并不嫌这里山区的贫苦荒凉,也不嫌这里的农民土气,而是像对母亲似的显示了他对于陕北的爱。当他刻出了具有牧歌似的、抒情诗一般的《羊群》时,我一看就感到钦佩。这幅木刻表现的是陕北牧童晚归的情景,羊群进圈了,牧童怀里抱着一个可爱的在山里新出生的小羊羔,意味着人间的希望和欢乐。古元用非常精致的手法刻出了羊圈的门和羊羔的眼睛。直到今天还有多少粗枝大叶的画家把羊的眼睛画成了牛的眼睛,而古元第一次刻羊就正确地描绘了羊的独特瞳仁,这说明他作为一个艺术家对于事物的观察多么细心。

这之后古元又刻了一幅为诗人艾青所喜欢而赞美的《骡马店》。这幅木刻的创作,说明古元对于陕北骡马店的兴趣,对骡马店的喜爱。而这对我却有震动,我想:我自幼就出入于类似的骡马店,对它够熟悉的了,可为什么我却熟视无睹,没有想到歌颂它,没有想到要刻画它,而古元却刻画了呢?结论是古元来到陕北感到什么都新鲜,什么都可爱,所以他刻了骡马店。而我却可能不如古元对陕北地区和人民所具有的那么深的感情。

在鲁艺,我和古元一同用木刻描绘陕北人民的生活,待我们共同听了毛主席《在延安文艺座谈会上的讲话》后,为了使自己的作品为农民喜闻乐见,又一同下决心改变我们木刻的欧化风貌,力求具有中国作风、中国气派。为此古元把早先刻出的已很成功的《离婚诉》和《哥哥的假期》又重新刻了一次,抛弃了作品原先受西欧影响的明暗法,而采用了中国年画的线条表现人物,以适应大众的欣赏习惯,这种诚挚的行动又一次使我感动。

1941年夏,我和古元、焦心河、刘岘第一次在延安军人俱乐部举行了四人的木刻联展。诗人艾青参观后,在延安《解放日报》上发表了评论文章《第一日》,在文章中赞扬了古元和我的木刻,这对我和古元来说,真是莫大的鼓励。

全国解放后,古元创作了很多出色的木刻,但我对其中的鲁迅小说《祝福》的插图《祥林嫂》和风景木刻《玉带桥》却特别喜欢。有的木刻家也刻过祥林嫂,但都比不过古元所创作的这个悲剧人物。古元的《祥林嫂》刻画出祥林嫂的痛苦,刻画出封建礼教对她的灵魂的伤害和摧残。在刻法上的炉火纯青,刀法上的帅,也是无匹敌的。而《玉带桥》却既有美的意境,又有美的色彩,十分令人喜爱。我和古元于1980年8月在长春市的人民公园举行了我们两个人的露天版画展览,为了谁的名字在先,互相让了半天,最后还是写成"力群、古元木刻联展"了。按理说,他的成就比我大,应该他的名字在先。这次在吉林的联展,使我俩有缘在当地的同志陪同下,共同游历了松花湖、鸭绿江,共同参观了通化葡萄酒厂,共同观看了长白山的天池和瀑布,最后我们又一同回到长春,古元给我写了唐代诗人张继的《枫桥夜泊》的条幅,裱好后至今还悬挂在我的画室里。古元的书法具有天然的古元体,好像他根本没有学过什么颜、柳、欧、赵,现在这条幅竟成为我的一件永久纪念品了。

1990年,西安美协举行了五老版画家的木刻联展。五老是指李桦、力群、古元、彦涵、王琦。当时李桦、彦涵和王琦因事都未到场,只有我和古元一同来到西安,之后又由西安的版画家傅恒学同志陪我们一同回到延安。古元为了怀念他的"根据地"——供给他创作源泉的川口区碾庄乡,特意去拜访了那里的老乡,并赠送了有关的木刻作品,我也有幸陪他同往。这既说明古元不忘他的创作"根据地",也说明他和碾庄人民的深厚感情。这次延安之行,给我留下了很深的印象。

这之前于1988年9月,作为"五老"还在台北的三原色艺术中心举行过版画联展,1991年8月至9月又在美国的纽约"东方画廊"举行了古元、力群、王琦版画联展,之后又赴费城等地展出。这都说明我们之间的密切关系。

1994年,我作为"第八届全国美展"的评委顾问,和古元一同评选了其中的版画作品,没有想到他和我对那些作品的看法竟有完全一致的审美观点。尤其是为了一幅油画是否可获金牌奖时,引起了评委们的争论,古元旗帜鲜明地支持了我的观点。我心里想,我们真不愧都是毛泽东文艺思想哺育的艺术家,真不愧是从延安受过革命洗礼的艺术家。古元他至死都没有背叛自己的革命现实主义的艺术道路,始终没有背叛毛泽东文艺思想,为我所尊敬。

他走了,在当今中国五花八门的艺坛,我确实在艺术思想上有一种孤独感。但他永远会活在我的心里,活在人民的心里。

愿他安息吧,我尊敬的艺术战友。

1996年9月7日作

1996年10月发表于《美术》杂志

周年祭
——怀念赵荆同志

听说赵荆同志生病住院了,我还来不及抽空到医院去看望他,就得到竟和我们不辞而别的噩耗,是在1995年1月4日。正如他的爱人袁雪霞所说:"他走得太突然、太匆忙了!"匆忙到连最后一面也来不及相见就离开人世了。怎能不令人感到悲痛。

我认识赵荆同志始于1965年,当时华北局要举办华北地区的年画版画展览会,孙福田同志和我巡回视察全华北地区的年画版画创作工作。一天我们来到北京西郊某军的驻地,观看那里的美术干事们创作的版画稿。其中就有赵荆同志同别人合作的木刻组画《英雄八连》和他的木刻《野炊》,我对画稿提了意见,同时也认识了赵荆同志。

后来他从部队转业后,调到山西工作,虽然也还搞一点版画创作,但主要精力已转向美术编辑和美术理论工作方面了。我和他接触较多就在他任《山西美术》的编辑和《美术耕耘》的主编期间。我感到赵荆同志在这两个美术刊物的编辑工作上认真、负责,刊物编得很出色,我乐于给他写稿。但这也不是我个人的偏爱,据我所知《美术耕耘》创刊以来,受到了领导和国内外美术界、美术院校和广大专业和业余美术家以及美术爱好者的欢迎。例如中央美术学院教授、版画家王琦同志称赞它,"无论从内容和形式上说都是可以列入国内甲种美术刊物而无愧色的。"美学家、美术理论家王朝闻同志也夸奖说:"《美术耕耘》资料性强、方向对、文风严谨。"其所以能在美术编辑工作上得到如此成绩,是和赵荆同志早年毕业于前国立杭州艺术专科学校,获得了较高的艺术鉴赏水平和丰富的艺术知识分不开的。

当《美术耕耘》于1985年创刊时,正值全国美术界艺术思想处于相当混乱时期,出现了一种美术创作要"淡化生活"、远离政治的倾向,同时一些形式主义的、掺杂着生吞活剥外来美术的所谓创作一齐也闹腾起来了,到处看到一些丑、怪、玄的作品,在理论上也出现了一些似是而非、晦涩莫测的文章。在这种情况下,作为一个共产党员的赵荆同志,由他主编的《美术耕耘》却没有去凑热闹、赶浪头,正如他自己在《业务自传》中所说,而是"比较镇静地、沉着地把握着社会主义的'二为'方向和百花齐放的繁荣文艺的方针的"。

赵荆同志这些年来除了忙于主编《美术耕耘》外,也在美学、美术理论以及艺术的评论方面作了些认真的学习和研究,也写了一些关于美学和美术理论以及美术评论的文章,在省内外以至全国的报刊发表。这些文章的中心内容着重于文艺的社会主义方向和双百方针的阐述,对艺术规律的探求以及作品的评论等。赵荆同志说:"我还想在撰写美术理论文字上做一点这样的努力,那就是把理论文字当作艺术品来创作。我在文字上是比较推敲的,哪怕是不满千字的短文,也尽量做到写得不干枯、不落套、不使用陈言,注意文字的表现力、韵律感与可读性,追求内容的逻辑力量与语言的美。"

从以上的摘引,不难看出赵荆同志作为一个学者对自己的文章的要求是高标准的,绝不轻率、马虎,我很欣赏这种从事学问的人。一句话,他是对自己负责的,也是对广大读者负责的。

还必须指出赵荆同志的评论文章总是以唯物史观和辩证法作为自己的理论基础和战斗武器的。只要读了他的《从舞台上的帝王将相说起》等文章,就不难看出他的立场和观点。赵荆同志作为一个学者是非常勤奋的,多年来,为了做好美术理论与编辑工作,他也注意了对于哲学、文学、历史等方面的书籍的涉猎和研究。尤其值得我钦佩的是,他为了扩大眼界,直接阅读、接触国外的读物及有关资料,他长期坚持学习英文,直到能够阅读英文书报和进行笔译的程度。

赵荆同志离开人间已一年了,我作为他的朋友国立杭州艺专的校友,美术战线上的伙伴,写下周年祭一文作为对他的纪念。

发表于1996年1月8日《太原日报》"双塔"副刊

悼念石兵

田作良同志只活了76岁，就和我们永别了，我作为他的老友，为他的逝世而悲痛。

我和田作良相识，始于1950年山西解放之初，那时我们创办了《山西画报》，田作良经常为画报作画，成为我在美术战线上的亲密战友。尤其是当1951年之际，山西省在共产党领导之下，掀起揭露一贯道的反动活动及其罪行的运动时，田作良挺身而出以战斗的姿态创作了《一贯道是害人道》等连环画，接着又以漫画的手法创作了《取缔反动组织"圣母军"》等连环画。这都是很有力的战斗性的美术作品，给我留下难忘的印象，同时也深受山西省广大群众的欢迎，发生了很大的影响。为此，载在《一贯道是害人道》画册之中的连环画《从头看尾》于1952年获中共中央华北局文艺奖金。

进入八十年代，田作良以"石兵"为笔名创作了很多中国戏剧人物画，受到社会上的好评。而且由山西人民出版社出版了一本有关戏剧人物的《石兵画集》。这些戏剧人物虽然有的由于作者追求运笔之流利而形成了线条上的"油",但这种缺点总为其人物造型之生动与传神而掩盖。我很喜欢其中的《戏叔》一幅,除了运笔无"油"之缺点外,较生动地表现了潘金莲之淫荡与武松之正直,而且作品的黑白关系也处理的好。这真是一幅传神之作。此外我也喜欢《明镜高悬》,其中的秦香莲和包公都画得好。石兵画人,善于画眼,如潘金莲的富于淫味的迷人的双眼,秦香莲在痛苦中求情的注目,都是很动人的。但《女起解》中的"苏三离了洪洞县"把苏三画得笑眯眯的,则未能画出苏三受冤的内心痛苦之情,为一失败之作。毛主席说,"金无足赤,人无完人",石兵的戏剧人物作品亦不例外。但总的说来,他的戏剧人物画是成功的,富有石兵的个性和作品的特殊风格。不知老友石兵在九泉之下对我的评论是否首肯?

最后我要说,1992年5月在纪念毛泽东同志《在延安文艺座谈会上的讲话》发表50周年之际,中共山西省委、山西省人民政府授予石兵"人民艺术家"光荣称号,也就是代表山西省人民对石兵一生艺术成就之很高评价。

发表于1997年10月30日《太原日报》"美术"副刊

怀念老友阎丽川

著名美术家阎丽川先生于1997年1月20日病逝于天津美术学院已整整一年了，我作为他的老友，应该为他写一篇悼念文，让他在九泉之下知道我对于他的怀念。

我和阎丽川以及著名表演艺术家赵子岳于20年代都是山西名画家赵缵之老师的学生，于1931年我们三人又成为国立杭州艺术专科学校的同级同学。而今赵老师已高寿一百零三岁了，还活在世上，而他的学生阎丽川和赵子岳却都在近年先后离开了人间，命运是如此地无情，他们都不辞而和我永别了，给我留下了怀念和悲哀。

当我于1931年最后决定要去投考美术学校时，同班同学阎必扬告我，他的堂兄阎必达已经考入西湖国立杭州艺术专科学校近一年了，于是他就写信把我介绍给他的堂兄，这样我就和阎必达书信往来，并决定也去投考杭州艺专，因为西湖名胜对我来说是太有诱惑力了。

当我于1931年夏从北国的太原来到江南的杭州西湖时，阎必达却于暑假回了他的故乡太原。但他向我介绍了一位名叫郭乾德的四川同学，帮助我准备考试。郭乾德说得一口四川话，他热情地在假期空无一人的教室里指导我面对白色的石膏像画木炭画素描，又教我画几何画和水彩画。等到一月之后考期将临，阎必达才带着赵子岳从太原到校，从此我和他们相识。真够幸运，待考试挂出榜来时，我和赵子岳都考上插班生了(因为当年一年级不招生)，于是我和阎必达、赵子岳就成为同级同学了。至今想来，我能如愿地顺利走上艺术途程是既应感谢阎必达也应感谢郭乾德的。

阎必达和赵子岳都比我大两岁，因为都是从山西远道而来江南的，彼此认为是同乡，因而也就成为了好朋友。但阎必达是已经在艺专学习了一年的老学生了，而我这个后学者，处处都得向他学习。

这时的阎必达已改名为阎丽川，他在课外勤于画水彩画，又画油画，这对于我都有影响，好像共同在行路时，他走在我前面，我总在拼命追赶。当时的阎丽川不仅努力作画，而且也努力博览群书。他给我的印象是治学勤奋为人正直。所有这些都成为了我做人的榜样。

我们学校从来就有两派学生，一派是埋头于"为艺术而艺术"的，不问政治；另一派是思想左倾的，以"一八艺社"的胡一川、夏朋等人为代表，主张为人生而艺术，而以马克思主义的哲学和艺术观为行动指南。

当年的"九·一八"之后，我的思想逐渐倾向于左派，终于在1933年和进步同学组织了作为"普罗艺术"团体的"木铃木刻研究会",并参加了"中国左翼美术家联盟"。而阎丽川还徘徊于这两者之间,有如"绕树三匝何枝可依"的乌鹊。但他是接近我们的,当他于"一·二八"事变后从杭州转学到上海新华艺专后,得知胡一川在上海被捕,还经常冒着白色恐怖到监狱看望胡一川。在此前后,他在孙福熙主编的《艺风》杂志上发表了批评"超现实主义画展"的文章,因为阎丽川是始终坚持现实主义的艺术道路的。

当我因"木铃"事被捕入狱,出狱后在上海失业、生活窘困时,常向阎丽川借钱,我们的友情未断,他对于我总是给予帮助的。

1936年阎丽川从上海回到太原,和一位女士结了婚,并和我的一位思想左倾的朋友温一斋合办了一个进步的书店,我得知这一消息后,非常高兴,但不幸不久就遭"托派"流氓将书店捣毁,令他无比伤心。原因是由于他们抓住了一个偷书的小偷。

而我于抗日战争开始后也终于离开上海到了延安。在那动乱的年头,丽川和我也就失掉了联系,后来听说太原失守后他流落到了成都。但他在我的记忆中总是一位难忘的挚友。

全国解放后,丽川从成都回到太原,曾在山西艺术学校工作,但由于一个"白衣秀士王伦"式的共产党员排斥他,然后才于1954年2月出走来到天津,曾任天津美术学院教务处长。大概在1959年前后他参加了"民盟"之后又终于参加了中国共产党。从此就在天津工作了四十余载,不仅培育了很多艺术上出色的桃李,为祖国贡献了很多艺术人才,而且还出版了历四年之久完成的颇有影响的《中国美术史略》(曾再版),以及与郎绍君合作的《中国古代绘画百图》、与张明远合作的《中国近代美术百图》《阎丽川诗词选》等著作。到了晚年他还画了不少出色的中国山水画和花卉画,并致力于书法。曾在1981年10月在太原举行了《阎丽川书画展》,我看了书画展很高兴,在《太原日报》星期天画刊上为他的书画展发表了观后感。在文章的最后说:"我看了老友的这一百余幅作品,不禁想起曹操的诗句:'老骥伏枥,志在千里,烈士暮年,壮心不已。'愿以此共勉。"

多少年来,我和他从未断了通信,有机会去天津也总要去看望他。几乎每年的冬天我总要写信问候他,而他也必有回信,这似乎已成惯例,因为我知道他身体多病,肺气肿较严重,因此每年的冬天就成了他生命难于渡过的关口,这样子一个关口一个关口的渡过了。没有想到当我1997年的元月给他去信后,等了好久也没有回音,不久就听说他终于未能渡过这年冬天的难关而与世长辞了。也不知我的去信在他病逝之前有否看到?

我所尊敬的老友不辞而永别了,给我留下了怀念和悲哀。但我想,他在中国艺术界所作出的贡献总会不朽的吧!

发表于1998年2月23日《太原日报》"双塔"副刊

金碧辉煌的《丁绍光画展》

誉满全球的美术大师丁绍光先生①的作品在故乡展出，这真是三晋人民的光荣。

我能参观他的画展，感到高兴，正像他登门来看我使我感到高兴一样。过去我曾看到过他的一些复制品，而这次竟能看到他18幅原作，真是难得。这次一共展出他的作品60幅之多，除原作外，大都为"丝网版画"，也是他的精品。丁先生把这次展览看作是向故乡父老乡亲汇报自己艺术历程的一个良好机会，足见他未曾忘怀故乡。

鲁迅先生曾说："有地方色彩的，倒易成为世界的，即为别国所注意。"我看了丁绍光的展品，深感在他的画里充满了西双版纳风情，因为他于1962年毕业于中央工艺美术学院后，有14年之久任教于云南艺术学院，这就有机会使他陶醉于西双版纳的美丽神奇的自然风光中，从而使西双版纳成为他的艺术创作源泉。不论秀美的一草一木，不论美丽的仕女形象,都有西双版纳和傣族人民的生活影子,而各种内容又是通过作者素有修养的线和丰富多采的色组成的,而其形式是民族的。所有这些就构成了丁绍光作品的"地方色彩",因而也就成为世界的。因此,丁绍光能成为"云南画派"的精神领袖,也不是偶然的。

丁绍光先生虽然现在定居美国,但他作为一个炎黄子孙总有一颗对于祖国的爱心。表现在艺术上,从祖国远古的岩画,仰韶文化的彩陶到商周时代青铜器上的图案,汉代画像石上的奔马,以及民间的皮影艺术等,全成为他所热爱,全成为他的艺术创作所汲取的宝贵营养。因此我对丁绍光说:"你的作品最可贵之处就在于其中有中国。"

在丁绍光的金碧辉煌的艺术作品中,有不少是以蓝色为主调的,因为蓝色代表着宁静、和平和生命,所以人称丁先生是运用蓝色的大师,西双版纳雨林神奇的风光在他的蓝色调子中得到了充分的表现。由此衍生出"丁绍光蓝"的说法,而这正是丁绍光的作品给人以最深印象的特色之一。

看了丁绍光的作品,深深地感到他除了善于运用动人的蓝色之外,就是善于运用祖国传统的线,而不论色和线,都显示了艺术家的独到的修养和匠心,也显示了他在这些方面的才华。

丁绍光说:"线对于我,有如音乐的主旋律,在形象的塑造过程中,我刻意追求这种音乐般的韵律感,正如著名诗人歌德对诗歌的韵律所说的,'韵律是一种魔力',哲学家尼采也曾从原始人类的舞蹈中强调证明了韵律与节奏在艺术上的威力。"又说："线的组合有如主旋律,而色彩的处理,正如一个音乐家的组织配乐,用各种乐器组成交响效果,以加强主旋律的表现,达到更加完美的境界。"读了丁绍光这段话,既能帮助我理解他的作品中的线和色的关系,也使我佩服他在线和色的运用上达到了多么完美神奇的境界。所以当著名法国艺术评论家安德鲁·帕利诺评论丁绍光的艺术时说："他的线条具有中国艺术巨匠那种精致的优美和一丝不苟的准确。"总体而言,丁绍光的艺术特色就在于富有装饰性,这和他早年就学于中央工艺美术学院有关。他的画不论作为背景和旁衬的各种云南植物,不论作为主体的各种美女,都能令人感到装饰美。尤其是女性衣服上的花纹图案更具有美感。

　　成功的艺术品,总是既有艺术性,兼有思想性的,丁绍光的绘画也不例外。他的"艺术主题追求万物的永恒和天地人合一的理念,以清新的笔调歌颂人世间的真情和友爱,自然的美好与和谐,宣传和平之光。"在展览会的《前言》中这段话概括得很好。这从1995年为联合国第四次世界妇女大会创作的《宗教与和平》,联合国发行的邮票《和平·和平·发展》,以及其他如《回归自然》《自然之歌》《母性》《人与自然》等,就都是具有以上所说的主题思想的。而我却特别喜欢其中的《乐园》和《宁静的花园》,大概因为我是版画家,这两幅画简直就是两幅套色木刻画,具有很美的黑白效果。

发表于1999年7月10日《山西日报》第三版"艺术"副刊

注：①丁绍光山西运城人，1962年毕业于中央工艺美术学院装饰绘画系。任教于云南省昆明师范学院艺术系。中国美术家协会会员。现居美国，擅长装饰画。作品有《版纳晨曦》、《美丽、丰富、神奇》等，出版有《西双版纳白描写生集》。他的画在美国和西欧很有影响。

漫谈艺术家和他的作品

当1999年夏天在青岛举行的"99青岛国际美术邀请展"开幕时,我应邀参加了这次大会。当时有二十多个欧美画家来青岛参展。我参观了这次展览的作品,大都是油画,而且大都是西欧现代派的绘画,其中也有抽象派作品。

待当年11月我再次到青岛参加由中国版画家协会举办的"向80—90年代优秀版画家颁奖及全国优秀版画作品展"时,我又身临了夏天来过的青岛文化博览中心美术馆。除了参观在此举行的《中国优秀版画家作品展》还参观了在展厅的三楼举行的由美术馆所收藏的外国画家的油画作品展。这些油画来源于当年夏天在此开幕的"99青岛国际美术邀请展"。我是曾经看过这些外国油画的,但现在再来看却像从来没有见过一样,感到非常陌生。说明它们当我第一次欣赏时在我的脑海中没有留下一点印象,这真是这些艺术品的悲哀。我认为一幅好的美术作品,他有本领让你看一次就永远忘不了。如果看一次而毫无印象,只能说明它们不能感动人,不美,没有吸引力。

这种不能给观众留下印象的美术作品,不仅是以上所说的这些外国的油画,我们中国画家的作品也有很多很多。请你到展览会上观察一下,好的作品当观众走到它面前时总是停留下来,仔细端详欣赏,不愿离去;而不好的作品,观众在它面前则一溜而过,这就是那些令人感到悲哀的作品。

我认为一个文学艺术家,应该让人提到他的大名时,同时就联想到他的著名的代表作,如果一位所谓的文学家却让人想不起他的代表作,岂不是鲁迅先生所说的"空头文学家"?对一位美术家来说,让人不知道他的代表作,自然也是一位"空头艺术家",也是很可悲的。

例如,当我们提到伟大的文学家鲁迅先生时,就会马上想到他的《阿Q正传》《故乡》《伤逝》等名作。当我们提到画家蒋兆和时就立刻想到他的《流民图》。虽然蒋兆和只画了抗日战争中中国人民流离失所,日夜为死神所威逼的痛苦心情,未曾表现中国人民对日寇进行反抗斗争。但它无论如何是反映了中国的现实,表现了时代,看了令人感动、难过,从而给人留下深刻而难忘的印象。谁也不能说蒋兆和是一位"空头美术家"。

还有一种画家不是以某一具体作品打动人心,而是因一品种或画种有所成就而令人永世难忘。如郑板桥画竹、徐悲鸿画马、齐白石画虾、李苦禅画老鹰、黄胄画毛驴,由于他们画的事物生动有神,笔墨工巧酣畅,都给人留下难忘的印象。

如毛驴,本来是一种莽头莽脑的动物,但在黄胄的笔下竟画得那么可爱。

在我们版画界,提到早期的版画家陈铁耕时,我立刻就想到他的《母与子》,提到抗日战争时期的蔡迪支时,我能想到他的木刻《桂林紧急疏散时的北站》,这些版画都反映了一个时代,给人留下难忘的印象。再如提到延安时期的古元时,我就立刻想到他的木刻《羊群》和《运草》等作品,古元是陕北人民和平幸福生活的歌手,他的作品给人以难忘的印象。

在西欧和俄罗斯的画家中,提到米莱,我能立刻想到他的《拾穗》《晚钟》《喂食》《学步》等,这些画怎不使我为之陶醉,而提到列宾时,我很自然地想到他的《伏尔加河上的纤夫》和《查坡罗什人写信给土耳其苏丹》等佳作。唯独提到影响了世界资产阶级画坛将近一个世纪的大名鼎鼎的毕加索时,我真想不起他的响当当的代表作是何画,当然他早期的一些写实的油画,我还是很喜欢的,例如我在莫斯科"普希金博物馆"看到的一幅《站在球上的杂技演员》(油画)。画的是一个女人站在圆球上,摇摆不定,一个男人坐在方形物体上稳如泰山。毕加索要在这幅画面上表现动静的矛盾感。这是属于他玫瑰色时期的作品。不论色彩,不论女人之动态,都令人感到了美。但不像列宾的《伏尔加河上的纤夫》那样具有社会意义那样感人。那么毕加索画了那么多画到底哪一幅算他的代表作呢?我读了一本美国玛丽·马修斯写的《毕加索——私生活与美术创作》,又查了一些有关他的其它资料,好象他的代表作应是壁画《格尔尼卡》。人民美术出版社出版的《西洋绘画百图》也把它摆在从古代到二十世纪西洋著名的代表性作品中。但这是一幅怎么了不起的大作呢,据说是作为对法西斯暴行表示强烈抗议的。在创作时采用了后期立体主义的艺术语言和象征性手法。有人说造型艺术是一种世界语言,不像小说需要翻译才能使别国人民理解。但这只限于现实主义的写实手法的绘画,如《流民图》、《伏尔加河上的纤夫》,是全世界人民都可看懂的。而毕加索的《格尔尼卡》,却不是这样。首先我作为一个艺术家、一个读者就看不懂,哪里还谈得上受感动。例如画中的牛就有各种说法,有如令人猜谜语。当前苏联艺术评论家凯缅诺夫在《论现代资产阶级艺术》一书中论及《格尔尼卡》中的人物形象时说:"我们所看见的不是英勇的西班牙共和派人士,而是和他的其他绘画同样可憎的、病态的、丑陋的典型。"因此这些形象又怎么能引起我们的共鸣而为之感动呢?但《格尔尼卡》的赞美者却把它和毕加索的先辈戈雅的《五月的枪杀》相比,却实在是没有说服力的。《五月的枪杀》同样表现的是人民被暴力所摧残,但由于采用了现实主义的写实手法,所以我们"可以在那些临终前的起义者形象中感受到恐惧、痛苦、愤怒、顽强不屈等丰富人性,却无法在《格尔尼卡》中看到。"(迟轲语)

因此可以说,艺术家的作品要想感动人,给人留下深刻印象,只能以现实主义的写实的创作方法来完成。这有《流民图》、《伏尔加河上的纤夫》和《拾穗》等作品为之证明。

发表于2001年《东方美术》第五六期(合刊)

论韩美林的艺术

一 韩美林的艺术魅力

在茅山、光明合著的韩美林传《丹青十字架》中有两则非常动人的故事。

其一说:1980年9月下旬,美林偕新婚不久的妻子朱女士,来到地球那一边最发达的国度——美国。他是应美国友人查尔斯·亚班斯之约,来美国举办个人画展的。

建国以来,中国大陆的画家在美利坚举办个人画展,韩美林为第一人。

亚班斯把画展的展出地点选在纽约的"世界贸易中心",它是纽约最高的摩天大楼。在它的二层有一马蹄形的画廊。为使展览赫然醒目,组织者将画廊冠名以"长城之窗"。

1980年10月1日,中国国庆节这天,在"长城之窗"举行剪彩仪式时,纽约各界与来自美国和世界各地的知名人士以及华侨共六百余人出席,盛况空前,展览大厅被挤得水泄不通。那摇篮中睡得甜甜的小狐狸、那说着"悄悄话儿"的小猴子、那细嚼嫩竹的小熊猫、那焦灼地等待妈妈回家的小老虎、那呼唤黎明的小公鸡、那在小园香径独徘徊的小鸟……一幅幅画无不充满童趣,绘影绘神……有人在画前惊叫:"中国的毕加索!"有人在观后伸出拇指连连称叹:"中国人,了不起。"一位美国黑人朋友指着画中的小熊猫对他身边的同伴说:"你瞧,它那毛茸茸的稚气样儿,多么可爱,我真想把它抱起来!"有一位美国老人在看完画展后,悄悄走到美林跟前,充满自责地说:"我喜欢打猎,我家里还有一枝猎枪,可我看了你画的小动物是这么善良、可爱,今后绝不再打猎了,我敢向上帝发誓!"

一些美国艺术家看了美林的画展,对中国的国画艺术由衷敬佩,不论是先生还是女士,或用拥抱,或以热吻向美林施以礼节。当美林回到宾馆对镜修容整面时,竟发现满脸都是"口红"。

其二说:那是美林画《九骥图》时的场面。美林面对几十米长的宣纸屏神凝思,此时,世界上的一切仿佛远远遁去,惟有艺术王国。继而,美林操起斗笔,饱蘸浓墨,"啊—啊"呼叫着,发沛然气势于疏密之间,摄怡然情致于浓淡之中,未几,一匹巨马便峨然而成。此时的美林已是大汗淋漓,颓坐一旁。他用全部身心拥抱艺术的神姿魔态,销魂夺魄,令观者唏嘘慕叹!

其时,在旁观看美林作画的某电台一位女节目主持人,情不自禁地走到美林跟前说："美林，你真是个男子汉！"说罢，竟扑到美林腮边，亲吻了一口。

这些印在韩美林脸上无名无姓的异国女人的口红和中国某电台的一位女节目主持人的一吻，都是她们发自内心的情不自禁的一种大胆而真诚的表露。这些口红和一吻都是没有字迹的写在韩美林脸上对他的艺术的赞美辞。而这都是韩美林的艺术魅力赢来的最可贵最高的荣誉，却不是用金钱和权力所能获得的。

书中曾提到有人因为美林的艺术成就和魅力倍加忌妒，我想："忌妒有什么屁用，你也用艺术魅力赢得异国女士们的口红和中国女士的一吻才算你的真本领。"

二 "我真佩服你了！"

当今年一月韩美林在中国美术馆举行艺术展时，我于最后一天——一月十三日去参观。看完之后，带着疲倦和内心的激动坐在大厅的长凳上休息。

有人告知我韩美林今天要来，于是我一面休息，回味一个展厅里关于母爱的雕塑的深情，一面等待这位朋友的到来。果然他来了，我起立向他打招呼，他看到我，在大庭广众中笑着向我走来，把我有力的拥抱起，接着，我情不自禁地说了声：

"我真佩服你了！"

我今年已九十高寿，对于我们的同行艺术家还从来没有当面说过这样的发自内心的话。

现在想来,当时我为什么在那种场合冒出这么一句话呢?

说实在的,这也和那些女士们的口红和一吻一样,是由韩美林的艺术魅力促使我这老人对他发出的赞美辞。

那么,所谓韩美林艺术的魅力,到底是些什么内涵呢?

分析起来,其一是表现在他艺术事业上的那种雄心壮志以及表现在他的作品中的那种震撼人心的宏伟气魄、博大沉雄。

举例来说,如雄立在大连老虎滩的六只用花岗岩雕成的《群虎》,其中最大的一只为二十米,最小一只也有十六米,堪称"天下之最"。又例如巍峨矗立在美国亚特兰大世纪公园里的《五龙艺术钟塔》雕塑,其高也有九点六米。又例如如今还矗立在济南金牛公园的《天下第一牛》,其高为十五米。又例如他所画的惊人的《九骥图》竟是在几十米长的宣纸上蹲在地上画的。看了这些作品的图片和说明,能使我首先联想到文艺复兴期米开朗基罗的作品和俄罗斯大画家列宾的《查坡罗什人……》。

这些作品的如此高大,使我想到了韩美林在艺术事业上的雄心壮志,而这些作品的震撼人心的内在魅力则显示了他的作品的宏伟气魄和博大沉雄。

其二是韩美林艺术展品种之多令人惊叹。

包括雕塑、绘画、陶瓷、书法等。雕塑的内容又有裸女儿童、又有飞禽走兽;在绘画方面,又有骏马、毛驴、奔牛、大象、又有女裸体、猫头鹰、雄鹰、小猴、骆驼等;在陶瓷方面,他涉足于黑陶、彩陶、青花、青瓷、开片、窑变、紫砂等。在这一领域,已经是无处不有韩美林的足迹了,而我也是曾涉足于陶瓷领域的,但和韩美林相比,真有"小巫见大巫"之感。据说这次展览的展品竟有七千之多,而件件都是韩美林用心血所铸,怎不让我对他喊"佩服"。

其三是韩美林艺术中的动物无不令人感到可爱。

我经常到中国美术馆看展览,有时看到有的人物油画画得令人感到奇丑,感到恶心。哪里还谈得上什么艺术美和人物的可爱! 我真不欣赏。

我认为艺术既然是供人欣赏的,就应达到"雅俗共赏"。但这也很难做到,往往是专家叫好,而广大人民群众不喜欢,例如我们早期受了西欧版画影响的木刻画就是如此。但也有群众喜欢而专家摇头的作品,例如中国月份牌年画和苏联时代画家拉克季奥诺夫的《前线来信》就是如此。

而我认为要达到雅俗共赏,就必须具备三个条件,第一是作品令人首先能看懂,第二是描绘的事物富有生命感,第三是作品具有高度的艺术技巧,令人感到美,感到可爱。

而要想把人和动物描绘的可爱,则又必须作者首先对描绘对象具有高度的熟悉和深深的爱。正如鲁迅所说,"能憎能爱才能文",对我们美术家来说也就是能憎能爱才能画。所有这些要求,韩美林作为一位艺术家却都具备了,而这也正是他的艺术具有魅力之所在。

读了韩美林传《丹青十字架》就会晓得他是多么热爱动

物的。难怪那位美国老猎人看了他的动物画,能感动得向上帝发誓"今后绝不再打猎了!"这就说明了韩美林的动物画的感人之深了。

其四是,在绘画上我感到韩美林真是用线的高手,当我在展厅里看到几幅大面积的韩美林用色平涂和用线描绘的横躺裸女作品时,使我竟惊呆了,那线之大胆生动流畅,有如天马行空,逝水流云。而对裸体之夸张与传情也真够美的了,最后画了一团黑发打破了画面的单调平板。显然韩美林在女裸体画上用线之自由是基于他对于女裸体之高度熟悉和女裸体之美对画家的内心冲动,同时也是画家艺术才华之自然流露。而这也是我不能不佩服之所在。

三 比摩尔更有情

这次的展览比韩美林已往展览的作品增加了一个厅的关于母爱主题的雕塑,我参观时久久为这些新作所陶醉。

有人说这一群类型的雕塑作品可能受了英国雕塑家亨利·摩尔的影响。也许是受了一些影响吧,但我感到韩美林在表现母爱的动人方面大大超过了摩尔。摩尔不是也有一个名为《母与子坐像》的雕塑发表在2001年11月的《美术》杂志上吗,人们说"不怕不识货,单怕货比货",它和美林的关于母爱的群雕比比看,我就觉得更喜欢韩美林的作品。韩美林关于母爱主题的这些雕塑的特色都是夸张的,既夸张了母爱之深情,又在构图和造型上夸张了力之美。连母亲脚上的大拇指也在传情,那是摩尔没法与之相比的。因为所有的艺术都是在表达艺术家的才华和艺术家的爱和感情的。

当摩尔的雕塑在北京北海公园露天展出时听说中国观众并不为之所动,表示冷淡。于是一位摩尔的崇拜者就写文章批评这些"有眼不识泰山"的观众缺乏艺术教养而为之不平。我是有幸读了这篇大作的,但却颇为反感。为什么一定要中国人民接受那些没眉没眼的摩尔的雕塑呢?我在外地虽然未曾参观摩尔的作品,但通过《美术》杂志看了他的大作。老实说,我也不喜欢。虽然我从事艺术也七十多年了,什么样的美术作品也看到过,但在摩尔的雕塑面前,仍得像列宁在现代派的绘画面前一样承认自己是"野蛮人",因为"它们不能使我感到丝毫愉快"。

四 韩美林的艺术特色

韩美林的艺术特色有三,其一是很多属于雕塑和绘画的作品,大都打上了工艺美术的烙印,具有鲜明的装饰性,因为他本人是学工艺美术的。如大连老虎滩《群虎》身上的纹饰和矗立在美国亚特兰大世纪公园里《五龙艺术钟塔》雕塑,在龙身上的图案,无不有很强的装饰性。其二是富于夸张变形。但他的夸张变形却始终没有离开事物的特征和神采,因此那些动物工艺品就受到了人们的喜爱。其三是他的绝大部分作品都有民族特色。因为韩美林作为一个艺术家是很珍视中国民间艺术的,如龙凤之类无不来源于中国民间,但经过韩美林之手又无不打上韩美林艺术风格的标志。

有这么一个故事:当张大千在巴黎举行画展时,请毕加索来参观,当参观完毕,张大千问毕加索看了展览有何意见时,毕加索说我没看到你的作品呀!意思是说那些展品没有张大千的个人艺术风格。那么我想,如果毕加索看了韩美林风格显明的展览,是绝不会说出那句话的。

因此我真佩服韩美林了。

文学评论

评《缘分》的艺术特色

谢俊杰同志是我省一位很有才华的作家,他热爱人民,热爱社会主义,一直沿着《在延安文艺座谈会上的讲话》所指引的道路前进,写了不少既有可贵主题又有感人艺术魅力的佳作,《缘分》便是其中之一。

《缘分》是一篇主要歌颂关心人民疾苦的县委书记的小说。整个作品以贫困无能的王士成为主线,以是否关怀他、如何关心他为轴心,从而展开了有趣的故事情节。王士成在作品中就好象"烘云托月"似的,以他为云而托出了王书记这面月,而他又象一面镜子照出了小说中各个共产党员的形象。这是一个很难写的题材,但作者却写得生动自然,有声有色,富有说服力。

这篇小说能够在1988年的《山西文学》获一等奖,既说明评委们很有眼力,也说明评委们艺术观点的正确。因为当时国内的文学艺术界正处于资产阶级自由化思潮泛滥的时代,沿着毛泽东文艺思想创作的好作品很不被人重视。因此《缘分》之能够获奖,就使我觉得难能可贵,正象《缘分》本身之产生难能可贵一样。

我说王书记是个好党员,并不仅仅因为他朴实无华,平易近人,当士成找上门来,写了条子给乡长使士成领到救济粮,他还和乡长一同上门看士成,从而解决了四个孩子的上学问题,"而且过一段时间,他就要去看看王士成"。

由于我国农村的发展不平衡,农民个人承包责任制政策实施后难免有些人一时还不适应,所以出现了王士成这样的不能自理的农民也是很自然的。围绕着王士成,作者一共写了五个共产党员,王书记是阶级觉悟最高的,他热爱人民,热心为士成解除痛苦,正如王士成所说的:"你才是真共产党哩,我今天可算寻对了。"其次是刘乡长,也还算个好党员,他在处理士成的问题上令人感动,当士成受骗以牛换下敲掉牙的老驴时,他对村长刘全说:"你别说这些了好不好,不管你知道不知道,王士成出了事儿,就是咱们的责任没尽到。"第三个就是刘全,虽说这个党员的觉悟不高,责任心不强,但他毕竟没有做坏事。第四个是书记的夫人——民政局长,也不能算坏党员。真正坏的共产党员是大陈村的村支委陈小蛋,就是他用敲掉牙的老毛驴骗走了士成的小母牛。但这人的"良心毕竟还未泯灭",当王书记在全县的电话会上为王士成受骗事广播之后,过了三天知罪的陈小蛋终于在天黑之后悄悄溜进士成家的墙豁口,把骗去的小母牛送回来了,而且还贴了十块钱的配种费。

谢俊杰的小说,是很重视故事性的,《缘分》也不例外,但他在处理小说的结构时,既非平铺直叙显得单调,又不是头绪杂乱令人难读。有穿插而很自然,有倒叙而很顺情。当王士成在小说中出场时,仅说他袖着两手,并没有紧跟着就描绘他的模样,而是当他出现在县委大院,通过门房老头从小窗里探出脑袋来细细端详他时,作者才详细地描绘了王士成在老头眼里是怎样的一副寒酸相。其次关于王士成家里的贫穷状况,作者也没象有些小说似的一开头就向读者介绍,而是推迟到等王书记要和刘全、刘乡长"一起去他家里看看"时才通过王书记的眼睛向读者介绍的,这种处理就显然比一开头由作者介绍要好得多,既顺情又自然,这都显示了作者在文学描写上的匠心。

特别要指出的是《缘分》中的对话都写得生动有趣,既突出了人物的性格,又符合他们的身份。因此当我一开始阅读就紧紧地把我抓住,请看看刘乡长和刘全的一段对话,一上手刘乡长就批评刘全说:"你糊涂油蒙住心啦!你身为村长、共产党员,对群众大撒手不管,做下有理事啦!你还鼓动士成去找王书记,怎不让他去找邓小平去,你呀你,算替咱全乡把锅灰抹美了!"直到刘全说:"好我的乡长大人哩,那便宜事还能天天碰上?"写得真有味。

作者很善于运用群众的语汇使文章放出光彩。例如当描写到刘乡长向王书记汇报王士成的情况时说:"夫妻俩头脑笨,倒不误生娃,颗颗蛋蛋一气儿养了五个……"这"颗颗蛋蛋"就实在用得新颖而又形象。

总的来说,我感到《缘分》这篇小说很有现实意义,是非常成功的。我为谢俊杰同志能写出这样好的小说而高兴。

发表于1991年3月13日《山西日报》"文艺评论"副刊

评苏联影片《西伯利亚交响曲》

《西伯利亚交响曲》的中心主题,可说是两种艺术思想的斗争,一种是为工农兵服务的无产阶级的艺术思想,一种是个人主义的为艺术而艺术的资产阶级的艺术思想。前者是面向人民,以给人民演奏歌唱被人民称为艺术家为光荣,后者是面向欧美(实际是向欧美资产阶级的艺术阿谀)以个人成为世界的所谓"名人"为光荣(实际是以资产阶级批准他是艺术家为光荣),而对于为劳动人民演奏和歌唱的音乐家却看不起,认为是"下等的拉琴的",认为是"疯子"!

作为无产阶级艺术思想代表的,是影片的主人公红军上尉安德雷巴拉索夫,作为资产阶级艺术思想代表的是"音乐家"波利斯。然而我们的安德雷由于他所走的道路是正确的,他终于成为伟大的人民的音乐家了。而波利斯则由于自己的毫不长进,单纯的技术观点,脱离人民,终于伴随着伙伴们的艺术思想转变,使他落得无人亲近,寡人一名。这是何等严正的教训啊！

安德雷原是莫斯科国立音乐学院的高材生，可是在这个学校里的艺术空气，技术观点是很浓厚的，人们单纯地崇拜着在技术上有成就的同学，连安德雷也毫不例外。这就说明他当时的艺术思想是并不明确的。突然，苏德战争开始了，安德雷为了拯救祖国，参加了反法西斯战争，以武器代替了音乐，在战斗的间隙他弹着琴为大家娱乐。可是当战争胜利结束，他再回到莫斯科母校时，安德雷的左手已经因受伤而失掉知觉成为"麻木"的了。在母校的音乐演奏会上当他看到波利斯弹的那样成熟，他的爱人娜塔莎对波利斯那么赞扬，他即感到自己"永远不能再像以往那样会弹"而十分痛苦。于是便"独自打定主意，要向远走，远离世上的一切，离开音乐……"这之后，他在船上偶然和音乐又发生了关系。这个偶然事件对于他今后的发展是有意义的，这里表明了苏联人民对音乐的要求和艺术口味，同时也表明了苏联人民对艺术及其天才的爱好。当他到了西伯利亚的库尔巴建筑场工作时，一个星期六的晚上，建筑公司的同事们在工人茶馆里开娱乐晚会。安德雷给大家拉手风琴助兴，他边拉边唱，受到同事们的热烈欢迎。但他忽然想到在莫斯科音乐演奏会上的情形，就痛苦起来，他突然离开会场，跑回自己的卧室。大家都不知道是怎么一回事，店主来找他说："大家要求你，可否再来一段什么别的？"安德雷说："我不愿再玩了，我不愿再拉了！难道这是音乐吗？是我学习时所梦想的音乐吗？"从这段对话里我们看出安德雷直到这时还没有深刻地认识到他在娱乐晚会上为工人拉唱的意义。可是这时群众向他提问:"你为什么丢掉了我们?离开你我们就像没有娘的孩子!"于是由于群众的力量终于把安德雷请出来了。从此之后他才开始成为真正的人民的音乐家。人民教育了他,培养了他,支持了他,给与他力量,使他从思想上逐渐明确起来,坚定下来,甘心情愿地以音乐为小小的库尔巴茶馆里的伟大的人民服务为光荣。

但长期住在莫斯科学校里的同学们,就不能理解安德雷所做的工作的伟大意义。当他的爱人娜塔莎因为要到美国去参加国际音乐竞赛,飞机遇雾被迫降落到库尔巴建筑处的机场,因而有缘和安德雷见了面,安德雷对她说:"娜塔莎!你仅看见这里的茶社,而我却望见了人民——我们朴素的俄罗斯的人民。就是他们这帮工农和青年人,在困难时日中保卫了莫斯科,战胜了斯大林格勒附近的敌人。在战争几年间,我忽然跟他们很亲近……他们是怎样帮助了我,他们使我相信我自己还能够成为一个音乐家……于是我在工作闲暇之后,来为他们演奏,为他们唱出几首自编的古歌。这样一来,我便觉得心里非常痛快。他们来此地像过节日一样要求我的音乐,我的歌曲,你会亲眼看见这一切的!"

的确娜塔莎很快就看见这一切,不久之后,她就了解了安德雷的工作的伟大意义,甚至她也愿意留在西伯利亚,"不愿意上那个美国去了"。难道这全然是爱情的力量吗?不是的,这主要是人民的力量,谁眼睛里有人民,谁就会进步,这应该是一个真理吧!

人民培养了安德雷,这是安德雷成功的重要因素。然而安德雷本人也正是一个伟大的典型的苏联人民。他富有创造力、勇敢、沉着、坚毅，有着高度的对于祖国和人民的爱。他像一只海燕的化身，走遍了西伯利亚，在西伯利亚的疾风大雪中极尽了主观的努力，受了西伯利亚人民从荒野里建设新城市新农村的感召，受了人民劳动热情和人民音乐的启示，终于完成了伟大的苏联人民爱国主义劳动者之诗歌——《西伯利亚交响曲》，受到了人民热烈的赞扬。

至于作为资产阶级艺术思想代表的波利斯，表现在艺术问题上是为艺术而艺术，表现在人生问题上是个人主义自私自利。由于他在音乐技术上的熟练，人们都无原则的给他喝彩，因而这就更加使得波利斯傲慢，目空一切。然而这样的局面并不长久，也不普遍，由于党的艺术思想通过安德雷这个具体人物的胜利，使波利斯的"艺术"消失了市场。就是曾经爱过他的，赞美过他的音乐，而后来觉悟起来的娜塔莎也回答他这样的话："我遇到过以前未曾遇见过的人，他们在祖国各地为祖国、为人民辛勤的工作着……你好像不是那样的人，你为个人而生活，只爱自己的艺术，只爱自己……"于是就这样的娜塔莎抛弃了他，波利斯成为寡人一名。

最后我们的安德雷成功了，胜利了。这是无产阶级艺术的高度思想原则的胜利，这是伟大列宁斯大林党所领导的社会主义文化的胜利。

发表于1949年6月19日《人民日报》第四版

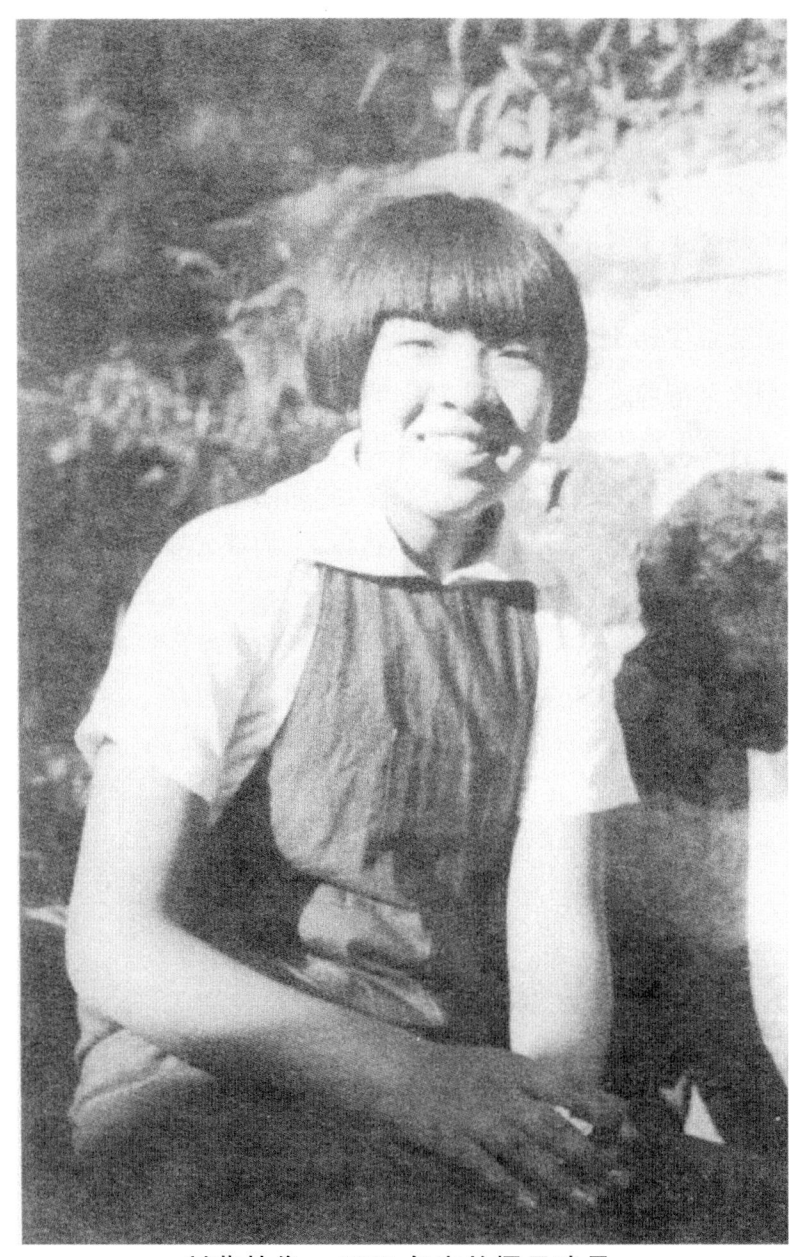

刘萍杜像　1938年安林摄于武昌

1936年10月刘萍杜从灵石去上海路经太原时与力群友人阎丽川(左)温一斋(右)合影

1999年7月力群于延安宝塔山下

50 年代力群与曹白合影

1957年10月力群与李桦在列宁格勒

1994年力群重返杭州母校"中国美术学院"时与肖峰院长(右二)及院史组长郑朝(右一)附中校长施绍辰(左二)合影

1998年力群与黄永玉在他的铜像旁合影

1999年6月力群与丁绍光(右)裴玉林(左)于太原合影